Joe Speedboat

Tommy Wieringa

Joe Speedboat

Tradução de Cristiano Zwiesele do Amaral

Copyright© 2005 Tommy Wieringa
Originalmente publicado por De Bezige Bij, Amsterdam.

A editora expressa sua gratidão pelo apoio da
Fundação Holandesa de Literatura.

**Nederlands letterenfonds
dutch foundation
for literature**

Título original
Joe Speedboot

Tradução
Cristiano Zwiesele do Amaral

Capa e Projeto Gráfico
Rádio Londres

Revisão
Shirley Lima
Marcela Lima

Foto de capa
Puttnam / Getty Images

Dados Internacionais de Catalogação na Publicação (CIP)
(Câmara Brasileira do Livro, SP, Brasil)

Wieringa, Tommy
    Joe Speedboat / Tommy Wieringa ; tradução Cristiano
Zwiesele do Amaral. -- Rio de Janeiro : Rádio Londres, 2015.

    Título original: Joe Speedboat.
    ISBN 978-85-67861-05-0

    1. Ficção holandesa I. Título.

15-04897   CDD-839.313

Índices para catálogo sistemático:
1. Ficção : Literatura holandesa 839.313

Todos os direitos desta edição reservados à
Rádio Londres
Bicirik Participações e Editora Ltda.
Rua Senador Dantas, 20 – Sala 1601/02
20031-203 – Rio de Janeiro – RJ
www.radiolondreseditores.com

Para Rutger Boots

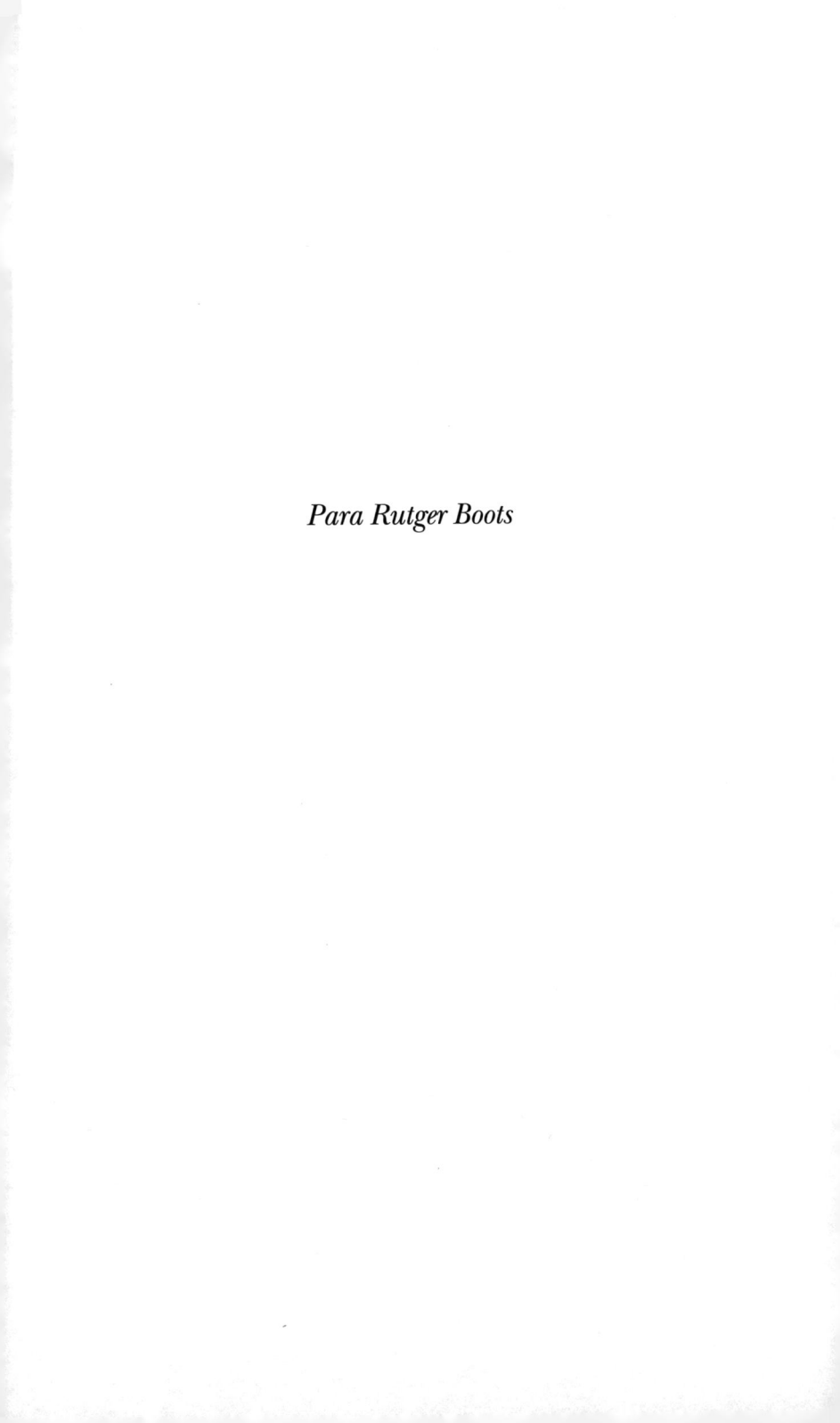

Diz-se do samurai que tem um Caminho duplo,
o da pluma e o da espada.

                                          MIYAMOTO MUSASHI

PLUMA

Dia quente de primavera e, na escola, rezam por mim porque já faz mais de duzentos dias que sumi de cena. Tenho escaras pelo corpo inteiro e um cateter tipo preservativo colado com fita no pinto. Esse estágio é o do coma vígil, explica o médico a meus pais: recuperei parte da limitada percepção ao que se passa à minha volta. É um bom sinal, continua, que eu reaja a estímulos acústicos e de dor. Reagir à dor é um sinal de vida inequívoco.

Não desgrudam da minha cama – meu pai, minha mãe, Dirk e Sam. Já dá para ouvi-los desde o momento em que saem do elevador – uma revoada de estorninhos anuviando o horizonte. Cheiram a óleo e tabaco velho, mal se deram o trabalho de tirar o macacão. Hermans & Filhos. Leia-se Família Sucata.

Desmanchamos carros, instalações e instrumentos industriais e, vez ou outra, quando meu irmão Dirk está particularmente animado, também o interior de algum bar. Em Lomark, já é barrado praticamente em todos os lugares, mas em Westerveld ainda não. Ele se engraçou com uma menina de lá. Sempre que chega em casa, vem fedendo a perfume barato. Coitada da garota, só dá para ter pena mesmo...

Falam quase exclusivamente sobre o tempo, e sempre a mesma ladainha, o comércio anda fraco, e o culpado é o tempo, seja ele qual for. Hora dos palavrões – primeiro meu pai, depois Dirk e Sam. Dirk dá uma fungada, agora tem uma bola de catarro na boca. Não sabe para que lado cuspir e acaba tendo de engolir – é uma, é duas, é três!

Mas, recentemente, em Lomark se tem tido mais do que falar além do tempo. Enquanto eu estava apagado, um caminhão de mudança desgovernado destruiu a casa com o frontão escalonado da família Maandag e, volta e meia, certas explosões enormes a distância fazem com que a aldeia inteira caia dura de susto. Tudo isso parece ter a ver com um cara chamado Joe Speedboat. Ele é novo em Lomark, nunca o vi.

Joe Speedboat. Aguço os ouvidos quando o tema da conversa é ele – eu diria que parece um cara bacana, se alguém pedisse minha opinião. Mas ninguém pede minha opinião. Eu sei, como sei que eles sabem, que é Joe Speedboat quem fabrica as tais bombas. Na verdade, nunca foi pego em flagrante, mas é que, antes de ele chegar, nunca houve explosão nenhuma em Lomark e agora, de repente, sim. Caso encerrado. Estão com um mau humor que só. "Calem a boca! E se o Fransje estiver ouvindo?", reclama mamãe de vez em quando. Mas ninguém lhe dá ouvidos.

– Vou sair para fumar – diz meu pai.

Não é permitido fumar aqui dentro.

– Quer dizer que o nome dele é mesmo Speedboat? – pergunta Sam, meu irmão dois anos mais velho.

Sam é o que menos me preocupa.

– Ninguém se chama assim porque quer – diz Dirk, com a língua solta de sempre.

Dirk, o primogênito. Um canalha. Poderia escrever um romance sobre ele.

– Acabou de perder o pai – observa mamãe. – Deixem o garoto em paz!

Dirk dá outra fungada.

– Speedboat... que cretinice...

Só de ouvir o nome me dá coceira, dessas que coçam gostoso. Joe Speedboat, onde já se viu nome igual? Genial!

Semanas depois, o mundo e eu ainda continuamos de papo para o ar, sem respirar; o mundo, por conta do calor, e eu, por causa do acidente. E mamãe chorando. De felicidade, desta vez.

– Ô, meu menininho, você voltou!

Acendeu uma vela para mim todos os dias e está convencida de que isso ajudou. O pessoal da minha turma, por sua vez, acha que foram suas preces. Até mesmo o hipócrita do Quincy Hansen participou, como se eu quisesse figurar nas preces dele! Ainda não consigo me levantar da cama ou voltar para casa. Nem tentando eu conseguiria. Eles têm de examinar melhor minha coluna vertebral, porque, do jeito que está, o único movimento que sou capaz de fazer é mexer o braço direito.

– O suficiente para poder bater punheta – comenta Dirk.

Quanto a falar, por enquanto posso tirar o cavalinho da chuva.

– Não que tivesse muita coisa para dizer – diz Sam.

Olha para Dirk, a fim de checar se conseguiu fazer o irmão rir, mas Dirk só ri das próprias piadas. Menos mal, porque ninguém mais acha graça.

– Rapazes! – alerta mamãe.

Resumindo, a situação é a seguinte: eu, Fransje Hermans, com apenas um braço funcional suportando quarenta quilos de carne morta. No passado, já me vi em melhores condições. Mas mamãe está radiante e já estaria grata por um único ouvido – contanto que eu o usasse para escutar as besteiras dela, claro.

Tenho de me mandar deste lugar o mais rápido possível. Eles estão me enlouquecendo com tanto vaivém ao redor da cama e com toda essa conversa mole sobre comércio e tempo. E por acaso eu pedi para que isso tudo acontecesse? Então!

Envelheci um ano enquanto dormia, festejaram meu aniversário no hospital. Mamãe me fala do bolo com quatorze velinhas que comeram em volta da minha cama. Meu sono durou duzentos e vinte dias; contando o início da reabilitação, levei cerca de dez meses para poder voltar para casa.

Meados de junho. O milagre da minha ressurreição – assim chamada insistentemente por mamãe – exerce considerável pressão sobre a vida familiar. Tenho de ser alimentado, limpo e locomovido. Quero agradecer aos envolvidos, mas as palavras nem chegam a meus lábios.

Certo dia, meus irmãos, por ordem de mamãe, me levam à festa de verão. Sam é quem empurra minha cadeira de rodas motorizada, e o ar fresco vem me receber de braços abertos, como um amigo. Parece que o mundo mudou durante minha ausência. Está de cara lavada, como se estivesse esperando a visita do papa ou de alguém do tipo. Sam me empurra às pressas pelas ruas, não quer ser parado por gente perguntando a meu respeito. Ouço os sons do parque de diversões, que faz parte da festa. A gritaria, a conversa fiada veloz dos funcionários das atrações, os sinos retinindo quando você acerta o alvo – o ruído diz tudo. Diz: "Viva a festa!".

Dirk segue alguns passos à nossa frente. Sente-se envergonhado do que está atrás dele. Pega a Rua do Sol, passa pelo Café do Sol, seguido por mim e por Sam. O barulho proveniente da feira vai morrendo, agora só dá para ouvir os graves e os agudos no meio de tanta algazarra. Pelo visto, não estamos indo à festa. Viro a cabeça e olho para Sam, que está empurrando a minha charanga furiosamente rua acima em alta velocidade. Chegamos aos limites da aldeia, à fazenda de Hoving. Ali nós paramos, Dirk já atravessou o portão. Já faz muito tempo que estive aqui.

– Me dá uma mão! – grita Sam.

As rodas da charanga emperram na hora de passar pela grama alta com favas-bravas e papoulas. Dirk vem ao nosso encontro e, juntos, vão me arrastando na charanga pelo jardim do falecido Rinus Hoving. A fazenda dele está desabitada e vai ficar assim enquanto os herdeiros estiverem brigando sobre qual destino dar a ela. Levantam a charanga sobre a entrada de serviço e me fazem entrar na copa. Os ladrilhos vermelhos estão cobertos por um tapete de pó. Vejo pegadas nele. Então me guiam através da cozinha, e nós passamos por um corredor até chegarmos a uma grande sala de estar, onde me acomodam diante das portas corrediças de vidro.

– Deixa ele aí na frente da janela porque assim vai ter para onde olhar – diz Dirk.

– Deixa você.

Uma dúvida cruel para Sam. Já para Dirk, não. Dirk não duvida, é bobo demais para duvidar.

– A gente não deveria estar fazendo isso – diz Sam.

– A culpa é inteirinha dele, ela acha que eu vou levá-lo junto na montanha-russa?

"Ela" é mamãe. Não que Dirk a respeite muito. O fato é que ela tem à sua disposição um instrumento poderoso: a mão direita de papai. Entra em cena a cabeça do Sam.

– A gente já volta, Fransje. Aguenta aí, tipo uma horinha. Desaparecem.

Fantástico, largado como feixe de lenha numa casa abandonada. Pelo menos fica claro o que se pode esperar deles. Eu sabia que ia acabar assim, só estava esperando pelos fatos.

Os fatos são menos ruins que as suspeitas. O fato é que estou preso numa casa escura que está respirando no meu cangote. E que a minha vista consiste no parapeito da janela coberto de moscas mortas, teias de aranha e um monte de porcaria e poeira. Meus medos estão sempre à espreita, eles não se deixam enganar, estão atentos. E lá vêm eles, esgoelando-se de uma só vez. Criaturas esquisitas! Pedófilos! Coisas! Em uma palavra: pânico. Mas por quanto tempo uma pessoa pode continuar com medo sem que lhe aconteça algo?

Pouco a pouco, a sensação vai se tornando estranha e, se ainda não tiver acontecido nada, daí você ri de si mesmo. Peraí, aquilo era um barulho *de verdade*, juro que ouvi uma porta se fechar, alguma coisa cair... Viro o pescoço, e isso me custa tanto esforço que começo a gemer como um debiloide. Como derrubar uma árvore com a testa. Eis então que, na soleira da porta...

– Oi – diz a figura.

Uma voz de garoto. Olho contra a luz que vem da cozinha e vejo apenas a silhueta recortada no vão da porta. Vem até mim. Um garoto, graças a Deus, não passa de um garoto. Vem se postar diante de mim e me analisa sem o menor pudor. O olhar descarado desliza pelos aros metálicos que prendem meus pés, o revestimento azul do assento – *couro dácron legítimo, patrão* –, os tubos cinza e a alavanca de madeira à minha direita que se usa para orientar as rodas dianteiras e para transmitir a força dos braços às rodas traseiras. Comprada, obviamente, tamanho *large*, pensando em quando eu crescer. Mas olhe, uma gracinha de engenhoca, mal saiu da garagem e tudo. Dizem que eu próprio vou chegar a dirigi-la um dia. Por enquanto, nem uma mosca da testa eu consigo espantar.

– Oi – repete o garoto. – Você é mudo?

Rosto bronzeado e olhos claros. Corte de cabelo estilo Príncipe Valente. Ele se vira e olha pela janela. O jardim de Hoving: trevos vermelhos e urtigas, além dessa papoula que adora ser admirada, mas que se ofende e murcha no mesmo instante em que você a colhe.

– Eles largaram você aí, né? – indaga o garoto, com o olhar sobre Lomark.

As gôndolas mais altas da roda-gigante despontam por cima das casas. Ele acena com a cabeça.

– Eu ouvi falar de você. Filho dos Hermans, do ferro-velho. Dizem que a Virgem Maria operou um milagre em você. Eu não vejo grande coisa, se posso ser sincero. Se isso aí for milagre, imagina o castigo como deve ser, você me entende?

Faz que sim com a cabeça como se concordasse plenamente consigo mesmo.

– Eu me chamo Joe Speedboat – diz então. – Não faz muito tempo que vim morar aqui. A gente mora para os lados de Portas Traseiras, conhece?

Mãos largas, dedos curtos. Largos também são os pés sobre os quais ele se sustenta como um samurai – por acaso, eu sei um pouco desse assunto. Os samurais. Sobre o *seppuku* também, o Caminho da Morte para salvar a honra, em que você enfia uma espada curta na barriga e faz nela um corte na diagonal de baixo para cima. O comprimento do corte revela a valentia do sujeito. Mas não era disso que eu estava falando.

Já entendi o que o menino tem que emputece meu irmão Dirk. Tudo nele irradia luz e diz: "Eu não tenho medo". Joe Speedboat, colocador de bombas, estraga-sonos – com seu short jeans cortado e chinelos de couro curtido. Onde você esteve todo esse tempo?

– Vou pegar uma coisa e já volto – diz.

Desaparece do meu campo visual; ouço os passos a caminho do andar de cima e, logo em seguida, sobre minha cabeça. Seria ali o laboratório dele? Onde ele fabrica suas bombas e sei lá mais o quê? A sala de controle de Speedboat? Quando volta a descer, vem trazendo um timer de lavadora e duas pilhas Gato Negro. Então se senta no parapeito da janela e, franzindo o cenho em sinal de concentração, conecta os polos das pilhas. Daí ele prende no timer uma peça de metal e volta os ponteiros para o zero. De repente, levanta a cabeça.

– A gente teve azar com a mudança – diz, sério. – Um acidente. Foi nele que meu pai morreu.
E continua o que estava fazendo.

A primeira vez que Lomark ouviu falar de Joe e de sua família foi quando o Scania se chocou contra a casa monumental com o frontão escalonado da família Maandag, na Rua da Ponte. O caminhão amassou quase até a traseira, ao irromper na saleta da frente, onde o filho, Christof, estava jogando videogame na frente da televisão. Christof congelou quando tudo aconteceu. Depois de algum tempo, a primeira coisa que ele viu foi um farol dianteiro, despontando como um olho furioso entre o redemoinho de pó e o entulho. E só muito lentamente ele se deu conta de que havia um caminhão dentro da casa. Enquanto isso, só se ouvia o *toing-toing* da bola do videogame saltando para cima e para baixo na tela da televisão. Sobre a grade do Scania, estava emborcado o tronco de um homem, os braços frouxos, como um espantalho caído do céu. A parte inferior do corpo ainda estava enfiada na cabine, morta, sem sombra de dúvida. Mas, lá em cima, ainda havia vida: a porta do lado direito se abriu devagar, e Christof viu descer um garoto que tinha aproximadamente a idade dele, 12 ou 13 anos. Estava com uma camisa dourada de lamê, bombacha e sandálias nos pés. Sua roupa indicava que os pais dele tinham o parafuso solto; começou a olhar à sua volta na sala como se nada tivesse acontecido enquanto a cal caía rodopiando sobre seus ombros e sua cabeça.
– Oi – disse Christof, as mãos ainda agarrando o *joystick*.
O outro sacudiu a cabeça como se tivesse pensado alguma coisa estranha.
– E você quem é? – foi tudo o que Christof conseguiu perguntar.
– Meu nome é Joe – respondeu o garoto. – Joe Speedboat.

Foi assim, como um meteorito, que Joe Speedboat entrou em nossa aldeia, onde temos um rio que no inverno causa enchentes, uma rede permanente através da qual as fofocas se propagam e um galo no brasão, o mesmo galo que há mil anos ou algo em torno disso fez uma horda de vikings recuar diante dos portões de Lomark enquanto nossos ancestrais estavam na igreja rezando. "Foi o galo que mostrou valentia", costumamos dizer por aqui. Resumindo, algo que detém o avanço de um elemento estranho, esse é o nosso símbolo. Mas é que Joe Speedboat irrompeu ali com tamanha violência que nada foi capaz de detê-lo.

Tornara-se órfão de pai depois do acidente, porque o homem dependurado sobre o para-brisas, entre os cacos de vidros, era seu genitor. A mãe estava na cabine, desacordada; Índia, a irmã caçula, acabou com a cara nas solas de sapato do pai. Christof e Joe se entreolharam como criaturas de galáxias diferentes – Joe, com a nave espacial encalhada, e Christof, com o dedo esticado para estabelecer o primeiro contato. Ali estava algo que podia libertá-lo da imobilidade opressiva da aldeia, onde "o galo mostrou valentia", essa besta odiosa que você encontra em todo lugar: na porta dos caminhões de bombeiros, na fachada da prefeitura e na praça do mercado, em forma de estátua de bronze. O galo que circulava pelas ruas sobre um carro durante os desfiles de carnaval, que cacarejava contra você dos azulejos decorativos ao lado de dezenas de portas de entradas e cuja encarnação na confeitaria da aldeia era o "Galeto" (uma merda de biscoito esfarelado com granola por cima). Sobre os aparadores, sobre o console da lareira e os parapeitos das janelas, você encontrava galos de vidro, galos de cerâmica, galos de vitral, galos nas pinturas a óleo nas paredes. Nossa criatividade não tem limite quando se trata de galo.

Joe não sabia mais para que lado olhar na casa para dentro da qual o destino o arremessara (leia-se: uma manobra malfeita combinada com excesso de velocidade em área residencial). Na casa dele – a velha que haviam trocado pela de Lomark –, não estavam pendurados nas paredes retratos a óleo olhando para você, como se você tivesse roubado alguma coisa. E, obviamente, você sempre havia roubado alguma coisa, de modo que aquelas caras continuariam encarando você do mesmo jeito até que perdesse o medo e acenasse para elas com a cabeça, dizendo: "Vamos lá, rapazes, não rola nem um sorrisinho?".

Ele também achou o candelabro bonito, assim como os carrinhos de bufê antigos sobre os quais se viam os decantadores de cristal de Egon Maandag, cheios de uísque, desde o *Loch Lomond* até o *Talisker*. Na casa do Joe, eles só tinham umas garrafas atarracadas de vinho de baga de sabugueiro, de um bordô profundo, de fabricação própria, com um sifão soltando borbulha como quem sofre do estômago. O vinho estava sempre ou jovem demais ou um pouco passado. "Mas tem um sabor bem especial, não é, meu bem?" (A mãe para o pai, nunca o contrário.) E, então, eles se punham a beber bravamente, para, dois dias depois, jogarem a borra na privada e darem descarga, porque aquela ressaca deles mais se parecia com a experiência de quase-morte dos alcoólatras russos.

Tempos depois, Joe ficou sabendo que tinha ido parar na sala de estar do clã dos Maandag, a família mais importante de Lomark, proprietários da usina de asfalto à margem do rio. Egon Maandag empregava vinte e cinco trabalhadores, além de uma empregada e, às vezes, uma *au-pair*, sempre de um país diferente.

E Joe permanecia ali de pé, imóvel, olhando e olhando.

Tempos depois, Christof disse que Joe tinha se comportado daquela forma para não ter que ver o homem morto pendurado sobre o para-brisas. Quando os olhos dele se desprenderam de Christof e do que o rodeava, finalmente deu a volta e olhou para o pai. Estendeu o braço e segurou com a mão a cabeça ensanguentada do homem. Alisou os cabelos dele com muito cuidado e disse alguma coisa que Christof não entendeu. Seus ombros tremeram, depois se dirigiu ao buraco que o caminhão tinha aberto na parede. Foi escalando sobre os destroços até sair para a luz do dia. Percorreu a Rua da Ponte até o dique de inverno, subiu-o e tomou a direção do rio. Alguns novilhos estavam saltitando nas várzeas; no arame farpado, chumaços de grama ressecada como barba aveludada de viking, presos ali após as enchentes de inverno. Joe alcançou o dique de verão e o pequeno atracadouro da balsa logo atrás. Uma vez a bordo, foi se sentar no peitoril, pôs as pernas para fora da embarcação e nem olhou para cima quando Piet Honing saiu da cabine do capitão para cobrar pela travessia.

O fato de Joe fazer amizade com Christof era tão inevitável quanto comer peixe às sextas. Começou com aquele olhar ávido de Christof cravado no rapaz do caminhão de mudança salpicado de branco. Atrás de Joe, a luz do sol penetrava na sala através da parede destruída, enchendo o aposento com a energia vibrante da primavera. Christof nunca tinha visto nada igual. A imagem do menino naquela torrente de luz lhe despertava o desejo de abandonar sua vida antiga.

Mas Christof não era – nem nunca seria – assim. Era nervoso demais e um eterno indeciso. Junto com o desejo de ser como o menino do caminhão, também havia aquela inveja que dá cócegas nos dentes caninos, a tentação vampiresca de chupar a vida de dentro de alguém.

O acidente com o caminhão foi decisivo para a formação de ambos. Reforçou o estoico que havia em Joe e fez aflorar em Christof um quê de velho, de apreensivo. O fato de Joe querer construir um avião tinha feito Christof dizer: "Não seria melhor você consertar primeiro o bagageiro da bicicleta?". O fato de Joe conseguir inventar um aparelho capaz de substituir os programas dominicais da Comunidade Evangélica – vulgarmente chamada "Rádio Deus" – por *speed metal* tocado de trás para frente e de, por coincidência, soarem na mesma hora os alarmes dos exercícios mensais da guarda civil sobre o telhado do Rabobank era, para Christof, sinal suficiente de que fabricar aparelhos capazes de interferir nas transmissões da rádio representava uma péssima ideia.

Enquanto, para Joe, era o sinal do meio-dia e de que estava com fome.

Joe celebra nosso primeiro encontro com uma bomba de brinde, pelo menos é assim que eu vejo. Ainda na mesma noite, depois de a gente ter-se visto na fazenda do Hoving, Lomark inteira salta assustada da cama. Joe é mesmo o máximo. Os cachorros latem, em algumas casas se acendem as luzes, na rua as pessoas formam grupinhos. O nome de Joe está na boca do povo. E eu, na cama, estou com um sorriso de orelha a orelha.

Algumas pessoas vão investigar o que aconteceu. Ele fez explodir uma subestação da rede elétrica. Consequentemente, a festa fica sem energia, e um bom número de casas também.

A lua lambe as barras de metal da minha cama. Eu exercito o braço.

Voltei a me movimentar. Nem dá para acreditar, mas já consigo seguir em linha reta e virar com a charanga. Faço o bicho andar puxando e depois empurrando uma alavanca. Modelo MFM: Movido pela Força Muscular. De resto, os espasmos estão piores do que nunca: às vezes, os objetos voam pelos ares na hora em que eu os pego, mas, no intervalo entre um espasmo e outro, até que sou capaz de fazer algumas coisas. Mas tenho de praticar. Faz um mês que comecei a frequentar a escola, porque minha cabeça vai bem, obrigado, embora eu ainda não consiga falar. Tive de recomeçar do ponto em que havia parado, no sexto ano, o que significa que fiquei na classe de Joe e Christof.

Frear é a manobra mais difícil, principalmente quando desço do dique, cruzo a várzea e sigo ao longo do Pescoço Comprido – vai depressa demais para mim. Sobre o dique, os homens do tipo "as-coisas-não-são-mais-como-antigamente" olham para mim. Passam quase todo o tempo sentados cada um no seu banco, com a bicicleta ao lado, no apoio. Eles veem tudo, esses camponeses velhos e rudes – a maioria deles chegou a vivenciar a Segunda Guerra Mundial. Não olho para trás, não gosto deles.

Os bombeiros enchem os tanques no Fosso de Belém, o local de escavação de areia da usina de asfalto. Os homens estão de macacão e camiseta branca, da qual saem uns braços bem grossos. Daqui, dá para ouvir as risadas das piadas de bombeiro que eles contam uns aos outros, porque a água propaga o som. Um dos bombeiros me avista e acena. Retardado.

Acima de mim, sussurram os choupos e, no pasto à direita do Pescoço Comprido, vejo uns dez pôneis perdidos na grama alta. Estão bebendo a água verde de uma banheira junto à cerca de arame farpado. Provavelmente eles são de Rinus, a Esponja. Ele já foi multado – e mais de uma vez – por abandono de animais.

Depois, há a Asfalto Belém, a usina de Egon Maandag. As escavadeiras abocanhando pedaços da encosta pedregosa do terreno. À noite, é possível avistar a usina de longe como uma bolha de ar de cor laranja; quando há muitas obras de recapeamento em ruas e estradas, a usina funciona vinte e quatro horas por dia. Dizem que a Asfalto Belém é a seiva vital que torna possível a sobrevivência econômica de Lomark, e que todas as famílias entregam a ela seus primogênitos.

Estou ensopado de suor e com pontadas de dor no braço, mas estou quase alcançando o rio. Já dá para ver os dois salgueiros enormes na margem de lá e a balsa na metade do caminho. Piet Honing, querendo ser engraçado, sempre diz: "A balsa é a continuação de um caminho por outros meios". Agora, posso viajar de graça por não conseguir andar. Tem a ver com o fato de eu conhecer tanto a vida quanto a morte, disse Piet certa vez, sem, contudo, entrar em detalhes. A Joe, ele também nunca cobrou um centavo após aquela primeira vez.

Piet chega à outra margem, a rampa da embarcação raspando no concreto do atracadouro. A meio caminho do rio, desliza no sentido da correnteza um daqueles barcos usados para festas – dá para ouvir a música e o entrechocar dos copos brindando. Os passageiros se encostam no peitoril com elegância. Será possível ficar com inveja da rapidez com que um barco desce a correnteza do rio? Viajando conosco ao lado da proa, como que pintadas nela, duas ondinhas espumantes. Rio acima, está a Alemanha, onde balões de ar quente flutuam sobre os picos das montanhas. Dos balões, ninguém reclama. A propósito, você sabia que esses estranhos objetos flutuantes que entram e saem do seu campo visual quando você olha tempo demais para alguma coisa são proteínas na superfície do globo ocular?

Honing deixa cair a cancela, levanta a rampa e abre o regulador de pressão. Afasta-se da terra firme, e todo o negócio vem balançando para o lado de cá. As bandeiras esfarrapadas da *Total* tremulam na brisa.

Atrás das montanhas e dos balões, começa a escurecer. O barco de festas fez uma curva e desapareceu, só Deus sabe para onde. Parece que esse tipo de barco está sempre navegando no sentido da correnteza, enquanto as barcaças vão no sentido contrário, em direção à Alemanha, lutando contra a corrente com seus motores a diesel.

Piet atraca e desembarca. Em seguida, diz: "Agora você, rapazinho...". Pega a charanga pelas braçadeiras e me empurra para dentro da balsa. Não gosto que me empurrem, mas fazer o quê? Ele me estaciona junto a um nicho com vassouras e provisões de sal para derreter neve.

A noite enrola o dia como um jornal. Sinto cheiro de água e óleo. Vamos como que nos arrastando para o lado de lá, onde um carro pisca os faróis. A escuridão se derrama dos galhos dos salgueiros sobre as vacas deitadas nos campos. Vaca é um ser idiota, sempre por aí, imóvel, sonhando acordado com coisa nenhuma. Não, eu prefiro os cavalos, que, quando estão parados, pelo menos parecem estar pensando em alguma coisa, refletindo profundamente sobre algum problema equino, enquanto o olhar das vacas parece idêntico àquele que o céu dirige a nós: grande, escuro e vazio.

Algumas pessoas morrem de medo de andar na balsa, de tanto que ela arfa e chacoalha. Vez ou outra, a água entra no convés aos borbotões, mas não há razão para se preocupar. A balsa vem operando desde 1928. E foi concebida apenas para as águas tranquilas de um canal, não para navegar num rio, com suas manhas. Meu pai diz: "Isso aí é um perigo para a segurança pública. Deveria ter passado pelo triturador da Hermans & Filhos já faz muito tempo. Como se ele estivesse minimamente se importando com a segurança pública, se não pode tirar proveito algum. Mas Piet mantém a balsa funcionando a todo custo, mesmo que ela praticamente já não passe de uma cabine do capitão sobre uma chapa metálica que já lota com seis carros.

Se você pergunta, Piet explica que sua balsa de cabo foi motorizada quando os grandes navios fluviais foram ganhando cada vez mais velocidade. Ficou perigoso demais atravessar unicamente pela força da correnteza. Porque é isso que uma balsa de cabo faz. Está atada com cabos a três boias velhas rio acima, chamadas *bochtakkers*. A última das boias está firmemente ancorada no leito do rio, com uma âncora enorme. Na extremidade de um dos cabos, está a balsa, que faz um movimento de vaivém sobre as águas, como a corrente de transmissão de um relógio, daqueles que têm um pinhão de metal na parte inferior. Puxando um cabo através de um guincho e fazendo deslizar o outro, a correnteza leva a balsa para a outra margem; mas, hoje em dia, Piet precisa do motor para evitar que os monstros do rio, aqueles navios enormes, façam virar a sua balsa. Às vezes, Piet fica no prejuízo quando um deles, navegando entre as boias, bate contra os cabos. Quando isso acontece, fica um dia no seco, por conta do conserto.

Sai da cabine.

– Uma excelente noite, rapazinho.

Levanto a cabeça para olhar para ele e, da minha boca, escorre um litro de baba. Tenho litros e litros de reserva. Dá até para criar peixinhos dourados. Uma barcaça, carregada com montanhas de areia, vem deslizando em nossa direção.

– A gente deveria dar uma geral nesse atracadouro – suspira Piet. – Deixá-lo como antigamente, quando parecia uma saleta de espera jeitosa e te davam café com biscoito enquanto você esperava. As pessoas ficavam em volta da calefação quando fazia frio. Depois, com a chegada da ponte e da rodovia, tudo mudou. Veja como está agora. Espere só até a rodovia ficar congestionada, então vamos saber quem tem a conexão mais rápida.

Parece que ele tem estado um pouco triste nos últimos tempos. A barcaça passa por nós. As escotilhas de convés estão abertas, pilhas de areia se erguem do porão, como as corcovas nas costas de um dragão. Uma paisagem de colinas flutuante subindo em direção à Alemanha. Não é à toa que este país é tão plano, do jeito que exportamos todas as nossas colinas...

No céu, vê-se uma única nuvem, na forma de um pé. Ô de casa! Haveria alguém lá? Ô de casa! Se é que você me entende.

Joe não revelou a ninguém seu verdadeiro nome, nem mesmo a Christof, que, afinal, se tornara seu melhor amigo. A gente já sabia que o sobrenome dele era, na verdade, Ratzinger, mas o primeiro nome era segredo.

Normalmente, quando você recebe seu nome, é definitivo; agora você se chama assim e pronto, bico calado. Ninguém te pergunta nada, você é o seu nome, o seu nome é você e, juntos, formam uma unidade. Após a morte, seu nome ainda perdura na mente de um monte de pessoas, depois se apaga da laje do túmulo e ponto final. Mas Joe tinha ficado insatisfeito. Estamos falando da época anterior à sua mudança para Lomark. Ele sabia que, com o nome verdadeiro, jamais chegaria a ser o que almejava. Com um nome assim, jamais seria algo ou alguém diferente. Era como sofrer de uma doença do tipo que não lhe permite sair de casa. Era um engano, ele tinha nascido com o nome errado. Foi por volta dos 10 anos que decidiu renunciar ao tal nome, que era como pé torto. Ele se chamaria Speedboat. Não sei como chegou a esse nome, mas Speedboat era mesmo a cara dele. O primeiro nome, ele ainda não tinha, mas não estava nem um pouco preocupado, pois viria espontaneamente quando o sobrenome tivesse se estabelecido.

O primeiro nome não tardou em aparecer. Certo dia, quando passava por alguns andaimes, desses que têm um duto através do qual se jogam pedregulhos e entulhos para dentro de um contêiner, Joe – que, como vimos, ainda não se chamava assim nessa época – recebeu uma lufada de poeira na cara e parou para esfregar os olhos. No andaime, viu um rádio coberto de cascalhos e respingos de tinta, e foi nesse momento que o nome se revelou. Com a mesma felicidade de uma criança que reconhece a mãe no meio de uma multidão, ouviu pela primeira vez como soava seu nome: Joe. Na canção "Hey Joe", de Jimi Hendrix: "Hey Joe, where you going with that gun in your hand / Hey Joe, I said where you going with that gun in your hand / I'm going down to shoot my old lady / You know I caught her messing 'round with another man."

Ou seja, Joe. Joe Speedboat. Com um nome assim, você está preparado para o mundo.

Descobriu a vocação no quintal da casa de Portas Traseiras. Foi no começo da primavera, após seu primeiro inverno em Lomark. Eu ainda estava convalescendo no hospital. Joe estava no jardim limpando e amontoando as folhas com um ancinho; uma luz fresca, fria, jorrava sobre os restos apodrecidos das estações. Debaixo da folhagem, havia um gramado castanho-amarelado e as cascas translúcidas dos caracóis. Vindo de lá dos lados de Westerveld, ouvimos um barulho – como de alguma coisa que se rasga, que dói. Chegou até nós em ondas cada vez mais rápidas. Um choupo novo tremia nervosamente. Joe apertou o ancinho contra o peito e aguardou na postura de descanso clássica dos empregados do serviço dos jardins públicos.

Foi então que ele os viu: sete Opel Mantas cintilantes, negros como a noite e com escapamentos vomitando fogo e fumaça. Ao volante, estavam sentados rapazes com olhar feroz, cara de retardados e pelos nas palmas das mãos. Pelas janelas abertas, saía fumaça de cigarro; estavam apoiados no cotovelo, os braços direitos gesticulando do lado de fora, e Joe viu, perplexo, a procissão que passou por ali como uma trovoada em câmara lenta. Deixou o ancinho cair e tapou os ouvidos com as mãos. Os escapamentos brilhavam como trombones, e o mundo pareceu esturricar-se no meio de um estampido que a tudo consumia em chamas quando os rapazes pisaram no acelerador com a embreagem engatada, só para informar ao mundo de sua existência, para que esse ponto fique bem claro, porque o que não repercute não existe.

Para Joe, foi a primeira aula de cinética, a beleza do movimento, impulsionada pelo motor de combustão.

A procissão deixou uma bolha de silêncio atrás de si e, nesse silêncio, Joe ouviu a voz da mãe pela janela aberta: "Seus filhos da mãe!".

Regina Ratzinger (quem a chamava de senhora Speedboat era, gentil e prontamente, corrigido) acabava com suas costas todas as manhãs, como empregada da família Tabak, e, pela tarde, ficava com os tendões do cotovelo inflamados de tanto que costurava para atender à demanda de suéteres de lã da aldeia inteira. Os suéteres eram de uma qualidade excepcional, fato que acabou se voltando contra ela, já que, por serem indestrutíveis, as vendas atingiram um ponto de saturação, fazendo com que agora ela praticamente não vendesse mais nada. Mas o breve sucesso de seus suéteres também se deveu à reprodução particularmente fiel do galo de Lomark, que ela bordava com linha fina sobre o peito de cada um deles.

A casa estava cheia de cestas de lã, o que acabou atraindo as traças. Viam-se iscas penduradas em lugares estratégicos para apanhá-las, umas lâminas de cartão pegajosas exalando cheiro de sexo de traças. Às vezes, ouvia-se Regina Ratzinger gritar: "Traça! Traça!", ao que se seguia uma palmada estrepitosa, com Índia dizendo "Ai que dó!" e Joe dando risadinhas.

Christof não se conformava em não saber o nome verdadeiro de Joe. Certo dia, lá foi ele procurar Regina Ratzinger.

– Senhora Speed... quer dizer, senhora Ratzinger, como o Joe se chama de verdade?

– Isso, eu não posso dizer, Christof.

– E por quê? Juro que não conto a ninguém...
– É porque o Joe não quer. Ele acha que todo mundo deve ter pelo menos um segredo na vida, por maior ou menor que seja. Sinto muito, docinho, mas não vou poder te ajudar.

Christof recebeu o nome do avô, de quem foi feito um retrato para ser pendurado na casa da Rua da Ponte; imortalizado à frente de ruínas clássicas, com o olhar sobre a sala destruída pelo caminhão. Quando Regina o chamou de docinho, Christof decidiu que queria chamar-se Johnny, Johnny Maandag. O nome era absolutamente perfeito, pelo menos enquanto não se soubesse que ele se chamava Christof e que tinha desejado mudar de nome apenas para seguir o exemplo de Joe Speedboat.

Mas acabou que, no final, o nome não emplacou. Só Joe o chamou assim por um tempo, mas, fora ele, ninguém mais.

Naquele verão, Christof passou quase todas as férias na casa de Joe, onde era permitido fazer muito mais coisas que na casa dele. Andavam sempre juntos na mesma bicicleta, com Christof de pé na garupa de Joe, como num espetáculo circense coreano, a caminho do *Spar*, para comprar uma garrafa de Dubro, ou da lanchonete Fênix, para comprar batata frita. Foi assim que, certo dia, passaram pela frente da casa destruída da Rua da Ponte, ainda escondida atrás de uma barreira de andaimes e desses plásticos usados em obras: a casa estava sendo reformada antes de ser vendida, porque Egon Maandag dizia que não conseguiria voltar a dormir sossegado ali por causa do acidente. Enquanto isso, havia mandado construir uma mansão num terreno elevado fora de Lomark para manter os pés secos em tempos de nível elevado de água. Naquele momento, ele surgiu de debaixo da tela de proteção diante da porta de entrada e olhou, surpreso, para o filho, de pé sobre o bagageiro.

– Oi – diz Christof.

– Oi, Christof – cumprimenta o pai, o que, pelo que me lembro, foram as únicas palavras que eles trocaram naquele verão.

Joe e Christof costumavam ir comer batata frita com frequência. A garota da lanchonete Fênix tinha um rostinho bonito e o corpo cheio de curvas.

– O que os fregueses mandam?

– Para mim, uma porção *extra large* de batata frita com ketchup e maionese e dois garfos – disse Christof. – Por sinal, você sabe por que este lugar se chama Fênix?

A garota balançou a cabeça.

– Fênix é um pássaro mitológico que ressurge das próprias cinzas – esclareceu Christof. – Fico surpreso que você não saiba disso.

– Oh, sinto muito – desculpou-se ela.

Ela olhou, curiosa, à sua volta, como se visse algo que antes não estava ali.

– Será que foi aqui que ele foi visto pela última vez?

– Isso mesmo – respondeu Joe, bastante sério. – Era exatamente aqui que ele tinha seu ninho.

As batatas borbulhavam, enquanto na janela uma mosca-varejeira agonizava. A garota tirou as batatas do óleo e as deixou escorrer enquanto Joe e Christof cravavam os olhos no seu enorme traseiro, que balançava ritmadamente, exercendo uma influência quase magnética. A garota pôs uma pitada de sal sobre as batatas e as misturou. Joe e Christof gravavam na retina suas carnes fenomenais.

– Saindo uma porção para o senhor Christof – avisou.

– O nome dele é Johnny – disse Joe. – Daria para pôr mais maionese aqui?

Tendo perdido um ano por conta do acidente, agora estou na sexta série, com meninos que mal conheço. Sou o mais velho, mas, se você me puser de pé ao lado dos outros, também o mais baixo.

No primeiro dia de aula, o senhor Verhoeven, professor de Holandês, perguntou o que tínhamos feito nas férias de verão.

– E você, Joe? – perguntou, chegando ao meio da lista de chamada. – O que você fez nas últimas semanas?

– Estive esperando, professor.

– Esperando o quê?

– A volta às aulas, professor.

Finalmente, tenho a chance de ficar o tempo que quiser ao lado dele. Certa manhã, porém, Joe pede ao senhor Beintema para ir rapidinho ao banheiro. Algum tempo depois, ouvimos um estrondo trovejante em algum ponto do edifício.

– Joe – fala Christof, baixinho.

Aquele idiota foi mexer numa bomba enquanto estava sentado na privada. Meia mão decepada, um rastro de sangue da cabine do banheiro até o lado de fora, o diretor correndo atrás dele. Joe tenta escapulir como um rato ferido, mas o diretor o alcança no meio do caminho do pátio e começa a xingar; não quero mais nem olhar. Joe não está mais escutando de verdade, porque cai como se alguém tivesse puxado um tapete por debaixo de seus pés. Chega a ambulância, arma-se a maior confusão e, então, perdemos Joe de vista. A bomba malsucedida fez o maior estrago nele.

Aos poucos, a classe começa a se acostumar à minha presença. Dispensaram-me das provas orais, porque levo uma hora para responder e, ainda assim, não me entendem. Acaba sendo cansativo demais.

É muito constrangedor não poder mijar sozinho; por alguma razão desconhecida, quem me dá uma mão é Engel Eleveld. Engel é um cara fantástico. É do tipo que passa anos sem chamar a atenção, como se fosse invisível, até que você de repente o *enxerga* e se apega a ele com um sentimento desvairado de amizade.

Foi o próprio Engel Eleveld quem se ofereceu para me ajudar. Não sei como ele soube de minha necessidade de assistência especializada, mas qualquer ajuda é bem-vinda. Vamos juntos ao banheiro, ele abaixa minhas calças e segura meu pinto sobre o coletor que eu sempre levo no compartimento lateral da charanga. Na primeira vez, eu quis morrer, não tanto no momento em que ele enfiou meu pinto no reservatório, mas quando lavou o coletor na pia. Por mais estranho que pareça, ninguém fica intrigado com o fato de Engel ser meu companheiro de mijada; pelo menos nunca ouvi nada a esse respeito.

Você deve estar se perguntando como faço em relação à necessidade número dois, se Engel também me ajuda. É óbvio que não! Isso eu só faço em casa. Mamãe é quem me ajuda. Não admito ninguém mais mexendo na minha caverna.

Depois da explosão, a porta da cabine no banheiro foi recolocada nas dobradiças, e o zelador não para de repetir a quem quiser ouvir (na verdade, ninguém quer, mas ele matraqueia mesmo assim) que nunca viu nada parecido na vida. O que me interessa saber é o que Joe iria explodir. Ou quem.

Quando ele volta – a mão enfaixada, os pontos na testa –, ninguém mais faz perguntas. Parece que um silêncio tumular caiu sobre o tema. Muito estranho, como se preferissem não saber que Joe fez uma grande besteira. Não combina com a imagem dele. Eu, particularmente, percebo quanto gostaria que ele desse uma surra no mundo inteiro, porque, se alguém pode fazer isso, esse alguém é ele.

Joe se mantém meio calado nos primeiros tempos, depois de seu retorno, e Christof é quem toma conta dele. Quando Joe desenrola as faixas de gaze na classe, na presença de todos, Christof mantém os curiosos a distância.

– Joe – diz, preocupado –, não é perigoso?

– O perigo está escondido onde você menos espera – resmunga Joe, desenrolando a faixa ainda mais.

Vem até mim e põe a mão diante dos meus olhos.

– Está vendo, Fransje? Essa é a face da estupidez.

Meu estômago se revira. Sua mão direita é como uma espécie de colcha de retalhos de carne em amarelo, verde e cor-de-rosa, costurados uns nos outros com uns trezentos pontos. Estão faltando um dedo mindinho e um anular.

– Caramba, Joe! – exclama Engel Eleveld, baixinho.

Heleen van Paridon sente o almoço subir até a garganta, mas não vomita.

– Um pouco de ar fresco, e tudo volta a ser como antes – diz Joe.

– Foi você que pôs as outras bombas? – pergunta Quincy Hansen, um pedaço de merda que está na minha classe porque foi reprovado por dois anos consecutivos. Eu preferiria contar meus segredos a uma serpente a contá-los a Quincy Hansen.

– Não tenho nada a ver com aquilo – responde Joe.

– Foi você! Foi você! – exclama Heleen van Paridon.

Uma moça bastante agressiva, para o meu gosto.

– Não é verdade – diz Christof, com a inocência de um santo.

Isso mesmo, nada de entregar o jogo, nunca. O que se seguiu foi uma espécie de briga para a qual Joe logo perde a paciência; levanta-se e vai embora.

– Então, quem é o responsável, hein? – grita Heleen, enquanto ele lhe dá as costas. – O Fransje?

Joe se vira e olha para mim, depois para Heleen.
– O Fransje é capaz de muito mais do que você imagina – diz.
E desaparece. Christof vai no seu encalço. Todos me olham. Eu sopro bolhas de saliva, eles riem. Podem rir tranquilos, pois rir faz bem à saúde.

Não participo de nada. Impossível. O que procuro fazer é me movimentar o tempo todo, uma hora estou aqui e outra acolá: o bandido de um só braço com olhos biônicos. Nada lhe escapa; seus olhos tudo veem. Engole o mundo como uma anaconda devora um porquinho. *If you can't join them, eat them,* o que você acha? Sobe morro, desce morro, contra vento e contra chuva, espuma saindo da boca. De guarda no seu carro de guerra, um poncho para se proteger da chuva em dias de tempestade, um gorro na cabeça quando a tormenta investe contra as persianas ou uma camiseta do Havaí no sol quente. Não precisa ter medo. Os Olhos tudo veem.

Vejo Christof e Joe seguirem para o rio, e vou atrás deles a passos de tartaruga. Quando a alavanca transfere energia para as rodas, ouve-se um barulho estridente. Não que eu queira grudar em Christof ou Joe, não é bem assim. É algo mais ativo. Meus limites são os limites da faixa asfaltada, o que devo à Asfalto Belém. Joe com a caixa de equipamentos de pesca no bagageiro e Christof sentado à sua frente na barra. Com frequência, eles ficam sentados à margem do rio.

Os cardos soltam felpas, os fazendeiros remexem no feno e as gaivotas se divertem. O verão já está mais que avançado. Agora, tenho de escolher para que lado ir: para a esquerda da escavação de areia, atravessando o milharal até chegar ao rio, ou para a direita, pelo Pescoço Comprido, passando pelos choupos na direção da balsa. Arrisco esquerda e sigo pelo atalho esburacado por detrás do Fosso de Belém. Esse fosso é de onde a fábrica retira toda a areia de que precisa. Ninguém sabe quão profundo o fosso é, mas a água fica gelada até mesmo em pleno verão, o que já diz muita coisa.

Atrás do Fosso é que a coisa acontece: é aqui que, ao anoitecer, chegam da aldeia de motocicleta para se beijar, entre outras coisas, e você vê os vestígios jogados por aí, bolsinhas de guardar maconha, bitucas de cigarro, isqueiros vazios, camisinhas.

Durante o inverno, tudo isso aqui fica submerso, que é o que faz com que a rua fique toda esburacada. Na primavera, quando a água já escoou, os buracos se enchem de entulho e tijolos triturados, mas, aplanada, a rua nunca fica.

Uma revoada de pardais sai voando do milharal à minha passagem, enquanto eu sigo gemendo por causa das fisgadas no braço e nos ombros, porque, para te dar uma ideia, é como se você levasse para casa num braço só um cavalo morto. Não quero despertar pena em ninguém, mas é que é assim mesmo. Dirk se recusa a lubrificar a charanga, por mais que mamãe peça. Prefere ir se encontrar com a corja de amigos, com quem pode pôr em prática suas fantasias mais ousadas. Torturando coisas por aí. Não vale nada esse garoto. Certa vez, teve de ser levado a uma instituição de correção por ter amarrado Roelie Tabak numa árvore, espetando-o com galhos. Quando voltou, estava muito pior, mas agora tinha um jeito dissimulado. Fique esperto, esse aí é um sacana de marca maior.

O sol queima meu pescoço. Em volta do buraco de areia, há um monte de placas avisando ZONA PERIGOSA – RISCO DE DESLIZAMENTO DA BORDA. Há um corvo enorme empoleirado numa dessas placas, um monstro que grasna como o portão de um antigo celeiro. Deslizamento da borda foi o que aconteceu há dois anos, numa noite de outono, quando, de uma hora para outra, simplesmente desapareceu a estrada que leva até a balsa. Sumiu, sem mais nem menos. Depois se descobriu que os sugadores de areia da Asfalto Belém haviam ficado tempo demais sugando no mesmo lugar, o que fez com que o buraco voltasse a sorver a areia à sua volta. É o que acontece quando você vai e escava um buraco fundo: chega uma hora em que parece que a areia ao redor está escorrendo em direção ao ponto mais profundo. "Fome de areia", esse é o nome. Mas o Fosso de Belém era tão profundo que faltava areia para ele se encher, o que causou um deslocamento nas redondezas, porque a areia tinha de vir de algum lugar. Foi assim que um bom pedaço do Pescoço Comprido desapareceu sob as águas, arrastando, atrás de si, algumas árvores. E, quando você sai pela manhã e vê que a rua sumiu, fica ali com cara de bunda. Os fios condutores de gás e eletricidade soltos, os postes de luz derrubados. Mas agora tudo está em segurança, dizem, e os sugadores não ficam mais por muito tempo no mesmo lugar. Acredite quem quiser!

O milharal está alto de ambos os lados do caminho de cascalhos, as espigas já estão estourando de dentro de suas cascas. Por aqui, todos os postes estão inclinados porque o que você endireita no verão se retorce de novo no inverno. O caminho tem um metro e meio de largura, e as folhas em volta das espigas cochicham *manda brasa Fransje*, e eu mando tanta brasa que quase caio duro. Meu braço está se desgastando rápido demais; quando se desintegrar e eu ficar sem ele, aí mesmo é que não vou mais a lugar nenhum. Uma espiga estica os dedos em minha direção para me dar ânimo. Fransje separando as águas para fugir dos inimigos – o mar de verde se fecha atrás dele... *vai Fransje, vai!* E os dedos dos sabugos o impulsionam – *já está quase lá!*

No verão, o dique é um declive largo e pouco acentuado. Se Joe e Christof não estiverem ali atrás, isso significa que terei perdido a viagem. Alcanço o ponto mais alto do dique, o braço querendo descolar do corpo. Lá embaixo, vejo uma prainha, do mesmo tom amarelo que a micose no dedão do pé de papai. Flutuam cisnes no braço de água protegido por um quebra-mar. Na ponta do quebra-mar, há duas costas munidas de antenas compridas captando sinais vindo da água: Joe e Christof.

Já fazia um bom tempo que eu não vinha aqui, à beira da água, do dique e dos campos que cintilam com a grama luxuriante. Os pontos em que o gramado foi cortado estão tão pálidos quanto uma cabeça recém-raspada. No molhe seguinte, estão centenas de abibes. Joe consegue fisgar algo e iça da água um peixe miúdo todo reluzente; Christof começa a saltitar em volta dele, nervoso.

Na verdade, eu é quem deveria ser amigo de Joe. Christof não é o amigo adequado para ele, pois é, por natureza, prudente demais. Na minha opinião, ele freia Joe. Age como um freio na velocidade do amigo, e não deveria ser assim. Joe tem é que poder acelerar até sair voando pelos ares. Meu acidente ocorreu cedo demais, embaralhando cruelmente o curso das coisas. Eu é quem deveria estar sentado ali ao lado dele, e não Christof.

O vento que bate em minhas costas refresca um pouco, pois eu estava quase escorregando do assento de tanto suor. Então, Christof me vê, porque para de repente, dá uma cotovelada em Joe e aponta para mim. Como eles se acreditavam sozinhos, fazem uma cara de quem foi pego em flagrante. Os abibes saem voando todos de uma só vez, batendo as asas desordenadamente acima do rio. Eu mesmo ouvi como os pilotos de bombardeio ingleses sobrevoavam o rio a caminho da Alemanha, onde não deixariam pedra sobre pedra. Foi nessas margens que se concentrou a defesa aérea, mas nada pôde contra aquele eclipse solar.

Aconteceu muita coisa aqui nessa época. Cito o exemplo da família Eleveld. Era uma das mais importantes famílias de Lomark. No mês de setembro de 1944, foram atingidos pela primeira vez. Estavam todos juntos num abrigo antiaéreo debaixo das nogueiras, perto de onde atracava a balsa, quando caiu sobre eles uma bomba dos Aliados, destinada, na verdade, à defesa aérea do outro lado do rio. Uma única bomba, vinte e dois Elevelds mortos de uma só vez. O resto da família foi para Lomark, na esperança de lá encontrar mais segurança. Ledo engano, porque, uma semana depois, caiu outra chuva de bombas, dessa vez em Lomark, e uma segunda bomba caiu em cheio sobre o teto deles. As crianças desceram as escadas com o coração nas mãos: "Olha, papai!". Morreram no ato. Sobravam apenas três Elevelds. Mudaram-se para a cidade, onde, no último mês da guerra, foram parar no meio de uma chuva de granadas de morteiro por parte dos alemães. Dois deles morreram. Conclusão: no final da guerra, só tinha sobrado Hendrik Eleveld, apelidado de Henk do Chapéu. Henk do Chapéu teve um filho, Willem, que, por sua vez, é o pai de Engel Eleveld.

Eu acho toda essa história muito estranha. Destino contra a família Eleveld: vinte e sete contra zero. Enfim, o fato é que, quando você olha para Engel, pensa naquela procissão invisível atrás dele, que é comemorada todos os anos ao pé do memorial de guerra.

Joe e Christof vêm na minha direção, e eu puxo o freio vigorosamente.

– Ele está seguindo a gente – ouço Christof dizer.
– Ei, Fransje – diz Joe, quando chegam na minha frente. – Você chegou aqui assim, totalmente sozinho?
– Olha pra ele – diz Christof. – Com essa espuma na boca, parece um cavalo.

Ele ri, Joe se aproxima e pega meu braço. Com a mão esquerda, porque a direita continua causando repulsa a quem a vê, por causa da bomba.

– O que você veio fazer aqui, Fransje?
E arregala os olhos.
– Cacete, senta aqui!
Christof toca no meu braço.
– Será que ele tem concreto aí dentro? – pergunta.
Christof arqueia as sobrancelhas ao máximo, o que lhe

dá o aspecto de uma coruja. Tanta comoção me parece um pouco exagerada... também não é para tanto. Fico vermelho.
– Ele ficou vermelho – diz Christof.
– Posso? – pede Joe.
Então, arregaça a manga até descobrir meus bíceps e assovia baixinho.
– Que monstruosidade!
Christof fica olhando como um bobo; ele não entende desses assuntos. Aliás, eu ainda não havia reparado em quanto meu braço está imenso.
– Principalmente se você olha para esse corpo todo mirradinho – acrescenta Christof.
No fundo, ele tem razão, porque, nos últimos meses, parece que meu crescimento se concentrou no braço. Parece até o braço de um cara mais velho, cheio de veias e calombos. Um braço de urso, mas isso sou eu quem digo. Joe começa a rir e grita como um apresentador de circo: "Senhoras e senhores, aqui está, é um, é dois, é três... Frans, o Braço!".
Frans, o Braço! Isso mesmo! Christof dá de ombros, pois ainda está muito fresco em sua memória o fracasso de sua mudança de nome. A luz do sol faísca na armação de seus óculos redondinhos, e ele fecha os olhos com força. Ele me faz lembrar alguém, mas quem!? Faço um esforço de memória, mas nada... Talvez o personagem de algum livro de História, mas o fato é que tenho lido tanto nos últimos tempos que já nem sei mais qual deles. Tenho que pesquisar.
– Ainda acho que ele está seguindo a gente – observa Christof.
Como se eu não pudesse ir aonde bem entendesse!
– Ele pode ir aonde bem entender – declara Joe.
– Você está seguindo a gente, Fransje? – indaga Christof.
Balanço a cabeça categoricamente em sinal negativo.
– Viu? – insiste Joe. – Tudo resolvido. Tchau, Fransje!
Então, voltam às varas de pescar e dão as costas para mim de vez. Lançam as linhas na água e voltam à posição anterior, sentados e imóveis sobre o basalto. Quanto a mim, fico aqui

cheio de curiosidade para saber do que estão falando. Ou será que eles só ficam ali sentados olhando para a água, sem falar uma palavra? Quero saber esse tipo de coisa. Aqui em cima, a vida é solitária.

Um animal ajuda a combater a solidão. Não todos. Por exemplo, os coelhos: são inúteis e sem graça. Já os cachorros me deixam nervoso. Uma gralha-de-nuca-cinzenta é o que eu queria, dessas com o pescoço prateado e os olhos de um azul-lácteo. A gralha-de-nuca-cinzenta é dócil e, ao contrário do que acontece com a gralha comum ou a gralha-branca, emite um ruído que soa como pessoas conversando. À tardinha, principalmente, quando todo um bando delas vem pousar nas castanheiras ao longo de Bleiburg, e elas ficam tagarelando entre si até o sol se pôr, você só ouve de vez em quando um *cra!* quando alguma cai do galho. Além disso, a gralha-de-nuca-cinzenta sempre se mantém muito limpa. Volta e meia, você as vê em algum charco raso no pasto, onde vão se inclinando para frente até molhar as costas e as asas, tantas vezes quanto for necessário para ficarem limpas.

Eu sabia de um lugar onde havia algumas. Toda primavera, aninhavam-se em algumas árvores meio mortas dispostas ao redor de um lago, lembrança da ruptura do dique ali fazia muito tempo. Antigamente, quando os diques se rompiam, eram verdadeiras catástrofes, pois as pessoas se afogavam com frequência. A água escapava aos borbotões pelo ponto de ruptura, escavando à sua passagem um buraco bem fundo na proximidade do dique. Quando o dique foi reconstruído, teve de contornar um desses lagos, fato que explica por que os diques antigos sempre apresentam curvas tão pronunciadas.

As gralhas-de-nuca-cinzenta constroem os ninhos em fendas e cavidades de troncos de árvore em torno do lago e, na tarde de uma quarta-feira, sugeri a Sam que ele deveria arrancar um filhote do ninho.

– Deixa comigo – disse Sam.

Andava atrás de mim, empurrando-me com uma só mão e falando o tempo todo algumas besteiras samiescas. Às vezes, acho que ele tem algum problema na cabeça.

Aos meus pés, estava a várzea, de onde a água do rio já se havia retirado para além do dique de verão. As árvores estavam ali com a parte do tronco junto ao chão escurecida, o que denotava a altura alcançada pelas águas ali no inverno. Eu vi alguns pontos pretos acima das árvores. Estava me sentindo bastante animado. Havia outra razão para eu querer uma gralha-de-nuca-cinzenta: elas são fiéis – um casal de gralhas-de-nuca-cinzenta permanece unido para sempre. E, se você cria uma desde pequena, ela se afeiçoa com a mesma intensidade a você. Mas é preciso capturá-la quando ainda é novinha.

– Você quer que eu suba aí? – indagou Sam quando nos aproximamos das árvores.

Protestou um pouco, mas acabou aceitando descer pelo dique engatinhando. Ficou algum tempo parado diante de uma árvore com galhos na parte mais baixa do tronco, olhando para cima, até que viu uma gralha-de-nuca-cinzenta voar até ali. Então, começou a subir. Em volta das copas das árvores, os pássaros voavam, agitados, porque, havia muito, já sabiam que aquilo ali representava más notícias. Eu estava com frio, pois o inverno ainda flutuava por entre as camadas de ar mais primaveris. Já estava escurecendo e era necessário esforço para distinguir qualquer coisa a distância. As árvores em torno do lago pareciam envenenadas, estavam mais mortas que vivas; algumas já se iam despindo da casca e ficavam ali, peladas e com frio. Sam já tinha alcançado um galho a um terço da altura do tronco e continuava trepando com dificuldade. Evidentemente, ele não devia estar na primeira fila na hora da distribuição da inteligência e da agilidade. Para ser sincero, sua única qualidade era a bondade – admitindo-se que ser bonzinho seja uma virtude, e não apenas a ausência daquele tipo de crueldade que é típica de personagens como Dirk.

Sam mal havia chegado a um metro do ninho e, de repente, estancou. Então, apertei os olhos para enxergar melhor, mas não consegui ver o que estava acontecendo. Passado um tempinho, eu o ouvi pronunciar uma enxurrada de xingamentos, carregados de "puta que pariu" e "vai se foder". Tinha entrado em pânico. Não podia ter escolhido pior lugar para acontecer isso. Essas coisas me deixam pê da vida. Ali estava ele, imóvel, suspenso entre a terra e o céu, enquanto eu permanecia cravado onde estava, de maneira que não me restou alternativa senão pegar a charanga e retornar à aldeia para pedir ajuda, torcendo para ele aguentar as pontas lá em cima. Fui dirigindo o mais rápido que pude. Por um bom tempo, continuei ouvindo os gritos de alarme das gralhas-de-nuca-cinzenta dando voltas em torno do pobre Sam.

Cheguei à aldeia pelo atalho de Portas Traseiras. Joe morava na primeira casa. As luzes lá dentro estavam acesas, a casa irradiava como uma estufa. Bati com força, usando o punho, à porta principal, e foi Índia quem abriu. Em seu rosto, estava estampada a surpresa de me ver ali. Nunca antes eu tivera a chance de observá-la bem o suficiente para concluir que era bastante atraente, embora ainda fosse muito jovem nessa época. Na verdade, compreendi que, quando atingisse determinada idade, seria bonita de uma forma singular e que os homens, até que esse dia chegasse, a olhariam com certa impaciência, tal como na primavera o agricultor contempla o verde tenro de seu cultivo que acaba de despontar do solo. Índia tinha um biotipo diferente do de seu irmão – era mais esguia –, mas o olhar lúcido era o mesmo.

– Em que posso lhe servir? – perguntou.

Engoli a baba espessa que se havia formado em minha boca durante a correria até a aldeia e levantei o queixo.

– UH-UH-JÔÔÔÔÔ – balbucio, balindo como uma ovelha.

– Joe? Você quer falar com o Joe?

– QUÉÉ-RUH-UH-UH.

Eu devia soar como Chewbacca, o "bola de pelo" de *Guerra nas Estrelas*. Índia voltou para dentro de casa, deixando a porta aberta. Era como se ali dentro mantivessem funcionando altos-fornos, de tão intenso que era o calor e de tão forte que era a claridade. Dali se desprendia a mesma irradiação que do aquecedor elétrico do banheiro de casa.

– Daria para fechar a porta? – gritou alguém, provavelmente a pessoa que pagava as contas.

– Joe! Pra você! – gritou Índia.

Os pais lhe haviam dado esse nome por ela ter sido concebida na Índia, Joe viria a me contar mais tarde. O segundo nome dela era Lakshimi. Uma deusa que trazia felicidade e sabedoria aos hindus. Sobre os hindus, eu não sabia nadinha, apenas sobre os samurais e algumas outras coisas. Os pais de Joe haviam se casado na Índia porque tinham um laço espiritual com o país. Durante a cerimônia de casamento, tiveram uma caganeira explosiva. Enquanto as pétalas de lótus pousavam em suas cabeças, a diarreia lhes escorria pelas coxas. Durante o concerto de cítara em homenagem aos noivos, Regina Ratzinger se contorcia no banheiro, chorando e evacuando.

Ouvi Joe descer as escadas atabalhoadamente, até, de repente, postar-se à minha frente, muito contente, pelo visto.

– Fransje, o que você manda?

Ergo o olhar sem dizer nada.

– Ok, o que está acontecendo, e como você vai fazer para me explicar?

Gesticulando agitadamente na direção do dique, dei a entender que ele tinha de me acompanhar.

Lassie, a cadela esperta.

– Dá um tempo que vou calçar os sapatos.

Foi me empurrando. Seus braços estavam carregados de energia. Era aquela hora em que tudo fica azul, de um azul-metálico, quando toda a cor se retira das coisas, deixando tudo azul, duro e escuro antes de mergulhar na escuridão.

– É longe? – quis saber Joe.

Apontei para frente, ao que Joe começou a contar uma história sobre os milagres da física moderna, pela qual ele se interessava muito naquela época. Se alguém tinha o dom do monólogo, esse alguém era Joe.

No meio do caminho, parou de repente e, apontando para o estojo do meu telescópio, perguntou: "O que é isso aí?". Tinha sido presente de mamãe. Ela sabia muito bem que era através da visão que eu conseguia relegar a segundo plano os pensamentos sombrios sobre minha incapacidade. O telescópio estava pendurado na parte lateral da charanga e fazia parte do meu arsenal cada vez mais numeroso. Joe desenroscou a tampa do estojo, e o telescópio deslizou para suas mãos.

– Uau! – exclamou, levando a lente ao olho esquerdo.

Conseguia enxergar sem a menor dificuldade a margem do lado de lá do rio e as casas atrás do dique. O telescópio era uma preciosidade, um Kowa 823 com um *zoom* de 20-60 e um *wide angle* de 32x.

– Então, é isso que você faz, fica observando a gente? – perguntou, abaixando o objeto. – Mas o que você pensa é sempre um mistério.

Ele apontou o telescópio na minha direção. Corei pela vergonha: o observador estava sendo observado; eu, que me considerava invisível porque ninguém nunca me dispensava nem ao menos trinta segundos de atenção, não havia escapado aos olhos dele. Um sentimento de gratidão me fechou a garganta – eu tinha sido visto, visto pela única pessoa por quem eu queria ser visto...

– O que foi agora?

Não aguentei: emoção é emoção.

Gesticulei indicando pressa, pois, a qualquer segundo, Sam podia despencar daquela árvore. Mas, quando chegamos ao local, ele havia desaparecido. Em pânico, meu olhar correu para o chão, mas lá ele também não estava, nem com a coluna quebrada nem com a perna num ângulo estranho.

A paz parecia ter voltado à comunidade de gralhas-de-nuca--cinzenta. Talvez Sam tivesse conseguido descer por seus próprios meios e se enfiado pelos campos a caminho de casa. E eu ainda estava sem a minha gralha-de-nuca-cinzenta.

Joe estava ao meu lado, sem entender nada. Eu o puxei pela manga, e ele se inclinou na minha direção.

– E agora? O que a gente faz?

Usando a mão boa, fiz meu melhor para imitar um bater de asas – o gesto podia valer igualmente para uma escavadeira agarrando algo ou um *pac-man* faminto – e apontei para as árvores. Joe olhou para os pássaros que iam e vinham e para o céu por detrás, cada vez mais escuro, e perguntou: "Você está me dizendo que quer uma gralha-de-nuca-cinzenta?

Eu sorri de orelha a orelha.

– E foi por isso que você me trouxe aqui, para arrancar o bichinho do ninho?

Balançou a cabeça, mas desceu escorregando pelo talude sem maiores protestos, trepou na árvore com a agilidade de uma tartaruga ninja e desceu em questão de segundos. Na mão, trazia um filhote todo encolhido. Os olhos do bichinho saltavam de um lado para o outro, o bico era chato e alargado. De sua pelagem, vermelha e azulada, destacavam-se, a intervalos irregulares, algumas penas incipientes, que se alternavam com uma espécie de penugem oleosa. Era a coisa mais feia que eu já tinha visto.

– Era isso que você queria? – perguntou Joe, incrédulo.

Deslizou o bichinho para meu colo, e eu o envolvi cautelosamente com a mão.

– Cuidado aí com essas suas patas.

A gralha-de-nuca-cinzenta estava quentinha e um pouco úmida e, apesar da pequenez, dava a impressão de ser um único e grande coração pulsante, que palpitava entre minhas mãos.

– Fazer o quê? – disse Joe, encolhendo os ombros. – Todo mundo precisa ter o que acariciar.

Pegou a charanga pelas braçadeiras e me virou na direção de Lomark. Quanto a mim, mantive o passarinho cuidadosamente protegido com as mãos. Ele passaria a ser meus Olhos a Grandes Alturas e receberia o nome de Quarta-Feira, o dia em que o ganhei. Começou a chover de leve. Eu estava radiante.

Quando completei 15 anos, manifestei aos meus pais o desejo de ir morar no quartinho de ferramentas no jardim. Eu já estava conseguindo fazer algumas coisas sozinho, e abrir e esquentar uma lata de salsichas não seria uma tarefa impossível. Mamãe se opôs a essa ideia, mas papai fez um isolamento na casinha e a proveu de aquecedor a gás, uma pequena cozinha e vaso sanitário. Acima da porta, pregou uma ferradura para dar sorte. A partir de então, meus pais se tornaram meus vizinhos, e eu ia para a casa deles só para tomar banho e, às vezes, para assistir televisão. Quarta-Feira morava numa gaiola encostada numa das laterais da casa; durante o dia, passava boa parte do tempo empoleirado no meu ombro, como um papagaio de pirata. Já sabia voar, às vezes desaparecia por uma meia hora, mas era só eu assobiar que ele voltava no mesmo instante.

Foi na minha casinha que comecei a escrever tudo. Tudo mesmo. Tem quem ache difícil acreditar que eu faça no papel uma reprodução praticamente literal desta vida. Nos meus diários, você vai ver a passagem do tempo – de que são feitos trezentos e sessenta e cinco dias, e trezentos e sessenta e cinco dias multiplicados por dez, quinze ou vinte. É uma pilha mais alta do que eu, é uma montanha que vai retrocedendo e se crava no passado. Está tudo escrito ali, pelo menos tudo o que aconteceu perto de mim ou que ouvi da boca de terceiros. Se você passasse hoje por aqui, eu escreveria alguma coisa do tipo: eu vi fulano ou beltrano ou isso e aquilo nesse ou naquele dia. Ou se você me chamasse a atenção para algo, umas orelhas estranhas ou um nariz bem-formado, eu o escreveria, assim como o que você veio fazer e como fez para chegar até aqui. Mas não me limitaria a isso: escreveria também, por exemplo, que as chuvas do outono enxáguam o dourado dos nossos cabelos, revelando os tons escuros do inverno, ou ainda sobre o rio que corre em nossa vida como o sangue em nossas veias.

Quando escrevo, costumo pensar no grande samurai Miyamoto Musashi, que diz que o caminho trilhado por um samurai é duplo: há o da espada e o da pluma, da caneta, em outras palavras. O caminho da espada é difícil demais para mim; só me sobra mesmo o da pluma. Tirei isso do *Go Rin No Sho*, o *Livro dos cinco anéis*, um livro que encontrei na biblioteca e estraguei de tanto manusear. Nunca devolvi.

Musashi é Kensei, o Santo da Espada, que jamais perdeu uma batalha na vida. Seu nome completo é Shinmen Musashi No Kami Fujiwara No Genshin; para os íntimos, Musashi. Nasceu no Japão, em 1584, e matou o primeiro adversário aos 13 anos. Muitas batalhas se seguiriam sem que ele perdesse uma única vez. Em vida, já era uma lenda, mas, como ele mesmo contava, só veio a entender a estratégia por volta dos 50 anos. O *Livro dos cinco anéis* nos ensina a lutar como ele, mas também está cheio de dicas para os menos beligerantes.

"Através do rigor da estratégia, exercitei-me em diversas artes e habilidades – tudo sem contar com um mestre. Ao escrever este livro, não lanço mão dos ensinamentos de Buda ou de Confúcio, nem mesmo das velhas crônicas de guerra ou dos livros sobre artes marciais. Pego a minha pluma para explicar o verdadeiro espírito dessa escola 'Ichi', tal como espelhado no Caminho dos Céus e do Kwannon. Agora já é madrugada, o décimo dia do décimo mês, a hora do tigre."

Morreu algumas semanas após ter registrado em papel seus ensinamentos.

Devo muito ao capítulo "O olhar estratégico", que ensina a ver melhor. Musashi escreve: "Mantenha o olhar tanto aberto quanto amplo. Trata-se aqui do olhar duplo, chamado 'Vista e Percepção'. A percepção é forte; a vista, fraca. Na Estratégia, é importante ver as coisas distantes como se estivessem próximas, e as que estão próximas como se estivessem distantes".

É ou não é o máximo?

Comecei a escrever meu diário como um seguro contra a velhice. Pensei: se eu puser no papel tudo o que acontece, tintim por tintim, mais tarde virão me perguntar: "Fransje, o que aconteceu no dia 27 de outubro de tal ano? Dá para ver se tem aí alguma menção a meu respeito?". E, como eu sempre tinha tudo catalogado e rubricado, pegaria o livro correspondente e encontraria o dia em questão de segundos. "Achei: 27 de outubro de n anos atrás, o vento soprando com força do sudoeste trouxe tempestade e fez um baita estrago. Árvores tombadas, alarme de carros tocando por todo canto. Nos campos de futebol, o tesoureiro reforçava diligentemente as linhas de giz e esteve a ponto de ser derrubado pelo vento. O vento levantava nuvens brancas do funil, e as linhas traçadas se espalhavam além da conta. Eu admirava a persistência inflexível daquele tesoureiro. Passada uma hora, foram suspensos os jogos desportivos em todo o país.

Na rua, as pessoas voltaram a ser crianças, tamanha era a ventania; estavam todas fora de si, excitadas, os olhos radiantes, sem o menor sinal de preocupação. Foi isto o que mais me chamou a atenção: a despreocupação daquelas pessoas, apesar das telhas arrancadas dos telhados e do estrago que os galhos voadores faziam nos carros. Nesse dia, a balsa teve suas atividades suspensas. O rio estremecia e lançava pelo ar ondas acinzentadas e violentas.

No dia 28 de outubro, a tempestade cessou. Foi quando vieram as serras elétricas.

E, depois de eu ter deixado você ler isso no devido livro, escreveria no meu caderno de notas: DOIS FLORINS E MEIO.

Acontece que nada disso tem utilidade para as pessoas. Elas não têm a mínima vontade de saber como as coisas realmente se passaram. Preferem acreditar nos contos de fadas e nos pesadelos que elas mesmas criam; as histórias de Frans, o Braço, ninguém pega para ler: vão ficar à toa na estante até que apareça alguém para escrever a história de Lomark, e que as reconheça como o tesouro capaz de lançar alguma luz sobre nosso passado. Só então é que meu trabalho será valorizado. Até lá, não passará de uma pilha de notícias velhas numa casinha de madeira.

Meus diários estão no armário encostado na parede dos fundos. Escrevo todos os dias. Eu recolho no presente o que os historiadores e arqueólogos desenterram do fundo do passado. Você poderia chamar o que faço de historiografia horizontal, ao contrário do que os historiadores fazem, escavando em busca de coisas remotíssimas. Essa comparação me ocorreu durante uma aula de Geografia em que se falou de minas subterrâneas e minas a céu aberto. No caso destas últimas, não é preciso escavar, porque o carvão está logo abaixo da superfície, e o que, de fato, se faz é raspá-lo do solo. Já no caso das minas subterrâneas, é necessário ir às profundezas da terra, o que se consegue cavando corredores no solo.

Essa metáfora me agradou.

De certa maneira, torno desnecessário o trabalho dos historiadores. Se algum dia vierem a descobrir meus diários, vão extrair dele o que precisam, provê-lo de comentários e chamar o trabalho de seu. Mãos-leves de luxo é tudo o que eles são, assim como os romancistas. Não estou nem aí, contanto que algum dia a verdade acerca de Joe se torne conhecida. As coisas que eu sei, e não aquelas que Christof e companhia contam por aí. Porque não é a realidade, mas apenas mentira e folclore.

É muito raro os eventos internacionais repercutirem diretamente aqui em Lomark. Às vezes, quando sobe o preço do combustível, sabemos que algo não vai bem no Oriente Médio; e, se uma camada de poeira vermelha se forma sobre os carros depois de uma pancada de chuva, é porque houve tempestade no Saara; de resto, a maior parte do que acontece no mundo passa longe de Lomark. Mas, quando Lomark ganha um novo dentista, só pode ser consequência direta das mudanças mundiais. De fato, nós devemos sua chegada ao discurso proferido pelo presidente sul-africano Frederik Willem de Klerk no dia 2 de fevereiro de 1990. Nesse dia, o presidente reconheceu o Congresso Nacional Africano. Também anunciou a libertação de Nelson Mandela, líder e símbolo da luta contra o *apartheid*. "*He's a man with a vision as wide as God's eye*", dizem os seguidores de Mandela, equiparando-o a Mahatma Gandhi.

Em 1990, Mandela saiu andando da prisão e, duas horas depois, fez seu primeiro discurso após vinte e sete anos. Curioso foi o fato de que, tendo esquecido os óculos de leitura na prisão, só pôde ler o discurso com muita dificuldade, com os óculos da esposa no nariz. Três anos depois, Mandela e De Klerk dividiram o Prêmio Nobel da Paz; e, em 1994, Mandela sucedeu De Klerk no poder, como presidente da África do Sul.

Em todo o país, essas profundas mudanças trazem consigo fortes tensões sociais e competição por poder e recursos. Julius Jakob Eilander, dentista, e sua esposa, Kathleen Swarth-Eilander, são africânderes de quarta geração. Eles viram os vizinhos erguerem muros em volta de suas mansões e instalarem sistemas de alarme tão sensíveis que o simples cair de uma folha ou a passagem de um lagarto são suficientes para ativar um pandemônio de sirenes. Não esperaram pelas transformações no país. Foram para a Europa, "de volta para a velha e boa Holanda" que seus antepassados abandonaram no século XIX.

Em janeiro de 1993, aterrissaram em Schiphol. Após algumas semanas na casa de parentes distantes e alguns meses num bangalô em meio a pinheiros e trailers, Julius assumiu o consultório odontológico de Lomark, que, desde que se tem memória, sempre proveu nossas arcadas dentárias de obturações, coroas e pontes.

O consultório fica no primeiro andar da casa batizada pela população local de "Casa Branca", mas que, segundo consta na placa da fachada, tem o nome de *Quatres Bras*. Julius e Kathleen Eilander têm uma filha, Picolien Jane, nome abreviado para PJ, pronunciado como "pidiêi". Na escola, ocupa o terceiro lugar, depois de Joe e Índia, no que se refere a raridades exóticas.

Quase não acreditamos no que vemos. Ela tem uma coroa de cachos loiros rebeldes que lhe caem com exuberância sobre os ombros. Então, vêm à minha cabeça mar e espuma, meus diários estão cheios dela. A pele empalidecida, os olhos azuis como nunca vi antes, levemente desalinhados no rosto largo. Na hora do intervalo, todas as meninas se agrupam ao seu redor para passar a mão nos cachos do tipo saca-rolhas, que saltam de volta para o lugar quando você os puxa. Todas querem ser amigas de PJ. Sua maneira de falar deixa todos fascinados. O familiar, mas misterioso, africâner ora faz rir, ora causa arrepios, com o tipo de prazer que só uma língua bela é capaz de produzir.

Descobrimos que ela vem de Durban. Esse nome ainda se tornaria tão fascinante quanto Nínive ou Ispaã. O ar que paira sobre Durban é crepitante, e o sal na pele tem gosto de alcaçuz. Penso em PJ caminhando pelas ruas de Durban; no meu diário, a cacatua trina e o macaco bate punheta. Lá o céu deve ser diferente, pois, no olhar de PJ, se espelham horizontes mais profundos do que os nossos e segredos que significam verdadeiramente alguma coisa, e não os silêncios mesquinhos que nos enchem de tédio. Segredos de verdade, que têm mais a ver com luz que com escuridão, essa escuridão em que deixamos supurar nossos pecados, para os quais não há esperança nem absolvição porque o padre é surdo e não ouve nossas confissões sussurradas. PJ nasceu de uma fusão de luz, sua pele é pálida como os brotos de batata no porão; parece translúcida, mas os cabelos têm cor de milho flamejante...

Na escola, cresce o número de apresentações orais sobre a África do Sul.

"Por que está olhando tanto?", pergunta PJ em sua bela língua, que deve ter um significado especial, pois, do contrário, a gente não se teria derretido daquele jeito, você não acha?

Enquanto nossos pais estão se retorcendo de medo e dor sob a broca dental de seu pai, que espeta, golpeia e perfura a boca dos coitados, nós ficamos aqui contemplando, deslumbrados, o semblante de PJ. Vai em frente, diz alguma outra coisa, faz a gente se arrepiar, não se contenha tanto!

Foi nessa época que Joe raspou os cabelos pela primeira vez. Certo dia, lá estava ele na garagem atrás da casa, debruçado sobre um bloco de motor, enquanto Christof ia e voltava com o barbeador sobre a sua cabeça. Os cabelos espessos flutuavam no ar e se depositavam no chão; deles, só sobrava uma sombra sob a qual se entreviam cicatrizes pálidas. Agora, sim, ele parecia um cavaleiro das estepes nômade, um Uigur ou um Huno, os olhos um pouco desalinhados. Joe, o Huno, montado num cavalo das estepes pequeno e incansável, carne crua debaixo da sela. Às vezes, acontecia de lhe perguntarem se, em sua genealogia, havia algum negro, talvez asiático, porque, no rosto de Joe, se fundiam e confundiam determinados traços raciais. Para os outros, Joe-Para-Todos-Os-Gostos; para mim, quase sempre, Cavaleiro das Estepes, com aquele rosto estranho que só ele tinha.

A dupla formada por Joe e Christof se tornou um trio com a inclusão de Engel Eleveld, meu abençoado camarada de mijada. Tudo começou quando Joe e Engel saíram para pescar num dos lagos, onde sempre dá muito lúcio, e Joe fisgou um. Engel disse ter ouvido do pai que, na cabeça do peixe, havia uma réplica do calvário do Nosso Senhor. O lúcio tem os ossos do crânio em forma de martelo, pregos e cruz. Arrebentaram a cabeça dele, mas não encontraram nada que se parecesse com isso. Desde então, são amigos.

Eu já disse que Engel é do tipo que passa despercebido por anos, até que um dia você o vê envolto numa espécie de luz. Foi assim com Engel e o amor. Nunca participou das pegações "com direito a beijo" da rapaziada, tampouco trocava cartas de amor; em vez disso, ficava desenhando máquinas aerodinâmicas mirabolantes num caderno de notas de capa dura e fazia descobertas acidentais que teriam dado outro rumo à história se ele as tivesse memorizado. De repente, apaixonam-se por ele Heleen van Paridon e Janna Griffioen. Sem qualquer causa aparente. Ainda na mesma semana, juntaram-se ao clube Harriët Galama (peitos) e Ineke de Boer (peitos ainda maiores). Depois disso, as coisas decolaram. Os heróis de antes perderam seu fascínio, outras duas ou três garotas se apaixonaram por ele, que, do nada e sem ter de mover uma palha sequer, tornara-se o rapaz mais bem-cotado nas conversas do pátio. Seus bolsos estavam sempre abarrotados de bilhetinhos com corações vermelhos estampados por mãos nervosas. Num deles, era possível ler: "*I love Joe*". Engel o entregou ao amigo. "Entregue no endereço errado", disse.

Eu achava Engel cristalino e fluido como água. Musashi fala a esse respeito no *Livro dos cinco anéis*: "Tendo água como base, o espírito se assemelha a ela. A água assume a forma de seu recipiente; ora é calma e fluida, ora como o mar revolto".

Eu tenho de admitir que Engel era formidável no seu novo papel de Casanova. Distribuía carinhos entre todas as fãs, provocando sorrisos tímidos, mas seu interesse nunca foi além disso.

A exemplo de Joe, não tardou a se interessar pelos fenômenos da natureza. Certa vez, ao abrir de supetão o armário de remédios no banheiro de casa, deixou uma garrafa de colutório, um cartucho de comprimidos de vitaminas e uma escova de dente velha caírem e, apesar de se ver até os joelhos em meio a uma explosão de vidro e enxaguante bucal, percebeu que, a despeito da diferença de peso, a garrafa plástica, o cartucho e a escova de dente atingiam o piso ao mesmo tempo.

– Newton – disse Joe, quando Engel lhe contou sobre a descoberta.

– Caraca, que pena! – exclamou Engel. – E eu achando que...

– Deixa o Newton pra lá. Ele usava peruca. Goodyear é o cara.

Todos ficam confusos.

– Charles Goodyear – esclarece Joe – foi quem primeiro vulcanizou a borracha. Uma revolução. Copérnico arredondou o mundo; Goodyear o deixou transitável. Nessa época, a borracha era um problema: amolecia quando esquentava e endurecia quando fazia frio. Não tinha muita utilidade, mas Goodyear ficou obcecado com a ideia da borracha.

Passou anos a fio fazendo experimentos, mas nada. Certo dia, enquanto misturava enxofre com borracha, acidentalmente deixou cair um pouco de enxofre sobre o forno. Foi quando a coisa toda aconteceu, e o troço se vulcanizou. Era o que ele esperava que acontecesse. Mas esse foi só o começo; depois a borracha conquistou o mundo. Pneus de borracha! Mas Goodyear viveu pouco para ver, não conseguiu sequer patentear sua descoberta e morreu pobre. Um desses mártires da vida. Sacrificam a vida por um ideal.

Entristecidos, ficamos calados por algum tempo, com a mesma sensação que se tem quando se ouve falar dos músicos de jazz, que tocam maravilhosamente bem, mas não veem um único centavo de *royalties*. Você acaba desejando que a culpa, a maldita culpa, tenha sido deles próprios, só para se livrar daquela sensação desagradável.

Em tardes assim, quando os dois estavam na garagem da casa de Joe, eu era conduzido por Índia até eles. Ela era boazinha comigo. Desde aquela vez em que fui pedir ajuda ao irmão para resgatar Sam da árvore, parece nutrir certa simpatia por mim. Quando eu passava por Portas Traseiras nessas tardes mortas e via as bicicletas dos dois, batia à porta principal com a palma da mão até que ela abrisse. Então, Índia me conduzia, solícita e resoluta, e me estacionava entre Joe, Christof e Engel. Gente demais. Uma única cadeira, prerrogativa de Engel. Pelo menos nunca vi mais ninguém sentado nela. É provável que não quisesse sujar a roupa cara. Onde já se viu um sujeito vestir ternos sob medida aos 16 anos? Joe ficava sentado à mesa de carpintaria, e Christof, na unidade de motor. Era ali, naquela garagem, que eles urdiam seus planos. Naquele cubículo castanho-fumaça cheirando a óleo e solda, desmontavam o mundo para reconstruí-lo como bem entendiam.

– Mas os pneus de borracha não têm nenhuma utilidade enquanto o estado das ruas não for bom – observou Joe. – É preciso haver ruas: ruas asfaltadas, e não as trilhas arenosas e o macadame que havia então. Eram prejudiciais para o carro e levantavam uma poeira que asfixiava os pedestres. É aqui que Rimini e Girardeau entram em cena.

Joe olhou para Christof, que, distraído, girava os polegares.

– Essa é também a história que está por trás da Asfalto Belém, Christof. Vocês devem tudo a eles. Aos engenheiros, sim, a eles mesmos.

Soltou um estalido com a língua. Engel fez sinal para que ele continuasse.

– Elementar, na verdade – disse Joe. – Rimini e Girardeau sugeriram que se limpassem as ruas de todos os pedregulhos e que se tapassem os buracos para a terraplenagem. Depois de um cilindro nivelar o solo, vieram alguns homens com grandes regadores cheios de piche fervendo e o entornaram na superfície, pavimentando-a. Em seguida, uma camada fina de areia, alguns dias secando, e eis a primeira rua.

– Você está se esquecendo do motor de combustão – lembrou Christof. – Me parece mais importante que as ruas e a borracha.

– Ui! – disse Joe, como se tivesse levado um soco no estômago. – Essa é outra história. Veículos movidos à tração, máquinas a vapor, motores de combustão. Eu vejo da seguinte forma: a gente está falando de quatro elementos, correto? Quatro elementos que o homem teve de vencer: um, fogo; dois, água; três, terra; quatro, ar...

Aquilo me interessava muitíssimo, pois eram também os quatro primeiros capítulos do livro de Musashi: "Terra", "Água", "Fogo" e "Vento" (este último era composto de uma única página: "Vazio").

– Fogo é o primeiro elemento – disse Joe. – O fogo trouxe luz às trevas da pré-história.

Abanando a mão, acenou para trás de si como se a pré-história se encontrasse por trás do quadro de ferramentas sobre a qual os perfis desenhados com marca-texto indicavam o lugar onde cada ferramenta devia ser pendurada, a exemplo do que acontece com vítimas de acidente e de assassinato, cujos contornos são desenhados no chão com giz. As ferramentas nunca estavam nos lugares demarcados; elas criavam pernas e ficavam andando a seu bel-prazer na garagem, nos fundos da casa de Joe.

– Assim tem início a civilização. Com o fogo. Seguido da água, essencial para os fazendeiros. Irrigação significa aumento da produção e prosperidade para muitos. A seguir, vem a terra: solo fértil para o fazendeiro; estradas para o comerciante. Na sequência, vem a roda. O comerciante e o soldado são os maiores beneficiados por ela, e cada roda é uma roda dentada pequena na caixa de câmbio que é a Terra. Metaforicamente, claro! Duas formas, um só mecanismo. Da roda, passamos para o motor de combustão, que forma um todo com a roda. O motor de combustão põe a roda em movimento, a roda movimenta a terra. Ou seja, três em um.

Pensei no meu próprio movimento de locomoção, que eu devia à roda, à borracha e ao asfalto. Eu, meio humano, meio veículo, me vi, por uma fração de segundo, como uma pequena engrenagem, que era parte da visão de Joe sobre a história do mundo; minhas rodas rolavam sobre a superfície da Terra, contribuindo, assim, para sua rotação.

– Vejam bem – continuou Joe –, o ar, então, era o elemento que faltava dominar. O avião serviu como alavanca. A primeira pessoa que voou de verdade também era um engenheiro, Otto Lilienthal, em finais do século XIX. Caiu e voltou a se levantar tantas vezes quanto se mostrou necessário, até estar voando com um par de asas copiadas dos pássaros. Aí residia o erro de todos os que queriam voar: imitar os pássaros, enquanto todo mundo sabe que é uma ideia ridícula, pois os músculos das asas de um pássaro são tão gigantescos em relação ao corpo que você não consegue reproduzir com os braços, por mais forte que seja. Esse erro de raciocínio deixou o homem em terra por mais tempo que o devido. Mas Otto voou quinze metros, imaginem só! E eis que, alguns anos depois, já se via o primeiro zepelim singrando os céus, silencioso, garboso, mas uma verdadeira bomba voadora. Esperava-se mais do casamento de um par de asas com o motor de combustão. O primeiro beijo entre eles aconteceu na América, e um dos irmãos Wright voou trinta e seis metros, mais do que o dobro em relação a Lilienthal: uma revolução de vinte e um metros! Tinha sido dada a largada: foi aparecendo um avião atrás do outro, batendo um recorde atrás do outro. Voo de um quilômetro sobre Paris: notícia de repercussão internacional! Um monoplano atravessando o Canal da Mancha: a Inglaterra de pernas para o ar! Anthony Fokker sobrevoando Haarlem: o fim dos tempos!

Joe, quando se exaltava assim, acabava parecendo um aprendiz de mago um pouco louco.

– Pensando bem – continuou –, era estranha a simplicidade daqueles aviõezinhos, um pouco de bambu, madeira de freixo e linho, e isso na mesma época em que foi concebido o modelo atômico.

– O que é normal – disse Engel, acendendo um cigarro debruado de dourado –, porque o cérebro sempre se adianta à descoberta. Uma ideia não pesa nada, está sempre ali, flutuando à frente da matéria. A gente pode inventar o que quiser, mas executar a ideia é outra história...

– Mas os engenheiros são pacientes – declarou Joe, solenemente.

– Vocês sabiam que a mãe da PJ é nudista? – perguntou Christof, mudando de assunto.

– Pidiêi quem? – quis saber Joe.

– Picolien Jane – respondeu Engel. – Uma garota nova, loira, de cabelos encaracolados, da África do Sul.

Joe encolheu os ombros. Christof saltou de cima da unidade de motor.

– Você ainda não viu essa menina? Está tirando onda com a minha cara!

– Por que eu faria isso? – disse Joe para acalmá-lo.

Como chegamos à conclusão de que Kathleen Eilander, a mãe de PJ, era nudista? Porque o carteiro faz a entrega a cada três meses da revista dos associados *Athena*, da associação de nudismo do mesmo nome, dirigida à "Sra. K. Eilander-

-Swarth", ou então porque um comandante de barcaça de Lomark afirma tê-la visto nua numa dessas praias menores entre dois quebra-mares. Talvez não passe mesmo de boato, de uma fofoca que foi tomando corpo até virar fato, mas o impacto foi tamanho que, certo dia, Kathleen Eilander, pela primeira vez na vida, teve a necessidade irreprimível de ir até o rio, tirar a roupa e nadar pelada. Seja como for, nós sabíamos. Nunca na vida tínhamos visto um nudista. Mas essa palavra evocava uma ideia de nudez *muito séria* e de coisas que havíamos esperado faz muito tempo.

Engel olhou para mim. Seus olhos tinham a cor da minha tinta de caneta preferida. Ele sabia quanto eu gostava dessas tardes em que Joe falava pelos cotovelos, expondo teorias com os pés firmados na realidade e a cabeça nas nuvens.

Segundo Christof, a senhora Eilander ia correr cedo pelas manhãs, depois ia até o rio, onde tomava banho. Ela também andava pelada no jardim dos fundos da Casa Branca. Christof disse que suas pernas eram longas e meio esquisitas; mas não eram suas pernas que protagonizavam minhas fantasias sobre ela. Eu via outras coisas. Coisas que me deixavam com um nó na garganta. Ela era mãe; consequentemente, uma velha, mas eu me dava conta de que, com essas histórias sobre andanças nudistas, ela se transformava para nós num ser sexual com um segredo que, casualmente, conhecíamos, e isso enchia nossa cabeça de perguntas prementes e a barriga de açúcar caramelizado.

Só muito a contragosto, Joe se rebaixou ao assunto "pernas da senhora Eilander".

– Dá para a gente ver? – perguntou, mas Christof balançou a cabeça em negativa.

– Tem o muro em volta do jardim – disse. – Além disso, ainda está escuro quando ela nada.

Joe, pensativo, brincava com uma chave de fenda que movia entre os dedos da mão boa como o bastão de uma *majorette*. Sobre meus ombros, Quarta-Feira, minha gralha-de-nuca--cinzenta domesticada, cochilava, as membranas enrugadas sobre os olhinhos. Havia crescido e se transformado numa beleza de pássaro, um animal esplêndido, desenvolto, que eu tinha ensinado a voltar para mim sempre que eu assobiasse. Joe tinha acertado em cheio na hora de escolher, não acho que exista uma gralha mais bonita. A penugem do pescoço tinha uma cor cinza-grafite. Ao andar, o vaivém da cabecinha lhe emprestava certo ar de pompa, ao contrário do que acontece com os estorninhos, cuja inferioridade se vê logo ao bater os olhos. É certo que os estorninhos se locomovem no ar em redemoinhos fantásticos e espirais tremulantes, mas o fazem em tão grande número que evocam a imagem das metrópoles, onde as pessoas se odeiam e se pisoteiam, mas onde, estranhamente, não podem viver umas sem as outras.

Quarta-Feira tinha uma espécie de nobreza inata que a situava acima dos miseráveis comedores de lixo, como os estorninhos e as gaivotas. Ela, sim, poderia ver a senhora Eilander andando nua pelo jardim, mas uma gralha-de-nuca-cinzenta não se interessa por coisas desse tipo. Frequentemente, eu tentava me pôr na pele de Quarta-Feira quando ela sobrevoava Lomark, imaginando qual aspecto o mundo teria sob a perspectiva de um pássaro. Era meu sonho de onividência, em que nada permanecia oculto – eu poderia escrever a História de Tudo.

Olhamos para Joe, na expectativa, e Joe para Quarta-Feira, propelindo a chave de fenda ainda mais rapidamente entre os dedos. Que velocidade ele alcançava! Quando a chave de fenda finalmente caiu e nós quatro, com o choque do encanto desfeito, olhamos para o chão de concreto em que ela foi parar, Joe franziu o cenho.

– Na verdade, a coisa toda é bem simples – disse. – Para ver a mulher pelada, a gente precisa ter nosso próprio avião.

O avião serviu como alavanca para vencer o ar, último elemento, tinha dito Joe essa tarde na garagem. E, quando apareceu com a ideia de construir um avião, entendi a que ele se referia: o avião seria a alavanca que nos catapultaria ao céu que há entre as pernas da senhora Eilander. Poderia nos proporcionar vista sobre essa *terra incognita*, e Joe seria o engenheiro que tornaria isso possível do ponto de vista técnico.

Acompanhei a construção daquele avião desde as rodas de motocicletas de dezoito polegadas que havíamos encontrado no ferro-velho até a linda hélice de madeira envernizada que Joe tinha conseguido num aeródromo das redondezas.

Haviam começado a construção de um teco-teco de asa alta num galpão afastado da fábrica, entre montanhas negras de asfalto quebrado procedente da raspagem das primeiras ruas e depositado ali para eventual reutilização. Já fazia anos que a britadeira estava quebrada. Ali estava ela, desmanchando pouco a pouco, presa entre os blocos de asfalto bruto, de um lado, e as colinas pontiagudas de uma estrutura mais refinada que ela havia regurgitado, do outro.

No reino mineral da fábrica de asfalto, havia um lento vaivém de escavadeiras, que se moviam entre montanhas de pórfiro azul, granito vermelho da Escócia, quartzito azulado e diferentes espécies de areia. O cascalho miúdo era trazido por via fluvial das pedreiras alemãs do Alto Reno. Quem tivesse olho chegava a encontrar ali fragmentos de ossos de mamute e presas e, vez ou outra, dentes de tubarão fossilizados. Christof era uma dessas pessoas que têm o olhar apurado. Autodenominava-se "curador" de uma espécie de museu arqueológico improvisado que, apontando para as montanhas de areia e cascalhos, chamava de Museu Maandag. Ninguém o contrariou, pois Christof era filho do dono, razão pela qual podiam fazer o que quisessem, desde que não atrapalhassem ninguém.

Quando, certo dia, foram ver o teco-teco, já estava medindo oito metros de comprimento, uma fuselagem de arame de aço, tubos condutores, cabos e barras, esquemático como um inseto articulado. Joe explicou que todos esses elementos formavam triângulos.

– Do ponto de vista geométrico, o triângulo é uma estrutura estável. O quadrângulo, por outro lado, é móvel e fica se mexendo. O triângulo forma a base de toda e qualquer estrutura estável.

O negócio permaneceu sem asas até o final. Em nenhum momento eu acreditei que o avião fosse efetivamente decolar. Entre outros motivos, porque as alavancas de aceleração e troca de marchas provinham da embreagem de uma bicicleta. Se Graad Huisman, o capataz da Asfalto Belém, tivesse imaginado os verdadeiros propósitos das atividades dos garotos no galpão, seguramente o acesso lhes teria sido vetado, mas eles mantiveram os planos em segredo e, a mim, ninguém perguntava nada mesmo.

O chão do nosso hangar estava coberto de esboços, desenhos estruturais e manuais. Engel analisava folhas de papel cheias de cálculos com um Dunhill no canto dos lábios e um olho apertado para se proteger da fumaça. Foram até a Hermans & Filhos pegar as molas de um Opel Kadett, que deveriam amortecer o golpe contra o chão na hora da aterrissagem, e as montaram entre a fuselagem e as rodas. Depois disso, o avião foi levantado a um metro e meio do chão por uma corda, e Joe subiu nele. Nós prendemos a respiração. Joe puxou a corda com força pelo laço, mas este se soltou, fazendo com que o avião despencasse. O avião ficou incólume, mas Joe saltou para fora com "um puta mau jeito nas costas". Isso provou, porém, que o teco-teco sobreviveria a qualquer aterrissagem.

– Muito bem, agora o revestimento – disse Joe.

Cada nova etapa da construção do avião era precedida por um período de ladroagem. Agora faltava a lona para a cobertura.

– Só serve lona azul – declarou Engel, que era quem tinha a última palavra sobre o aspecto exterior. – Só azul-celeste, nem pensem em trazer qualquer outra!

Nas quintas à noite, eram montadas as barracas para a feirinha das sextas. Os toldos de lona ficavam dando sopa sobre as mesas, à espera dos feirantes no dia seguinte, pela manhã cedo. Certa sexta-feira de outubro, porém, o sol nem havia raiado, e alguns deles foram reclamar com o organizador da feira. Onde foram parar as lonas? Não podiam montar as barracas sem lonas. Era para isso que eles pagavam pelo espaço? Nesse dia, tiveram de se contentar com as lonas antigas, que estavam em péssimo estado, e até se fez menção ao roubo no Jornal Semanal de Lomark.

Pedaços de lona foram costurados uns nos outros com uma paciência de Jó em um lugar secreto. Engel entendia do assunto, tinha aprendido com o pai, o último pescador de enguias de Lomark, como se consertavam as nassas e se faziam nós que não se soltavam de maneira alguma. Enquanto trabalhava, Engel xingava horrores, mas o resultado final foi excepcional. Fixando-a por meio de bridas, cobriu a fuselagem com a lona até ela ficar repuxada como a membrana de um tambor.

Joe estava encarregado das asas. O esqueleto era feito com catorze tiras de alumínio fixadas à espinha principal de cada asa. Não tinha sido pouca coisa curvar vinte e oito costelas de perfil idêntico. Comecei, então, a ajudar, de livre e espontânea vontade, porque uma mão firme que conhece as próprias forças é um instrumento mais apurado que tornos e alicates. Modelando, eu dobrava as costelas entre o polegar e os outros dedos, até atingir a curvatura desejada. Vinte e oito delas, vejam vocês!

Ficaram todos boquiabertos.

– Porra, que cara forte! – exclamou Engel.

– Frans, o Braço – disse Joe.

A partir daquele momento, frequentemente eles me usavam para curvar e enroscar objetos com a minha mão firme.

No ferro-velho do papai, desmontaram o motor de alumínio de um Subaru todo amassado e voltaram a montá-lo na parte dianteira do avião. O tanque de combustível era daqueles usados em embarcações de lazer. Eles haviam calculado que o teco-teco teria de levantar cento e trinta quilos para se manter no ar. Então, fixaram na parede uma romana, que amarraram com um cabo de aço na cauda do avião. Joe embarcou e ligou o motor. Sim, senhor, funcionava às mil maravilhas! O cabo se retesou, o ponteiro da romana saltou para os oitenta, noventa quilos, a hélice começou a girar, cem quilos, o motor apitou, os papéis foram soprados pelo vento e espalhados por todo o galpão, como se estivessem em meio a uma tempestade. Quarta-Feira, em pânico, voou dos meus ombros com um "ca-ca-ca", cento e dez quilos, Engel tapou as orelhas com as mãos, o motor atingiu quase 5.500 rotações por minuto, uma barulheira infernal.

– CENTO E VINTE QUILOS! – gritou Christof.

O ponteiro ia avançando lentamente. Joe deu uma última acelerada, e Engel gritou: "Deu!".

Uma força de tração de cento e trinta quilos: o avião tinha passado no teste.

Certo dia, Joe me perguntou se eu queria participar de um pequeno experimento. Então, levou-me até a mesa de carpintaria no hangar, onde Engel desenhava seus projetos, e veio se sentar na minha frente. Com sua mão direita, ele pegou a minha direita e apoiou nossos cotovelos no meio, de modo que os antebraços se colocassem um diante do outro, num ângulo de sessenta graus. Com um movimento rápido, Joe empurrou meu braço contra a mesa de tal modo que fiquei meio dependurado para fora da cadeira. Ele me endireitou outra vez e voltou a empurrar meu braço, mas dessa vez com menos força, para eu ir cedendo mais devagar. Então, o dorso da minha mão encostou na superfície da mesa, eu olhei para ele e me perguntei que diabos ele queria de mim. E ele me desentortou outra vez.

– Você tem que fazer mais força – disse.

Imprimi mais força. Ele fez o mesmo. Permanecemos assim, um de frente para o outro, por alguns instantes. Aí então, jogando o ombro para frente, Joe começou a forçar meu braço ainda mais na direção da mesa. Não fraquejei, fiz ainda mais força, e ele arregalou os olhos. Então, comecei a ceder um pouco.

– Mais força, cacete! – gemeu.

Eu me corrigi e posicionei nossas mãos de novo no centro da mesa.

– Empurra!

Empurrei, e ele cedeu, soltando um gemido.

– Difícil? – perguntou.

Fiz sinal negativo com a cabeça.

– Um pouco difícil?

Não tinha sido difícil. Joe balançou a cabeça satisfeito e se levantou. Saiu do galpão para voltar carregando umas barras de metal enferrujadas. As barras variavam de tamanho, e ele prendeu a mais fina delas no torno do lado da cabeceira da mesa.

– Aguenta as pontas, Fransje – disse, postando-me ao lado do torno. – Você consegue entortar essa aqui?

Peguei a barra e a entortei. Joe fixou a barra seguinte. Era um pouco mais grossa. Peguei. Embora sentisse pouca resistência na hora de entortar a barra, senti a marca vermelha produzida pelo ferro abrasando na palma da mão. Entortar coisas me dava uma sensação gostosa.

Joe, então, fixou a última barra no torno. Essa era consideravelmente mais grossa que as duas anteriores. Passei os dedos em volta e fiz força, mas a filha da mãe não cedia. Então, investi com todo o corpo contra ela, pois não queria desapontar Joe. Minha garganta soltou um ruído estranho, fiz mais força, como se aquilo fosse uma questão de vida ou morte; nada ainda. O que ouvi foi o estilhaçar de vidro e metal se chocando contra alguma pedra. Foi então que ela cedeu – foi se curvando pouco a pouco na minha direção. Era muco ou sangue aquilo que saía do meu nariz?

– Para, para!

Soltei e, para minha surpresa, a barra saltou para a posição original como um elástico. Ouvi um estampido forte e gemi de decepção: o ferro não se havia dobrado, o outro lado da mesa é que tinha se levantado. O estrondo ouvido fora das garrafinhas de cerveja e dos instrumentos caindo no chão. Eu tinha falhado.

– Fenomenal! – exclamou Joe. – Mesmo. Você sabe quanto essa mesa pesa?

Ajoelhou-se ao meu lado. Seu rosto estava quase roçando o meu. Ele me olhava sem piscar; então, eu me dei conta de que seu olho esquerdo expressava algo bem diferente do olho direito – o esquerdo lançava chamas que eram atenuadas pelo direito, no qual se lia uma espécie de compaixão que transcendia minha compreensão.

– Esse seu braço direito ainda vai te trazer muita satisfação – disse Joe. – Você deve mantê-lo em forma, porque nunca se sabe.

Era inverno, e o rio transbordou. Em torno da Ilha da Balsa, foi se acumulando a água que vazara e, metro após metro, as várzeas foram desaparecendo debaixo do marulhar sombrio da água. O Pescoço Comprido submergiu e, não muito tempo depois, só se viam as placas de sinalização, os postes de luz e as árvores espetando a superfície da água. Piet Honing levou a balsa para um lugar seguro, uma enseada que ficava na parte setentrional do rio, e começou a fazer a travessia entre Lomark e a Ilha da Balsa com o veículo anfíbio da Asfalto Belém.

Todas as manhãs e todas as noites, os empregados ficavam à sua espera tremendo de frio, os diretores com várias maletas e os operários com suas marmitas. Entretanto, a maior parte dos trabalhadores estava em casa de folga forçada, pois o trabalho estava suspenso por causa da geada, e a produção, parada, por ser impossível realizar qualquer travessia de transporte. Faziam-se, no máximo, trabalhos administrativos e de reparação. Piet Honing, no leme do veículo anfíbio, não sentia frio – seu rosto parecia feito de couro firme, do tipo que, com o passar dos anos, endurece, mas não se desgasta.

Os habitantes da Ilha da Balsa, como Engel e o pai, eram verdadeiros insulanos apenas durante o inverno. Vinham até Lomark comprar provisões para uma semana e depois se isolavam no seu retiro reconquistado. Antigamente, o que havia lá eram só anarquistas, uma gente radical que bebia destilado de batata e caçava lebres impunemente, porque o braço da lei estendido sobre a água não chegava àquele lugar. Eram conhecidos por se esmurrarem pelos mais ínfimos pretextos. Hoje em dia, é diferente, e as pessoas não são mais assim. Tornaram-se mais dóceis. Qualquer um tem como pagar por uma garrafa de gim na loja e, quando saem pela manhã para soltar o cachorro, você se pergunta qual dos dois é o animal de estimação.

Agora, o rio alcançava o dique de inverno, e o nome da aldeia deveria ser Lomark-perto-do-mar, tão incomensurável era aquela massa de água. Quando anoitecia, iam se acendendo, um a um, os postes de luz acima do Pescoço Comprido submerso, projetando, a intervalos regulares uns dos outros, círculos de luz alaranjada sobre a água revolta no seu caminho veloz até o mar.

Apesar de a Ilha da Balsa estar separada do resto do mundo, era eu quem me sentia como se estivesse indo à deriva. Estava fora do círculo de luz, pois não mais podia participar da construção do avião. Joe e Christof atravessavam as águas com o veículo anfíbio, enquanto eu corria de um lado para o outro sobre o dique como um cachorro acorrentado e nervoso; meu olhar abarcava toda a superfície da água entre o dique de inverno e a fábrica. Passavam a maior parte do tempo no lado de dentro, fora do meu campo de visão. No meu ombro, Quarta-Feira enfiava o bico no meu ouvido.

Começou a gear e, logo, Piet Honing não poderia mais fazer a travessia com o veículo anfíbio; só sobrariam os poucos audaciosos que tinham coragem para desafiar aquele mar de gelo com uma corda enrolada na cintura e uma picareta nas mãos caso o outro caísse na água. "Cheias, geada e a tampa por cima", costumamos dizer por aqui quando se congela a água das várzeas.

Eu não parava de me perguntar de onde o avião decolaria, porque era necessário aproximadamente o comprimento de um campo de futebol para ele ganhar velocidade e decolar, e não dispúnhamos de um espaço assim em nenhum lugar.

No terreno da fábrica, reinava o silêncio, e as escavadeiras estavam paradas, ociosas, entre as montanhas de cascalho. O céu estava claro e nítido, finalmente algum movimento no lado de lá. Olhando pelo telescópio, vi Joe abrir as portas corrediças do galpão. Christof e Engel foram empurrando para fora a fuselagem azul-celeste ainda sem as asas. Embora ainda não estivesse certo de que aquele trambolho – que, além de tudo, não tinha asas – pudesse decolar, eu o contemplava como se fosse o primeiro avião que eu visse na vida.

Do lado de lá, a pura vontade de passar a perna na força da gravidade se havia materializado numa caixa sobre rodas oblonga e meio grosseira. A cauda, a hélice e o motor estavam ali e, independentemente de aquela geringonça decolar ou não, eu tive uma sensação para a qual somente no futuro encontraria as palavras certas, quando li sobre a história do cinema: o triunfo da vontade. Foi Joe quem teve a inspiração criativa, Engel quem estilizou a ideia na forma de uma nave espacial azul-celeste e, por fim, Christof quem checava o nível do combustível. E eu? Eu tinha entortado as costelas no formato desejado.

Quarta-Feira limpou o bico no meu ombro, e eu me pus em movimento.

Depois de ter ido para casa me esquentar um pouco na frente da calefação, voltei para o dique. A fuselagem continuava sem asa. Joe circulava com o avião pelo terreno da fábrica, enquanto Engel e Christof corriam atrás. Era como se eu, do dique, ouvisse a excitação deles. Joe dissera que precisava de um campo de futebol para poder decolar. O avião estava ali, mas nada de pista de decolagem. Agora que eu o via dar voltas com o gorro e os óculos de esqui, pela primeira vez duvidei um pouco de sua capacidade de previsão e – verdade seja dita – de sua genialidade.

Alguns dias depois, quando ele já havia aprendido as manhas ao volante – uma tarefa árdua por causa do sistema de comando de três eixos –, foram colocadas as asas. Não havia mais espaço para manobrar entre as montanhas de asfalto e, agora, a aeronave contava com quase doze metros de largura.

Ali, no dique, foi que me dei conta – finalmente, eu via o que Joe já tinha visto havia muito tempo: a solução para o problema da decolagem. Era ao mesmo tempo simples e brilhante: Joe estivera esperando pelo gelo. O gelo serviria de pista de decolagem! Incrivelmente bem-pensado, e eu senti profundo respeito por sua engenhosidade técnica. Era possível que, uma vez que tivesse saído da Ilha da Balsa, fosse estacionar em algum outro lugar, um barracão abandonado ou um abrigo subterrâneo – eu já não considerava mais nada impossível diante daquela alma imensa e serena que colocava bombas com a maior tranquilidade do mundo e construía aviões e inventava sabe-se lá mais o quê. O que quero dizer é que ele só tinha 15 anos e ainda era possível esperar uma infinidade de ideias desestabilizadoras e subversivas que ele poria em prática com a imperturbabilidade de um mecânico de bicicletas.

Mais que um cara excepcional, ele era um força libertadora. Estar perto dele dava comichões – a energia se transformava em algo palpável em suas mãos; do nada, ele tirava das mangas bombas, motocicletas de corrida e aviões, e fazia com eles malabarismos como um mágico inconsequente. Nunca antes eu conhecera alguém que pusesse suas ideias em prática com tanta naturalidade, tão imune ao medo e às convenções. Atrevia-se a imaginar o impossível sem perceber os olhares de repreensão às suas costas. Porque não eram poucos os que não queriam vê-lo nem pintado, pois muita coisa nele não se encaixava. A maioria das pessoas é medíocre, algumas até mesmo francamente inferiores; ainda assim, todas são muito sensíveis à grande concentração de energia e talento daqueles que estão acima da média. Se não dispõem da matéria que as leve a brilhar, tampouco querem que você brilhe. Eles não têm talento para a admiração; apenas para o servilismo e a inveja. São ladrões de luz.

Regina Ratzinger, sentada na sala, está nos mostrando fotos. Emagreceu, ficou bronzeada, embora já seja inverno. Saiu de férias e foi sozinha para o Egito, o que equivale a dizer que ficou na companhia de um grupo de pessoas totalmente desconhecidas, sob a supervisão de um casal que fazia o papel de guia turístico. Quando o sol estava a pino, lá ia ela tirar fotos das pirâmides, de tal maneira que os triângulos se distinguiam apenas por suas sombras. Quéfren, Quéops e Miquerinos, recitava, ou seriam Quéops, Quéfren e Miquerinos? Não lembrava mais.

– Um absurdo de horas de trabalho braçal – lembra Joe.

Ela nos fala sobre o homem de turbante e dentes da cor do tabaco que a ajudou a montar num dromedário, em cuja garupa, nervosa, ela fez um passeio pelo deserto. Mas logo tiveram de voltar rapidinho para o ônibus, pois ainda havia muito a ser visto. Havia uma imensidão de coisas que o Egito tinha a oferecer. Na margem oeste do Nilo, em Luxor, o grupo inteiro foi içado para cima de jumentos e atravessou toda espécie de templos e necrópoles, sem nem mesmo precisar que lhes indicassem o caminho, porque *"donkey knows the way"*, dissera o senhor do aluguel de burros. O jumento parava por si próprio perto de uma lojinha de antiguidades recém-produzidas. Detinha-se outra vez na frente do sorveteiro, à sombra de um templo em ruínas, para seguir galopando o último trecho até chegar em casa com o respectivo turista chacoalhando sobre o lombo. *Donkey knows the way!*

Também no ônibus aconteceram algumas coisas. Regina Ratzinger conta a história do homem que ficou verde.

Tratava-se de um professor aposentado do sul do país que viajava com a esposa. Passavam a maior parte do tempo balançando a cabeça, o nariz esmagado contra a janela. Já duas semanas antes da partida, ele havia começado a tomar Imodium, um remédio para diarreia. Todos os guias turísticos diziam que, no Egito, as condições de higiene deixavam muito a desejar. Ele não queria correr o risco de estragar as férias por conta de uma diarreia. Após uma semana, apareceram manchas escuras, no rosto e nas bochechas. Ficou inquieto, falava com todos sem escutar as respostas e não parava de andar no corredor do ônibus, para cima e para baixo. Então, as manchas se intensificaram, e uma espécie de musgo começou a lhe nascer no rosto – uma flora seca de tom verde-escuro que virava pó quando ele passava os dedos nela. Fazia três semanas que não defecava. Agora, o musgo também lhe cobria o pescoço e a nuca e, como um organismo primitivo e unicelular, parecia determinado a crescer também sobre sua camisa. Os companheiros de viagem ficaram preocupados. O professor dizia que não era nada, que aquilo passaria, que o mais provável é que tivesse ingerido algum alimento estragado. Àquela altura, ele tinha se tornado completamente verde e apático, passando todo o tempo reclinado na cadeira, sem prestar atenção a Assuã e aos templos de Abu Simbel. Atravessaram o Deserto Oriental e alcançaram o Mar Vermelho. O professor não se levantou mais. Sorriu debilmente quando, em Hurghada, três homens o tiraram do ônibus, levantando-o pelos braços; a mulher perambulava em volta do marido, nervosa. Aquele bolor verde se estendera para a língua, o que fazia pensar que ele estivesse chupando uma dessas balas que colorem a boca. O grupo também se deu conta de sua barriga inchada, como as que os afogados têm. No Hospital Geral de Hurghada, recebeu uma dose maciça de laxante; ele quase explodiu. No estômago e nos intestinos, estavam três semanas e meia de comida acumulada, quilos de argila maldigerida e lamacenta, tudo imobilizado diante de um portão hermeticamente fechado com o cimento produzido pelo Imodium. A saída descontrolada de merda velha acumulada lhe rasgou parte do reto e do ânus. "O senhor Brouwer pariu um golem", cochichou alguém do grupo. Fazia uma eternidade que não riam tanto assim.

– O que é um golem? – quis saber Christof, mas Regina Ratzinger já estava concentrada no segundo envelope de fotos.

O senhor Brouwer fora deixado para trás em Hugharda. O grupo retomou a viagem de ônibus, atravessando o Sinai até chegar ao Golfo de Acaba. Numa pequena aldeia chamada Nuveiba, a última etapa da viagem antes de tomar o caminho de volta para casa, saindo do Cairo, ficaram no Domina, um hotel de luxo com piscina, discoteca e bar com um pianista de cento e trinta quilos.

Nas fotos de Regina, vê-se um homem moreno com bigode de porquinho-da-índia. Tem a cor de terra orgânica que se vê nos jardins. Três fotos depois, aparece fumando narguilé e sorrindo entre as nuvens de fumaça. Mais adiante, lá está ele de novo, na praia, completamente vestido, ao lado de uma Regina de biquíni.

– Quem é esse de bigode? – pergunta Joe.

A mãe cobre depressa a foto com a seguinte, mas ali está novamente o bigode, dessa vez de pé ao lado de uma fogueira na praia, tendo como pano de fundo um céu escuro com algumas pinceladas, aqui e ali, do sol poente.

– Do que o cara do bigode está rindo? – pergunta Joe, mas a mãe não responde.

Joe se levanta, Engel e Christof o seguem. Regina mantém o olhar fixo na fotografia.

– Na próxima vez você me conta – diz Joe –, combinado?

Depois do pai de Joe, praticamente mais ninguém foi enterrado no pequeno cemitério da Rua do Calvário, cujos muros o separam do nosso quartinho de ferramentas, onde eu moro agora. Em dias de bom tempo, quando as janelas de casa ficavam abertas, sempre se ouviam os cortejos funerários. A voz do padre Nieuwenhuis pelos alto-falantes, algum membro da família lhe tirando o microfone das mãos para fazer um discurso em homenagem ao lastimado falecido, anotado em um bilhetinho, e, por fim, o chefe de cerimônia agradecendo a todos em nome da família por terem comparecido, lembrando que uma refeição frugal os esperava no restaurante Roda de Carreta: ao final da rua à direita, depois a segunda à esquerda, seguindo reto toda vida; dobrando no final da rua, fica o estacionamento.

Por anos a fio, fui obrigado a ouvir toda essa liturgia deprimente. Não era tanto a Morte que igualava todas as pessoas, mas o lenga-lenga insosso do padre Nieuwenhuis. Não importava quem você fosse, se havia escalado montanhas, posto doze crianças no mundo ou montado uma empresa brilhante, os apóstolos João, Paulo e Nieuwenhuis mediam todos pelo mesmo estalão. A seriedade resignada e sempiterna, os silêncios sentenciosos, o olhar inquisitivo deslizando pelas cabeças de seu rebanho – até o prazer da morte era negado.

Ainda tenho fresco na memória certo texto da Bíblia, por conta da época do ano em que as janelas voltavam a se abrir – a Páscoa. Com o zumbido dos zangões e o calor aveludado de início de primavera, entrava em casa através da janela o sermão pascalino predileto de Nieuwenhuis, a primeira epístola de Paulo de Tarso aos Coríntios:

Irmãos e irmãs,
agora lhes dou a conhecer um mistério:
nós todos não morreremos,
apenas mudaremos de forma,
do nada, num piscar de olhos,
ao som da última trompeta;

*porque a trompeta soará
e os mortos ressuscitarão, imortais,
e nós, nós mudaremos de forma,
porque o perecedor
deve ser acobertado pelo permanente,
e o mortal, pelo imortal; quando esse perecedor
estiver coberto pelo permanente,
e a mortalidade, pela imortalidade,
é quando a palavra da Escritura se cumprirá:
a morte será tragada; a vitória, total!
Morte, onde estão os teus aguilhões?
Os aguilhões da morte são os pecados
e a força do pecado é a Lei.
Louvado seja Deus,
que nos dá esta vitória
através de seu filho Jesus Cristo Nosso Senhor.
Amém.*

Desde que o novo cemitério fora inaugurado, o velho, atrás de casa, ia, pouco a pouco, se deteriorando. Foi um processo gradual. Os trabalhadores da prefeitura passaram a vir apenas para a manutenção estritamente necessária. Eu me perguntava quanto tempo eles levariam para limpar toda aquela porcalhada de pedras e mortos.

A maior parte das pessoas compra o usufruto de uma sepultura por dez anos. Ali, onde você e a eternidade se encontram, pelo menos dez anos de descanso você tem. Então, é só esperar que os parentes estejam dispostos a investir em outros dez anos. Caso contrário, rua para os teus ossos. Não que faça muita diferença, mas, ainda assim, a ideia de ser exumado é sempre desagradável, você não acha? Uma eternidade que não dura além de dez anos...

Por quanto tempo sua morte vai causar sofrimento? Dois anos? Três? Talvez quatro ou cinco, se você foi muito amado, porém um luto jamais dura mais que isso. A partir de então, a lembrança passa a ser só comemorativa. A comemoração conhece seus momentos emotivos, mas não mais a tristeza crua do início. Você começa a se desgastar, meu amigo. Sua imagem vai desbotando aos poucos na mente das pessoas, e você desaparece. Às vezes já não se lembram mais de sua fisionomia, ou de como você beijava, do cheiro de seu corpo, de como soava sua voz... Aí já não há mais muita coisa a ser feita. Certo dia, aparece alguém que ocupa seu lugar. Dói, é claro, mas você está excluído, lembre-se disso.

Ali está ela deitada, sua esposa, ao lado de outro, o prazer lhe irradia até as pontas dos pés, já não se lembra de ter jamais...

Pois é, há outras diferenças entre você e ele... Só para citar um exemplo, ele é preto, da cor dos meus sapatos. Ela o importou do Egito, pagando sua passagem de avião, e agora é ele quem está ali, no seu lado da cama, olhando para a luz que entra por uma fresta nas cortinas. Até é possível que esse estranho pense em você, seu predecessor. Então, dá-se conta de que o lugar ao lado dela na cama já estava frio havia muito tempo – ele não rivalizou com você por esse lugar, não, senhor; ele apenas come o pão que se tornou disponível pela sua morte, perguntando-se sempre se ele teria tido alguma chance se você ainda...

Então se vira num movimento brusco para o lado da mulher amada, o elo entre o homem vivo e o morto, que se entreolham com desconfiança na escuridão.

Isto foi o que precedeu:
– Como a gente deve chamá-lo? – perguntou Índia quando a mãe disse que voltaria ao Egito, a fim de trazer o namorado para uma primeira visita à Holanda.
– Simplesmente Mahfuz, que é o nome dele.
– Se você preferir, eu não me importo de chamá-lo de pai.
– E por que eu iria querer isso?
– Porque pode ser muito difícil para uma mulher quando os filhos não aceitam um segundo marido. A mãe pode se sentir dividida entre os filhos e o homem, e essa situação traz em si a semente da desintegração familiar.

– Não sei de onde você foi tirar isso – disse Regina.

Regina Ratzinger foi ao Egito para se casar com Mahfuz Husseini, por amor, mas também para que ele conseguisse tirar os documentos de viagem para uma visita à Holanda. No Cairo, era tudo um vaivém de advogados formigando de um lado para o outro, e a espera no abafadíssimo palácio de justiça era de uma lentidão exasperante, mas, ao cabo daquela semana, eles eram marido e mulher.

Fizeram um cruzeiro de dois dias pelo Nilo, depois embarcaram no avião de volta à Holanda. Era 10 de dezembro, e o céu cinza-claro pairava não muito acima de nossas cabeças.

Ao descer na parada das Portas Traseiras, o egípcio primeiro farejou o ar, como um animal. Estava sentindo o cheiro tranquilizante do delta? De várzeas periodicamente inundadas, como acontece nas margens do Nilo? Só levava consigo uma maleta que continha um exemplar do Corão encadernado em pele de gazela, uma caixa de Marlboro para Joe e Índia, uma foto do pai no seu estaleiro e outra da família inteira. De resto, roupa, mas não muita.

Joe saiu de meias e estendeu a mão. Husseini suspirou como se um desejo seu tivesse sido atendido.

– *My son!* – exclamou, apertando o pobre rapaz num forte abraço.

Por alguns segundos, não afrouxou o abraço, depois o afastou um pouco de si para examiná-lo, atraindo-o, em seguida, de volta contra o peito. Nesse ínterim, Índia havia aparecido na soleira da porta. A mãe encolheu os ombros como quem se desculpa, dizendo: "Cada país com seus usos e costumes". Joe se desvencilhou do abraço um pouco amassado. O egípcio esticou a mão para Índia. Algum tempo depois, ela revelou que se sentira profundamente ofendida.

– Por que ele não me... não me deu um abraço assim? Será que ele tem alguma coisa contra mulher? Será que meus cabelos estavam desgrenhados? Ou será que ele farejou que eu estava menstruada? Vai ver que ele considera as mulheres menstruadas impuras.

– Pare com isso! – exclamou a mãe. Mahfuz agiu assim por uma questão de respeito. Os árabes têm grande respeito pelas mulheres.

Mahfuz Husseini foi o primeiro negro oficial de Lomark. Na verdade, ele não era negro, mas núbio, mas quem entre nós entendia do assunto? Branco é branco, e negro é negro. Por estas bandas, não vemos diferença.

Husseini ficou até pouco antes do Natal, quando voou para o Egito a fim de preparar sua partida definitiva: um irmão tomou as rédeas de seu comércio no Sinai; no Cairo, esperava-o o inferno burocrático para conseguir os selos e formulários de entrada no país. Regina estava fragilizada. Joe e Índia agora só podiam contar consigo mesmos – a mãe se descuidava das tarefas domésticas e fumava mais do que respirava.

– Mãe, você tem que comer alguma coisa – aconselhou Índia.

– Acabei de comer duas bolachas de arroz.

Saiu da cozinha arrastando os pés. "Só faltam três semanas", gritou Índia enquanto ela se afastava.

– Se o Mahfuz vir você assim, ele vai perder todo o encantamento. Joe, pelo amor de Deus, daria para você dizer alguma coisa?

– Dizer o quê?

Nisso, residia uma grande verdade. "Dizer o quê?" Com Engel Eleveld, compartilhava profundo desprezo pelo amor. Ainda que eu nunca o tivesse ouvido falar a esse respeito, parecia que ele considerava o amor uma atividade inferior, que existia apenas para matar o tempo. Um atraso. Christof, por sua vez, pensava diferente, como eu, e acabara de se apaixonar pela sul-africana.

Eu me lembro daquele verão, quando Christof chamou a atenção de Joe para a existência de PJ. Passados alguns dias, lá estava Joe encarando a nova aluna, sentada com algumas amigas sobre a mureta que circunda o pátio de recreio.

– E aí? O que você achou? – insistiu Christof.

Joe lhe deu uns tapinhas no ombro.
– Bom, sem dúvida, Christof, trata-se de uma menina.

Época de geada, e eu nunca tinha visto as águas das várzeas tão altas, e subiriam ainda mais. Certo dia, eu estava à mesa quando ouvi a voz de Willem Eleveld na rádio nacional. Estavam ligando para saber se ele, como "habitante da zona de calamidade", podia falar sobre o "alarmante nível pluviométrico" dos grandes rios. Eleveld entrou no ar: deu para ouvi-lo atender e dizer muito vagarosamente "pronto".

– Bom dia! Estou falando com o senhor Eleveld, de Lomark?
– Ele mesmo.
Dos alto-falantes, soou uma daquelas interferências ensurdecedoras, porque Willem Eleveld, por coincidência, estava sintonizado no mesmo canal.
– Senhor Eleveld, agradecemos que esteja aqui sintonizado conosco, mas seria possível desligar o aparelho de rádio?
O pai de Engels baixou o telefone, mexeu daqui, mexeu dali, e as interferências desapareceram.
– Com quem mesmo estou falando? – perguntou ele.
– Com Joachim Verdonschot, da Rádio IKON. O senhor está ao vivo, senhor Eleveld. O senhor mora em plena zona de calamidade, pelo que entendi. Seria possível nos dizer como andam as coisas por aí?
– Você se refere exatamente a quê?
– Ao nível altíssimo das águas.
– Até agora, não posso reclamar.
– O porão do senhor não encheu de água?
– Não mais que o normal.
Dos estúdios na cidade de Hilversum, um chiado o alcançou.
– Esse nível de águas gera um número sem-fim de problemas. O senhor e alguns outros moradores do bairro estão rodeados pelas águas. Quando o senhor pretende deixar sua casa, senhor Eleveld?

– A Ilha da Balsa – disse Eleveld.
– Perdão?
– A Ilha da Balsa, não o "bairro", como você diz.
– A Ilha da Balsa. Quando o senhor pretende deixar sua casa, senhor Eleveld?
– As águas logo vão baixar de novo. Estamos tranquilos.
– Um mal que vem para o bem, por assim dizer. Agradecemos imensamente pela participação, senhor Eleveld, de Lomark. Esperamos que continue com os pés secos.
– Não há de quê.

Chegou o dia 1º de janeiro; à noite, as pessoas beberam e queimaram fogos de artifício. Todos dormiram para despertar logo de mau humor e com cara de bunda para o novo ano. O nível das águas tinha baixado um pouco, havia geado forte, e as várzeas se encontravam sob uma camada de gelo linda de se ver e onde, durante o dia, o sol fazia com que surgissem chamas de um dourado profundo; mas ainda era noite, e eu já estava acordado, no dique, espreitando a escuridão com os olhos injetados de sangue. Joe e Christof tinham acabado de chegar de patins na escuridão, com os sapatos nas mãos. Aquele era o dia programado para que Joe fizesse o avião levantar voo. O murmúrio deles se distanciara na escuridão até que não deu para ouvir mais nada, além do chiado cada vez mais fraco dos patins. Quando senti frio, comecei a me mover de um lado para o outro. O dia não queria saber de raiar. Decidi correr o risco: cruzar para o lado de lá, a fim de ser testemunha ocular da decolagem. Fui até o Pescoço Comprido, onde o caminho desaparecia sob o gelo atrás de uma barreira vermelha e branca. Foi para onde me dirigi. Nunca antes andara com a charanga sobre gelo. Não é de se admirar que, inicialmente, eu estivesse um pouco nervoso, mas, depois de alguns minutos, dei-me conta de que não era nada demais – apenas a sensação de que eu poderia derrapar a qualquer momento e de que os pneus patinavam a cada vez que dava um safanão na alavanca. O atrito era pouco, e eu não precisei me esforçar para sair patinando. Atrás da Asfalto Belém, despontou uma faixa esmaecida de luz violeta, e eu estava completamente só naquela planície imensa. O resultado seria o mesmo se eu tivesse sofrido um acidente de avião, indo parar no meio do deserto. O silêncio era fascinante, razão pela qual eu não tinha pressa para chegar ao galpão.

Nos últimos tempos, meu corpo dava sinais de vida; eu pretendia até me levantar da cadeira e aprender novamente a caminhar. Por mais absurdo que pareça, queria pôr de novo em movimento aquele aparelho locomotor deformado – estava com 17 anos, de vez em quando tinha uma ereção, mas eu era tão incrivelmente espático que a masturbação era algo fora de questão. Apesar disso, sentia que aquele corpo ainda conservava algum potencial – por mínimo que fosse – para uma coordenação motriz mais complexa e, quem sabe, até mesmo uma forma de locomoção sem rodas. Já havia um bom tempo que eu vinha praticando às escondidas exercícios nos quais eu me segurava na mesa ou na cama com minha mão direita enquanto escorregava de joelhos sobre o chão, mantendo o tronco levantado. Parece pouca coisa, mas é preciso levar em conta que eu tinha de repetir todo o processo da evolução humana sozinho. Eu me encontrava mais ou menos na etapa dos anfíbios. Recém-saído dos lamaçais, tinha de tentar me erguer mais e mais.

Aquelas minhas idas e vindas dentro do quarto pareciam uma espécie de penitência; eu sabia que mamãe se regozijaria com outro milagre e logo sairia citando Isaías: "O coxo saltitará como o cervo e a língua do mudo entoará uma canção de beatitude", e por aí vai, já que certas pessoas preferem ver milagres a reconhecer a força de vontade.

Estava na hora de despertar os músculos que haviam sobrado naquele corpo. Eu tinha passado anos deitado na cama e depois me retorcendo sobre a charanga, e era uma incógnita se algum dia poderia servir de novo para alguma coisa. Meu fisioterapeuta não se mostrara muito otimista, mas isso já fazia um bom tempo. Agora eu já estava mais maduro e, às vezes, precisamos impor certas metas a nós mesmos. E aquele momento em que um otimismo sem lógica corre de novo pelas suas veias é que se deve aproveitar.

O gelo estava uma maravilha. O céu sobre o horizonte clareava cada vez mais, enquanto eu me aventurava para onde jamais estivera. A luz à minha volta era de um azul-vítreo, o coração turquesa de uma geleira. Era tudo tão nivelado e amplo! Por que não tinha vindo para esse lugar antes?

O gelo de um preto-nanquim estava deslizando sob minhas rodas, e eu cheguei até a ponta norte da Ilha da Balsa.

Mas permita-me retirar a imagem de antes sobre o coração da geleira: eu era o centro de uma bola de neve, um daqueles microcosmos de plástico transparente contendo líquidos dentro dos quais neva se você o vira de ponta-cabeça. Tínhamos um desses no aparador de casa, com um unicórnio empinado sobre as patas traseiras, contra o azul-cobalto do fundo. Quando você o sacudia, nevava também em volta do unicórnio, que parecia relinchar de focinho aberto.

Debaixo daquele chão de gelo, estavam os campos do verão e a trilha que serpenteava em direção ao rio. Ali embaixo, a grama ondulava na lenta correnteza.

Eu estava fumegando como um cavalo. De repente, ouvi o ronco de um motor sendo ligado. Meu palácio de gelo se desfez em cacos como um estilhaçar.

Eu me virei e vi o avião avançando sobre o gelo. Mal começara a clarear e, a alguma distância, o teco-teco mais parecia uma engenhoca sinistra, saída das oficinas das trevas. Dois espectros corriam sobre o gelo – só podiam ser Christof e Engel. O avião tinha parado; estavam discutindo algo com Joe, de quem só se via a cabeça sobressaindo da fuselagem. Não ventava. O bico do avião estava virado na direção da aldeia. Depois de Christof e Engel se colocarem a uma distância segura da hélice, Joe começou a acelerar. Eu adorava aquele ruído, que ia crescendo, enfurecido, ao aumentar o número das rotações do motor. Joe avançava sobre o gelo em alta velocidade. Quando alcançou aceleração máxima, tentou assestar o bico para o ar. A cada vez que ele levantava o bico, o avião se afastava do gelo por poucos instantes, para depois abaixar novamente. Mais uma tentativa. Outra. Todas as vezes que se erguia no ar, logo em seguida voltava a cair. Como se estivesse saltitando.

Joe freou antes de chegar ao dique de inverno, deu meia-volta e veio em nossa direção. Eu estava a alguns metros de Engel e Christof, que acompanhavam as manobras de Joe petrificados pela tensão. O avião roncava sobre o gelo. Era um espetáculo maravilhoso. Vinha em nossa direção a pelo menos oitenta ou noventa quilômetros. Christof disse a si mesmo: "Vamos logo!", e Engel arremessou para longe a bituca de cigarro, que faiscou antes de se apagar. Atrás de nós, a cortina do crepúsculo matinal ia se abrindo mais e mais, deixando no céu as últimas brasas violáceas e alaranjadas.

A temperatura devia estar muito abaixo de zero, mas eu não me lembro do frio. Pouco antes de nos alcançar, Joe deu uma guinada para a esquerda, reduziu o número de rotações e foi parando gradualmente até desligar o motor. Adorei o silêncio que se seguiu. Engel e Christof saíram correndo na direção do avião, enquanto Joe balançava a cabeça em sinal de desgosto, os olhos cravados em seu painel de controle, composto de uma alavanca para gás, um freio de mão e medidores de pressão, combustível e temperatura. O manche estava entre os joelhos.

– Ele não está puxando o suficiente – disse, quando Engel e Christof agarraram os flancos da fuselagem.

Não dava para entender bem o que ele dizia, porque seus lábios estavam roxos de frio.

– Acho que vou precisar de mais *flaps* para ter maior empuxe.

Ele parecia um inseto, com óculos de esqui e um gorro grosso e antiquado, cruzado no centro por faixas vermelhas, azuis e brancas. Sustentando os braços na lateral, levantou-se com dificuldade do apertado habitáculo até se tornar visível a todos. Antes de saltar para o gelo, ele ficou de cócoras sobre a beirada da fuselagem. Em suas costas, via-se uma mancha escura e úmida do tamanho da sela de uma bicicleta. O suor havia atravessado o pulôver e o casaco. Joe tremia de frio e pediu um cigarro. Engel lhe passou o maço e o isqueiro, enquanto tentavam descobrir a origem do problema. Haviam trabalhado de corpo e alma para que esse momento chegasse, e agora o avião não funcionava. Engel, caminhando em torno do veículo, xingou baixinho "puta que pariu". Joe sorvia o cigarro como um aviador de guerra de outros tempos, parado sobre a escura pista de aterrissagem em algum lugar no norte da África. Cuspiu e, com o cigarro entre os lábios, montou outra vez no avião, subindo pela asa.

Um vento frio nos congelou assim que o motor pegou e a hélice começou a girar. Joe virou o avião e foi avançando na direção do galpão. Quando me viu, riu.

– Feliz ano-novo, Fransje!

No dia 4 de janeiro, fizeram a segunda tentativa. Haviam mudado a posição dos *flaps* e mexido no leme da cauda. Nesse dia, também não deu certo.

O tempo prometia tempestade. Lá pelo fim da semana, a frente fria cederia lugar a camadas de ar mais temperadas, de maneira que trabalharam sem trégua, porque, sem gelo, nada feito. Uma corrida contra o relógio. Chegado o dia 10 de janeiro, teve início o degelo, e os pneus da charanga deixavam sulcos ensopados atrás de si no gelo. Então seria pra valer, seria agora ou nunca mais: Joe montou no avião pela enésima vez e lá se foi pista acima. Eu me aproximei de Engel e Christof, que, roendo as unhas, acompanhavam com o olhar o avião acelerando até alcançar velocidade máxima, posicionando-se numa linha horizontal entre a aldeia e a fábrica.

– Vamos, cara, levanta esse bico! – disse Engel, sem fôlego.
– Levanta esse bico maldito!

Se havia um momento certo, esse momento era agora –

cedo pela manhã, com o céu claro, frio e "espesso", como tinha dito Joe, o que era um fator favorável para decolar. Ali onde estava, atroando sobre o gelo, deveria finalmente decolar, ou ele se estilhaçaria contra uma fileira de salgueiros-brancos, cujos galhos espetavam a superfície de várzeas cobertas pela água.

– Mas o que diabos ele está fazendo?!

Joe avançava a todo vapor na direção do grupo de árvores. Nunca antes havia atingido tamanha velocidade, mas não fazia nenhuma tentativa de decolagem – se não brecasse ou desse meia-volta naquele segundo, se esborracharia contra uma árvore. Fechei os olhos, mas tornei a abri-los um instante depois, quando vi que, enfim, estava decolando. A roda traseira estava suspensa no ar, o avião se mantinha perfeitamente na horizontal, saltitando de leve sobre o gelo. Qualquer outro avião já teria decolado a essa altura... Oh, Deus, oh, Deus... Sucesso! Conseguiu decolar!

O avião subiu alguns metros e passou raspando sobre as copas dos salgueiros-brancos. Joe não podia ter previsto nem calculado essa manobra: simplesmente havia preferido correr um risco absurdo e tivera muita sorte. Pura sorte, eu não tinha dúvida. Se o avião não houvesse decolado naquele exato instante, agora Joe estaria morto. Mas ele não estava morto, e sim voando...

– Isso mesmo! – gritava Engel ao meu lado.

Christof pulava de felicidade e o abraçava. Agora eram dois pulando e gritando a plenos pulmões. As lágrimas escorriam pelo meu rosto. Ele havia conseguido, estava voando na direção ocidental; o ronco do motor foi diminuindo de intensidade à medida que ele se afastava no horizonte. Tinha repetido a proeza dos irmãos Wright. A partir de então, nada mais seria impossível para ele.

Se Mahfuz Husseini não tivesse voltado, Regina Ratzinger provavelmente teria morrido de fome. No seu inglês macarrônico, Mahfuz dissera: "Em tempos de seca, as flores são as primeiras que morrem". Pelo menos isso foi o que Joe entendeu.

Regina teve dificuldade para retomar as rédeas da vida doméstica. Havia algo diferente nela, certo distanciamento do mundo em seu comportamento, uma postura que jamais iria abandoná-la. Parecia trocar de roupa com menos assiduidade que antes, e os entendidos de tricô lhe fizeram saber com um prazer cáustico que havia erros, ainda que mínimos, no modelo dos pulôveres.

Já que Mahfuz agora cozinhava com frequência, passaram a figurar no menu pratos à base de carne de cordeiro e coentro, preparados num molho vermelho de malagueta picante e temperos que semeavam confusão sobre a língua.

– Que delícia, Mahfuz! – exclamava Joe.

Mahfuz erguia do prato um olhar satisfeito.

– Que delícia, hein?

Na varanda da casa de Portas Traseiras, Mahfuz desenrolava cinco vezes ao dia a esteira para fazer suas orações voltado na direção de Meca. Seu ritual era discreto e não importunava nem Índia nem Joe. Consideravam o ritual tão inofensivo quanto uma pessoa com o hábito de comer diariamente determinado número de bananas, ou que tivesse a mania de tocar na madeira para esconjurar o mal. Estava fazendo um curso de holandês a distância; após algumas semanas, já sabia perguntar pelo caminho até a estação de trem e pedir no açougue meio quilo de carne moída, metade bovina, metade suína. Não que precisasse, porque em Lomark não havia estação de trem, e um muçulmano não come carne moída de porco. Mas ele estava muito feliz em Lomark, passeava bastante na aldeia e cumprimentava a todos com educação.

Regina se pavoneava em público, cada vez mais excitada com sua presença.

– Os núbios são pessoas lindas – repetia. – Os mais bonitos do Egito, pelo que dizem. Porém, mais bonito que Mahfuz...

– Tudo bem, mãe, já entendi. Menos.

Regina levou o marido até o centro e voltou com ele trajando terno de linho, sapatos de couro sob medida. Mahfuz se movia com a mesma desenvoltura de quando circulava com as roupas baratas *made in Índia* com que havia chegado, mas, por conta do hábito que ele tinha de manter o bigode no lugar com loções e das roupas de um dândi dos trópicos com que Regina o vestira, em Lomark ele dava a impressão de uma figura anacrônica que se perdera em um continente errado.

Na primeira vez que Mahfuz Husseini me viu, inclinou-se ao meu lado e me examinou os olhos como se estivesse se certificando de que não me faltava nenhum parafuso. Não me importava. Husseini se endireitou e riu: pelo visto, vislumbrara algo de interessante. Então, disse alguma coisa em árabe e foi se sentar atrás de mim. Ei, árabe! Eu tenho que treinar o braço, solta meu braço que eu não sou a senhora sua mãe! Mas, sem pedir, pegou as braçadeiras e me levou para passear pela aldeia inteira, como se eu fosse sua avó. Quase morri de vergonha, mas ele também podia ter sentido isso. Lá ia eu, carrancudo, na charanga, sem a menor ideia de onde ele estava me levando. Com um só golpe, conseguiu reduzir a cacos meu isolamento tão zelosamente cultivado. As pessoas nos olhavam. De noite, à mesa, diriam que Fransje

Hermans tinha uma enfermeira de bigode. Parecíamos dois idiotas, Husseini e eu.

Se não me enganava, estávamos a caminho do Pescoço Comprido. O árabe, cantarolando trechos soltos de várias músicas, tinha pegado as manhas da charanga, e os passos ritmados rangiam sobre o asfalto. Já dava para sentir o cheiro do rio de longe, a água tinha um aroma bem particular que eu não saberia descrever, mas que me acalmava. Talvez fossem apenas todas as impressões que a água absorvera até chegar ali.

– *There is Piet* – disse Husseini.

O nível da água havia baixado. O serviço da balsa de Piet havia retomado seu funcionamento normal. A balsa estava no meio da corrente e vinha em nossa direção. Piet estava arrancando os bilhetes de um talão, distribuindo-os de carro em carro pela janela aberta. Em troca, recebia o pedágio, que colocava numa pochete amarrada à cintura. Depois, entrou na cabine de pilotagem e foi reduzindo a velocidade. Desembarcaram dois carros e um ciclista. Não olhei para eles. Piet veio em nossa direção.

– E aí, rapaz? Quanto tempo faz que não te vejo!

Grunhi qualquer coisa.

– Pois é, aconteceu muita coisa, mas nada mudou, como se costuma dizer. Muito prejuízo no inverno, algumas peças da balsa levadas pelas águas. Mas a gente continua aqui, incansável, é ou não é, Mahfuz?

Deu um tímido tapinha nos ombros de Mahfuz e embarcou outra vez. Mahfuz foi me empurrando até a beirada do cais, e eu puxei o freio de mão. O egípcio se pôs de cócoras, o cotovelo esquerdo apoiado no joelho e os dedos da mão direita cofiando o bigode.

Desde então, Mahfuz e eu passamos a ir com frequência até a Ponta da Balsa. Eu gostava da companhia dele; ele contava, eu escutava. Quando acontecia de Piet ter algum problema com o funcionamento da balsa, lá estava Mahfuz, fuçando e consertando. Sabia montar e desmontar motores, habilidade que aprendera no estaleiro do pai em El-Biara, uma pequena vila perto de Kom Ombo. Era o mais jovem de nove irmãos, seis homens e três irmãs. O pai dele era dono de um estaleiro que ficava às margens do Nilo e, numa enseada do rio, Mahfuz havia aprendido a construir as *feluccas*, a embarcação típica do Nilo. A exemplo dos irmãos, estava predestinado a trabalhar na empresa da família, mas, como eram muitos, foi tentar a sorte na indústria do turismo. Longe da cidade natal, em uma aldeia na costa leste do Sinai chamada Nuweiba, abrira uma lojinha. A cinquenta metros da praia, comercializava roupas, prata dos beduínos e estatuetas dos faraós que só se passavam por antigas e genuínas se o sujeito fosse tonto ou cego, mas, como muitos turistas faziam parte dessa categoria, o negócio andava bem. A loja ficava no meio de uma longa fileira de lojas parecidas que vendiam os mesmíssimos produtos. Acima da porta, via-se a marca de uma mão ensopada de sangue de cabra enegrecido pelo tempo: a mão de Fátima, a filha devota do Profeta. De dia, Mahfuz expunha seus tapetes e suas roupas; à noite os batia para livrá-los da poeira.

Nuweiba era composta de três bairros mais ou menos interligados: a maioria dos turistas preferia o bairro do Tarabin, uma faixa costeira de hotéis, restaurantes e lojas ao longo da praia que não cessava de crescer. A alguns quilômetros mais para o sul, ficava o porto de Nuweiba, de onde zarpavam os barcos com destino à Jordânia. Em Tarabin, Mahfuz levara uma vida bem tranquila. Dormia umas dez horas por dia: as demais, ele passava ou na loja ou com os amigos. Jogavam gamão à luz das lâmpadas fluorescentes, enquanto, ali perto, o garçom de um restaurante trazia bandeja após bandeja com taças de chá.

Husseini se sentia forte e acreditava que os pratos à base de peixe e arroz, aliados ao ar marinho, limpavam seu sangue. Estava convencido de que a alma de uma pessoa reside no sangue. O sangue viajava pelo corpo inteiro, dando vida à estrutura de carne e ossos que se chamava Mahfuz Husseini.

Às vezes, caía no sono numa espreguiçadeira para acordar só quando o sol despontava sobre as montanhas do outro lado. Vivia de frente para o mar e de costas para o deserto, livre dos desejos que transformam a vida das pessoas num inferno. Desde que tinha descoberto que, na margem oposta, o Sinai se afastava um centímetro e meio ao ano da península Arábica, era como se ele visse crescer essa distância com os próprios olhos.

No dia em que o ônibus da Piramid Tours chegou a Nuweiba, Mahfuz estava sentado na espreguiçadeira em frente à loja. Na tarde do mesmo dia, os primeiros turistas do grupo recém-chegado apareceram na rua: três mulheres. Holandesas. Para Mahfuz, foi suficiente dar uma olhada para entender. O que podia acontecer, no máximo, era confundir holandeses com alemães, mas estes costumavam se comportar com certa discrição, como se temessem ser presos a qualquer instante. É certo que falavam mais alto que os holandeses, mas não andavam por aí como se o mundo lhes pertencesse. Os holandeses circulavam como se conhecessem todos os caminhos, com o passo firme de quem está convencido de ter sempre razão.

Um dos colegas de Mahfuz, Monsef Adel Aziz, gritou *"olhar, olhar, não comprar"*, a deixa para que os outros fossem ao encontro das mulheres, derramando-se em elogios, esfregando uma mão na outra. Mahfuz percebeu um sorriso cansado no rosto da mulher mais jovem. Após a análise de uma das mulheres de mais idade, entendeu que ela fora ao seu país em busca de amor carnal: você acabava criando olho para essas coisas. As mulheres dessa categoria tinham um quê de insaciável no olhar sempre alerta. Aumentavam em número a cada ano: não era raro você ver vovós branquelas, o cabelo tingido de um violeta assombroso, andando de mãos dadas com uns rapagões novos. Diziam as más línguas que essas mulheres haviam sido abandonadas pelos maridos ou que vinham até o Egito porque os cônjuges haviam adoecido e não eram mais capazes de cumprir com os deveres conjugais.

Monsef Adel Aziz se engraçava com elas, mas nem por isso era um mau-caráter. Os rapazes locais não se importavam se as mulheres eram velhas, jovens, gordas ou bonitas. O próprio Mahfuz, certa vez, se envolvera com uma americana, que, no final da viagem, quis que ele voltasse com ela, mas, aos olhos dele, uma casa em Iowa não era melhor que uma loja em Nuweiba, razão pela qual Catherine O'Day começou a passar algumas semanas por ano em Nuweiba. Aliás, já fazia um bom tempo que ela não ia. Tinha lhe mandado um cartão-postal com lembranças da América, que Mahfuz havia colado na parede dos fundos da loja, cobrindo o pedaço de uma foto em que ele estava abraçado com Athar el-Hakim, atriz famosa que certa vez visitara Nuweiba para fazer uma sessão de fotos na praia.

As turistas estavam se aproximando da loja dele. Mais tarde naquela semana, eu soube que a mais velha delas, que Mahfuz caracterizou de "sexualmente carente", tivera uma aventura fogosa com o mensageiro do hotel Domina, um jovem atraente que não hesitou um segundo em abaixar as calças e mostrar seu belo pedaço de carne após ela tê-lo elogiado pela habilidade com que havia trazido suas malas. Agora, Mahfuz analisava a mais jovem das três mulheres – ela parecia envolta numa sombra. Sentiu o impulso de confortá-la.

– "*Tudo lindíssimo, baratíssimo, está acabando já*"– gritou ainda Monsef Adel Aziz, embora ciente de que a disputa por atenção já fora perdida.

As mulheres já estavam quase na loja de Mahfuz. Este, com um gesto treinado, alisou o bigode e disse com o melhor dos seus sorrisos "*Welcome, welcome...*".

As mulheres haviam analisado as roupas dele, sentindo o tecido com os dedos, e cada uma delas havia provado alguns anéis com pedras semipreciosas e comprado alguns cartões-postais. Depois, saíram da loja para continuar o passeio. Entretanto, quem descia a rua na direção sul não tinha alternativa a não ser voltar pelo mesmo caminho. Quando chegaram ao final da rua comercial, elas deram meia-volta, agora era a mulher envolta na sombra quem vinha andando do lado das lojas. Mahfuz correu para dentro da loja, pegou um souvenir e saiu voando justamente a tempo de oferecer o presente à mulher de cabelo loiro acinzentado. Ela o pegou, confusa, sem entender se aquilo era um presente ou se ele queria dinheiro, e tentou devolvê-lo.

– *It's a gift for you* – disse Mahfuz.

Tratava-se de uma embarcação em miniatura, uma *felucca* com o casco em alabastro; numa das velas, via-se, pintado em ouro e azul, o olho de Hórus. Constrangida, a mulher agradeceu e prosseguiu.

Nuweiba era pouco mais que um assentamento. Era inevitável que Mahfuz e Regina voltassem a se encontrar.

No dia seguinte, se esbarraram na piscina do hotel Domina. Ele fora até lá fazer a entrega de uma caixa com carteiras de couro na loja de souvenires e decidiu voltar a Tarabin caminhando pela praia. Foi quando a viu.

– *Ah, the beautiful lady* – disse, fazendo uma mesura discreta.

– Espera! – gritou ela. – Eu queria... em troca... do presente tão bonito.

Ela se dirigiu à espreguiçadeira perto da borda da piscina, se enrolou na canga, fazendo um nó altura do peito, se abaixou e tirou da bolsa algumas libras egípcias. Voltou até ele e disse: "Toma, para você".

Mahfuz balançou a cabeça e sorriu com tristeza.

– *I understand* – disse ele. – *You don't want my gift. I am sorry.*

– *Of course I want it, but...*

Mas já era tarde demais. O egípcio rapidamente levou a mão direita ao coração, recuou dois passos e desapareceu.

Na mesma tarde, ela pegou um táxi, foi até a loja dele e apresentou suas desculpas. Ele, por sua vez, aceitou o convite para jantar à noite.

– Ah – disse, ao deixar a loja –, *my name is Regina Ratzinger. And yours?*

– *Call me Mahfuz.*

Jantaram peixe à beira-mar, em Tarabin. Um sudanês, preto como carvão, fumava, sentado à sombra de um barco pesqueiro. Na praia, esvoaçavam as alvéolas-brancas. O frescor da noite os envolvia como um tecido da mais pura seda. Em determinado momento, passou por lá um beduíno conduzindo um dromedário atado a uma corda. O beduíno tentou convencer Regina a dar uma volta pela praia, mas Mahfuz lhe disse algo que o fez ir embora. Depois de comer, caminharam juntos pela praia até a Temple Disco, a discoteca do Hotel Domina. Regina dançava de olhos fechados e, à sua volta, rodopiavam, embriagados, os outros viajantes do grupo.

De volta à praia, Mahfuz fez uma fogueira baixa na areia. Tirou um maço de Cleópatra do bolso do casaco e enfiou um cigarro entre os lábios. Foi apalpando os bolsos um a um, mas não encontrou o isqueiro. Regina tirou do fogo um galho chamejante e o manteve no ar com os dedos trêmulos. Ele aproximou do galho a ponta do cigarro e, tragando, transmitiu fogo ao tabaco. Nenhum dos dois percebeu que uma lasca havia caído sobre as calças de tecido sintético de Mahfuz. Quando o tecido começou a exalar fumaça e ele, soltando um grito, se levantou com um salto para apagar o fogo das calças, batendo nelas com as palmas das mãos, entendeu que algo na sua vida havia acabado de mudar irrevogavelmente.

Olha – disse Joe. – A senhora Eilander. O Peugeot tamanho família da mãe de PJ corria em alta velocidade ao longo do dique. Em meio ao grande deslocamento de ar que provocou, só a vislumbramos por uma fração de segundo; parecia estar furiosa, pois nem respondeu quando Joe e eu acenamos.
— Está brava – observou Joe.
Tínhamos visto o carro dela estacionado na frente da delegacia de polícia, onde o sargento Eus Manting estava de plantão. Não era difícil adivinhar que ela estava reclamando do estranho avião que às vezes sobrevoava seu jardim a uma altura assombrosamente baixa, já que Joe acabava de fazer seus primeiros voos de reconhecimento sobre a Casa Branca.
Joe desceu o dique até as várzeas e disse: "Preciso refletir um pouquinho, Fransje". Eu sabia exatamente onde ele estava deitado, por conta das espirais de fumaça que subiam do mato e das papoulas enormes. As andorinhas passavam sobre ele em voos rasantes; os insetos zumbiam perto do solo por conta de uma área de baixa pressão a caminho.
Em algumas casas da aldeia, viam-se mochilas escolares içadas em paus de bandeiras, sinal de que o estudante daquela casa havia passado no exame final. Dali a um ano, seria a nossa vez. E depois? Depois todos eles iriam embora: Joe, Christof e Engel. Para trabalhar ou estudar; de qualquer maneira, para

exercer alguma atividade para a qual não mais precisariam de mim. Era como se eu me tivesse tornado uma âncora tão profundamente encalhada que jamais voltaria a sair do lugar. Nada me esperava além do horizonte, e eu me esforçava para não nutrir muitos desejos, tal como um budista ou um animal.
Ou como Joe.
Chegou, então, Christof, pedalando como um doido.
– Você viu o Joe por aí? – perguntou.
Apontei para o campo, para onde Joe produzia suas espirais de fumaça, que se desfaziam assim que apareciam. Christof encostou a bicicleta num poste e segurou entre o polegar e o indicador o arame farpado da cerca que ladeava o dique. Puxando com cuidado o arame para baixo, passou a perna direita, depois a esquerda e, em seguida, desceu correndo pelo talude, gritando: "Joe, ei, Joe!".
Do mato, despontou uma mão.
Christof o alcançou no meio do mar verde que batia nas suas coxas, dando a impressão de que ele estava afundando lentamente. Um sopro de vento fez ondear a grama e, atrás de mim, farfalhava a folhagem seca assoprada para o asfalto da rua. Não fazia muito tempo que haviam patinado ali embaixo e feito decolar um avião, enquanto, agora, de vez em quando, só era possível ver um ou outro ostraceiro desaparecer naquele mar arfante de mato e flores, acima do qual as andorinhas executavam acrobacias e voos rasantes. Passado um tempo, Joe apareceu, um pouco irritado, talvez por ter sido incomodado no seu momento de reflexão. Levantou-se e veio até mim. Christof, que não tinha mais razão para ficar ali, seguiu atrás.
– O que foi que você viu, Joe? – perguntou. – Não seja tão egoísta. Tenho o direito de saber porque ajudei, você se lembra?
Joe puxou o arame farpado para Cristof passar.
– Eu a vi – disse, devagar.
Christof quase explodiu.
– Então o que ela estava fazendo?

Parecia convencido de que os nudistas necessariamente faziam alguma coisa, que praticavam rituais sexuais, ou algo do tipo.

– Pelos – disse Joe. – Tantos pelos que não dava para ver quase nada.

Era como se alguém tivesse desligado todo o som do mundo sem aviso prévio, tamanho era o silêncio. Christof refletia. Eu próprio fiquei desapontado com a notícia, porque, ainda que não conseguisse imaginar ao certo o que significava "todo aquele pelo", me pareceu que o resultado não tinha sido condizente com o esforço empregado. Tinha esperado mais.

– Caralho! – exclamou, finalmente, Christof. – Eu sabia que algo assim ia acontecer.

As férias escolares estavam prestes a começar. Um período em que você vai derretendo e se marinando em banho-maria no próprio suor. Era sempre uma época difícil para mim. Não sobrava muito o que fazer para quem não andava de motocicleta nem se agarrava com alguma gorduchinha. Passava o verão vestindo as bermudas e as camisas havaianas extravagantes que mamãe comprava, o que só fazia chamar mais ainda a atenção. Teria preferido estar enrolado num monte de roupa ou com minha manta cinza forrada de napa puxada até o pescoço, mas o calor produzia em mim uns eczemas horríveis na pele. Assim, eu ficava ali, como um fósforo riscado, enquanto as pessoas me olhavam como se eu fosse um imbecil. Afinal de contas, é a primeira coisa que vem à sua cabeça quando veem alguém numa cadeira de rodas. Que não bate bem da cabeça. Já faz tempo que eu desisti de tentar provar o contrário.

Eu gostava mesmo era de ficar às margens do rio com Mahfuz, para quem eu não precisava explicar nada. O sol refletido na água ofuscava os olhos: a luz era tão deslumbrante que iluminava até o interior de sua cabeça, e todo mundo conseguia ver dentro de você.

Com frequência, ficávamos sentados ali, o egípcio e eu,

tomados por aquele entorpecimento agradável que sobrevém quando você fica por muito tempo olhando fixamente para as ondas ou para o fogo na lareira, sonhando de olhos abertos. Piet ia e vinha, um ou outro carro buzinava ao passar, e os flocos brancos dos salgueiros ao longo das margens eram soprados pelo vento, indo pousar na água ou alcançando a outra margem do rio. As donas de casa reclamavam quando os salgueiros começavam a soltar os flocos, que, às vezes, eram tantos que se acumulavam diante das portas e aproveitavam a primeira oportunidade que se apresentasse para entrar em casa. Mahfuz estava com a cabeça em outro lugar, talvez estivesse pensando em seu país e nos ventos que o tinham levado até ali, entre esses blocos de basalto, na companhia de Fransje, o Braço.

No rio, havia um contínuo vaivém de embarcações de lazer, geladeiras flutuantes que reforçam a ideia de que a prosperidade geral e o mau gosto são inseparáveis, tal como sal e pimenta. Às vezes, também passavam uns barcos de passeio de outros tempos, com gente em roupas esportivas com faixas azuis e cor de berinjela. Eles vinham de outro mundo e passavam por nós com uma rapidez surpreendente. Havia uma espécie de nostalgia na maneira como olhavam de seus barcos para a margem, a mesma nostalgia com que eu retribuía o olhar deles. Muitas vezes, acenavam.

Os apaixonados pela navegação fluvial gostavam de acenar uns para os outros e para as pessoas nas margens. Os motoristas de carro e os ciclistas, por sua vez, nunca acenavam uns para os outros, mas os motociclistas, sim. Por conta daquele gesto em comum, parecia haver alguma conexão secreta entre navegadores e motociclistas. Mahfuz às vezes acenava de volta, sem perder o fio de suas reflexões. A intervalos, ele grunhia algo ininteligível, como se estivesse dando razão a si mesmo num diálogo interior, e, naqueles momentos, cofiava o bigode com mais intensidade. Dava para entender por que Regina se apaixonara por ele – tinha o cabelo de um negro lustroso, umas pupilas escuras e profundas, emolduradas por bastante branco, como os tuaregues da National Geographic, com seus turbantes azuis que só deixam os olhos descobertos.

– Lá em Nuweiba, havia um pelicano – contou Mahfuz certa vez. – Grande. Branco. Um belo dia, pousou em terra firme e ali ficou. É possível que estivesse cansado da vida no mar e tivesse decidido ir viver entre os humanos. Comia da nossa carne, do nosso pão e do nosso peixe. Começaram a aparecer os turistas querendo tirar fotos com ele. Às vezes, a gente fazia uma fogueira, e ele pousava na água não muito distante para poder nos ver.

A essa altura da história, o egípcio tirou um maço de Cleópatra todo amassado, pegou um cigarro e bateu o filtro sobre a unha do polegar esquerdo antes de acendê-lo. Foi quando se lembrou de que não estava sozinho. Fumamos juntos. Há fumantes que soltam a fumaça como um avião, numa faixa reta percorrendo o céu, mas, para mim, o jeito de fumar do egípcio era novidade – ele fumava, por assim dizer, *desaparecendo*. Dava uma tragada que enchia a boca e ia expelindo a fumaça em fiapos brancos que eram como a neblina que oculta à vista o cume das montanhas. Será que fumavam assim lá de onde ele vinha? Parecia ter-se esquecido por completo do relato sobre o pelicano, pelo menos se pôs outra vez de cócoras para contemplar a passagem dos barcos, o rosto sumindo de vez em quando por trás da neblina.

Passado um bom tempo, Mahfuz, de repente, recomeçou a falar, dessa vez sobre a época em que os turistas haviam desaparecido do seu país por conta da situação em Israel, e eles eram obrigados a ir apertando o cinto, à espera de tempos melhores.

– Agora, imagine que você é marinheiro – disse – e que, do nada, o vento para de soprar, e seu barco fica imóvel em alto-mar. O único remédio é rezar pelo vento... O comerciante emprega a mesma técnica, fazendo um furo a mais no cinto, e com o olhar erguido aos céus até que Alá se lembre dele. Aguardávamos tempos melhores, como sementes no

deserto aguardando chuva. E o pelicano esperava ao nosso lado. Entretanto, primeiro éramos nós que tínhamos que nos alimentar. Ele tinha todo aquele mar cheio de peixes, ou não tinha? Foi quando o pelicano deixou de esperar que lhe dessem comida e começou a roubar.
Mahfuz, então, me olhou de relance.
– A dependência nos transforma em ladrões. E o pelicano tinha se transformado num ladrão, velho e mau. A gente tentava afugentá-lo, mas ele voltava, até que, certa noite, cometeu o crime pelo qual Alá lhe infligiu o castigo que ele merecia... Monsef Adel Aziz fez um churrasco de frango na praia; e o pelicano foi lá, arrancou o frango inteiro do espeto e o engoliu de uma só vez. Uma hora depois, estava morto.
Mahfuz pisoteou a bituca do cigarro com a sola do sapato e encolheu os ombros. Eu olhava para ele, confuso. Aquilo era tudo? Eu não estava psicologicamente preparado para um final tão abrupto e funesto. Mahfuz, porém, parecia ter gostado da própria história e procurava a mesma apreciação no meu olhar. Que esperasse quanto quisesse! A história era infame.

Na mesma semana, pela primeira vez, eu vi Joe preocupado.
– Ela escondeu o passaporte dele, aquela vaca doida.
Arqueei as sobrancelhas com ar interrogativo.
– Minha mãe. Escondeu o passaporte do Mahfuz. Deve estar com medo de que ele se mande.
Regina estava adotando medidas drásticas para não perder seu egípcio.
– Ela também escondeu o terno caro. Acha que chama muita atenção. Das mulheres.
Eu já tinha me dado conta de que, ultimamente, Mahfuz andava menos elegante que antes. Os passageiros do barco já não arregalavam mais os olhos quando ele ia cobrar a passagem no lugar de Piet. Um árabe cor de nogueira de terno de linho fino com um bigode perfumado rasgando bilhetes – isso, sim, era uma atração turística!

Joe não estava nada tranquilo com o rumo que as questões sentimentais estavam tomando em sua casa. Era Índia quem o ajudava a interpretar os fatos; ele ainda não havia experimentado na própria pele o que o amor fazia com as pessoas.

– Será que é o mesmo que acontece com as papilas gustativas? – perguntou ele a Índia. – Elas fazem você sentir o doce na ponta da língua, o azedo na metade e o amargo no fundo. É a isso que você se refere? Que o amor é primeiro doce, depois cada vez mais amargo, à medida que vai crescendo em intensidade?

Embora faltassem os sabores salgados naquela analogia, eu a julguei correta, o amor como portal dianteiro do esôfago e do tubo digestivo. Batia mais ou menos com o que eu tinha lido a respeito e com minha observações sobre meus pais. Por alguma estranha razão, me veio à mente a história infame sobre o pelicano e o frango assado.

Quando a grama começou a queimar nos campos e as ovelhas tiveram de ser abatidas às pressas por causa de uma insolação, pois os fazendeiros se negavam a emprestar às pobres a sombra das árvores, eu aprendi a beber. Também foi a única coisa que aprendi com Dirk: beber oceanicamente, até que você se sente privado de toda e qualquer dignidade, um animal entre animais, zurrando por um pouco de amor e atenção, sujo demais para ser pego.

Como algo assim tem início?

Lá está você, passando na frente do Bar do Sol, de onde seu irmão mais velho sai correndo porque te viu passar. Você fica surpreso com o fato de ele estar naquele local, pois havia sido banido de lá. Seja como for, Dirk já está na enésima bebida e com um bom humor incrível. Exclama: "Você parece estar com calor, Fransje, entra!" e, antes de você se dar conta do que está acontecendo, já foi arrastado para dentro do bar. E Dirk grita: "Uma cerveja para o meu irmãozinho, Albert".

Albert é o sujeito que está do outro lado do bar; os outros são rostos que você conhece de vista. Você se pergunta o que está fazendo ali.

– Que cara de bravo é essa, Fransje?

Dirk é de uma jovialidade perigosa e, pela primeira vez na vida, para seu horror, te chamou de "meu irmãozinho". O pior é que você sabe exatamente por quê: hoje você será a atração de circo dele. Até que enfim, Dirk vai conseguir tirar algum proveito de sua existência, fazendo você beber cerveja pela primeira vez na vida, na frente de todos, e depois dando gargalhadas junto com eles enquanto a cerveja escorre pelo seu queixo e dentro da sua camisa. Ele, claro, ganha as risadas, e eu, a compaixão, mas ninguém abre a boca para dizer nada. Afinal, "ele é o irmão mais velho, e deve saber o que está fazendo". E lá vem a segunda cerveja! E por que não? Se você quiser que eu beba, seu imbecil, vou beber, nem que seja só para apagar de sua fuça esse sorrisinho idiota, porque, com certeza, não era isso que você tinha em mente, eu me transformando de sua foca amestrada em sua vergonha e raiva, pois você não consegue controlar nada sem raiva ou força bruta... Então, Albert, minha garganta está muito seca e meu irmão vai pagar a conta... e se, às vezes, eu arranco com os dentes um pedaço do copo é porque sou espático, mas essa minha maneira de cuspir vidro numa torrente cintilante de cacos e sangue é divertida, não é, gente?

Foi assim que teve início algo nesse sentido.

Quão longe você precisa ir para estar livre da compaixão alheia? Não tão longe. Bebi até despencar para a frente, ululando como um animal, e eles me instalarem de novo na minha charanga. A partir desse momento, já não me serviram mais cerveja. A essa altura, Dirk já estava tão enfurecido que me teria dado uma surra se não fosse indecente bater num aleijado em público.

O que mais me surpreendeu foi a quantidade de sons que eu produzi. No começo, acharam engraçado. O álcool alimentava uma espécie de fogo sob meu silêncio habitual. Era como se minha laringe tivesse se rasgado, o oxigênio tivesse saído em redemoinhos, e eu gritei. Cara, como gritei! Já fazia alguns anos que Dirk não me ouvia produzir qualquer som e não conseguia acreditar nos próprios ouvidos. Quando aquilo tudo deixou de ser novidade, os homens se limitaram a sorrir um pouco constrangidos, enquanto eu soava minha buzina de nevoeiro.

– Basta! – exclamou o *barman*.

Dirk me arrastou pelo braço. Que se fodesse! Os homens já estavam se virando de novo, de frente para o bar, quando um ainda disse: "Farinha do mesmo saco". Dirk, embora soubesse muito bem a quem se fazia referência, ficou contente ao conseguir desviar a atenção para algo diferente.

– O que você está querendo dizer com isso? Se explica.

– Como assim? Do que você está falando? – disse o homem sem se virar.

– Sobre sermos farinha do mesmo saco.

O homem olhou para ele como se sentisse mau cheiro. Esse era o verdadeiro Dirk. O famoso. Eu vi o aço tomar conta do seu corpo e a raiva lhe ensombrecer o olhar. Esse era o Dirk que eu conhecia: o Dirk Ou-aceita-com-gosto-ou-vai-na-pancada Hermans.

– Que bicho te mordeu, seu filho da puta? – perguntou o homem.

E, antes que eu me desse conta, Dirk já tinha batido a cabeça do sujeito contra o bar. Das rugas, esguichava o sangue. Urrando, o homem se levantou do tamborete e investiu com tudo contra meu irmão, mas levou um soco que fez tilintar tudo o que era de vidro naquele lugar. Os outros se juntaram a ele. Aparentemente, ali havia algum acordo tácito de atuarem juntos no caso de alguma ameaça externa, de maneira que agora eram cinco contra um. Mas, como mencionei antes, meu irmão não sabe contar. O idiota apanhou direitinho. Dois homens o arrastaram até a porta, enquanto os outros o chutavam sem dó nem piedade até ficarem eles também machucados de tanto dar pancada. A mim, eles ignoravam. Quando eu vi aquela laia de mecânicos de carro e pedreiros atacando Dirk, por quem eu jamais sentira um pingo de solidariedade, quanto menos amor fraternal, aconteceu algo difícil de acreditar: fiquei bravo. Tão bravo que quase fiquei sem fôlego. Meu sangue, então, começou a ferver e borbulhar: seria esse literalmente o famoso "chamado do sangue"? Aí estava um elemento novo, ou pelo menos algo com que eu não contava. Estonteado pela novidade da sensação, destravei o freio da charanga e me lancei com ela contra aquele amontoado de gente.

Arremeti justamente contra o sujeito que, de costas para mim, se encarniçava contra Dirk. A charanga o atingiu exatamente na altura dos joelhos, que se dobraram, fazendo o tronco desabar para trás; foi quando eu o agarrei com a única arma de que eu dispunha: minha mão, que o apanhou direitinho pelo pescoço. Isso fez o homem girar, com os braços no ar, sem encontrar nenhum apoio. A mão o apertava cada vez com mais força, e os dedos se afundavam na sua carne. Senti o retesar de músculos aterrados pelo medo e o pulsar selvagem de sangue. Me lembro do prazer e da urgência de matá-lo. Seria fácil. Bastava não afrouxar. Manter apertado. Rasgar aquela laringe. Sentia os dedos formigando. Foi quando se esqueceram de Dirk para se concentrar em mim. Puxaram o braço em cuja extremidade a mão não largava do pescoço do companheiro com a cara púrpura e a língua de fora e me esmurraram na cara sem a menor pena. No meio daquela onda de pancada, eu via o rosto do outro cada vez mais violeta. *Oh, Deus, deixe que eu o mate...*

Não consigo me lembrar de mais nada na sequência.

Apenas daquele rosto roxo. E de duas coisas que aprendi a partir daquele dia:

1. que o homem que eu queria matar se chamava Clemens Mulder, era construtor de telhados e nunca mais seria meu amigo;
2. que eu contava com um novo aliado com poder libertador, o álcool, que eu amaria enquanto vivesse.

Parece um colar de aranhas pequenininhas – disse Índia ao ver meus pontos perto da sobrancelha.

Em seguida, ela me levou até a garagem atrás da casa, onde encontramos Joe espetando uma agulha no antebraço.

– Joe, o que você está fazendo? – indagou Índia.

Tinha tatuado verticalmente no antebraço o próprio nome: JOE – naquele momento, ainda estava ensanguentado, mas deixava transparecer um azul-turquesa claro. Estávamos em agosto e nos sentíamos fracos por causa do calor.

– O que foi isso aí, Fransje? Alguma briga? – perguntou Joe.

Era só olhar para mim: tinha os olhos ainda enegrecidos de sangue coagulado e seis pontos na sobrancelha. Joe nunca havia brigado, esse tipo de coisa não acontecia com ele. Percebi que tinha ultrapassado a linha fronteiriça com o domínio dos brutos, tornando-me parte de uma raça assassina, ou, ainda pior, membro de uma família em que os homens saíam por aí esmurrando todo mundo assim que atingiam idade suficiente para isso. (Não havia mulheres em nossa família, nossa estirpe era de boçais, não havia espaço para delicadeza.)

Eu, que tinha prometido a mim mesmo não ser como os outros, tinha me lançado à primeira briga de bar que se apresentava. Teria estrangulado o construtor de telhados se não tivessem me impedido. E eu havia caído, Joe sabia disso.

Naquele dia, ele me disse pouca coisa, ocupado como estava em injetar tinta no braço. Rangia os dentes a cada vez que a agulha lhe furava a epiderme.

Depois de um tempo, fui embora dali e fiquei algumas semanas sem vê-lo.

Foi nesse período que trabalhei nos meus diários mais intensamente do que nunca, revisando vários trechos e fazendo todas as alterações necessárias.

Meus pensamentos voltaram à época em que ainda não conhecia Joe, antes de eu ter ficado apagado do mundo durante duzentos e vinte dias. Quantas perguntas! Eram tantas que me deixavam louco. Tinha certeza absoluta de que isso não era tudo, era impossível que as pessoas se conformassem em viver e morrer como faziam. Havia algum segredo escondido de mim, algo que os outros sabiam, mas não me contavam, e que era mil vezes mais real que isto aqui. Dizem que a Filosofia tem início com a busca do porquê. Para mim, foi o começo de uma espécie de inferno.

– As coisas são como são, não há uma razão – declarou papai.

Quando insisti no assunto, levei uma bordoada. Tinha escolhido a pessoa errada a quem expor minha dúvida, o que não significava que não houvesse resposta possível; eu não era tão ignorante a ponto de não saber que era ignorante. Então me pus a esperar. Em algum lugar, uma porta se abriria, e alguém viria me revelar o segredo de tudo, mas, até esse dia chegar, eu manteria os olhos bem abertos, sem parar de questionar o "porquê".

Entendi que as pessoas gostavam de imaginar a vida como uma escada. Você começa de baixo e vai galgando os degraus. Maternal, jardim de infância, ensino fundamental, onde lhe dizem que o que você almeja no fundo é o ensino superior, que é onde lhe revelam o que foi mantido em segredo até então.

Eu acreditava nisso, mas, consumido pela impaciência, não parava de perguntar "por quê?", a ponto de me tornar mesmo um grande chato. Aos olhos dos outros, todas aquelas perguntas eram sinal de malcriadez e de insolência. Era como se eu questionasse a própria existência de Deus.

Não estou querendo dizer que eu era o tipo de garoto que as pessoas achavam adorável por conta de todas aquelas perguntas. Eu dava mais a impressão de ser autista. Meus pensamentos tinham uma dose de intransigência muito irritante que eu nunca mais alcançaria no futuro. Tratava-se da mesma espécie de intransigência que eu viria a admirar na filosofia do samurai.

A resposta, porém, tardava a chegar. Eu tinha depositado minhas esperanças no ensino médio: Biologia, História, Literatura... aí é que a revelação se daria. A resposta deveria estar naquela montanha de livros que eu carregava para cima e para baixo, dia após dia.

Mas os livros falavam pela voz dos professores, ou eram os professores que falavam com a voz dos livros: nunca entendi como isso tudo funcionava. Ministravam-me noções, mas não me davam respostas.

Até então, cada vez que eu formulava meus porquês, eles sempre me remetiam a um "depois", mas eis que eu chegava ao ponto final provisório e ali eu passaria cinco anos da minha vida. E aquelas mesmas bocas não parariam de buzinar nos meus ouvidos, e eu me dava conta, com horror e com surpresa, que nem aqui minhas perguntas seriam vistas com bons olhos. As coisas eram como eram, e eu não tinha nada que cavoucar mais nesse ponto – como papai tinha dito.

Foi o início de uma insondável tomada de consciência. As pessoas aqui queriam preencher o tempo da maneira mais acomodada possível, sem formular perguntas às quais teriam de responder com mais do que um "sim", "não" ou "não sei". Todas as pessoas que eu conhecia se contentavam em reproduzir, da melhor forma que podiam, o que haviam visto em seus progenitores. Os pais imitam os próprios pais; as professoras de maternal, outras professoras; os alunos, outros alunos; e os clérigos e os professores, os respectivos colegas e os próprios livros. A única variação era quando se esqueciam de imitar.

Ninguém sabia como proceder e, no final, sempre se recaía no diletantismo. E eu passava as noites em claro, com mais medo das coisas inexistentes que daquelas que existiam.

Há quem afirma ter nascido no corpo errado, mas eu, eu não apenas tinha nascido no corpo errado, como também na família errada, na aldeia errada de um país também errado, e assim por diante. Eu lia muito e às vezes encontrava uma pequena brecha de luz nos livros. À exceção da seção dedicada aos deficientes visuais, eu tinha devorado toda a biblioteca de Lomark. Quando comecei a ler sobre os samurais, o que me impressionou foi sua autodisciplina. Eles, pelo menos, viam a necessidade de esfaquear a própria barriga se perdessem a dignidade, já que perder a dignidade significava que a vida não tinha mais sentido. O *seppuku*: um corte lindamente reto que não se podia ensaiar porque a primeira vez era também a última. Mais pessoas deveriam adotar essa prática.

Na igreja, eu ficava na última fileira jogando cartas enquanto Nieuwenhuis, do púlpito, proclamava: "Quem busca a verdade entra no reino de luz".

Eu bem entendia que a fé de Nieuwenhuis era a resposta à sua necessidade de crer. O que eu compreendia menos, porém, era em que esse seu credo consistia. A corda só foi mantida retesada durante dois mil anos por meio da repressão. Mas agora, com a chegada do motor de combustão e da sociodemocracia, a tensão havia diminuído, e a repressão começava a dar lugar à tolerância, admitindo inclusive os violões durante a liturgia. Como aqueles velhos que, depois de terem sido escrotos ao longo da vida, no final choravam emocionados por qualquer bobagem.

Olhando para trás, acho que nem estava procurando a Verdade, ou algo do tipo, mas apenas algo que me ajudasse a esclarecer um pouco as coisas.

O primeiro ano do ensino médio foi um completo fracasso. Me dava náuseas. À minha volta, eu só via mediocridade e submissão. E uma ingenuidade desanimadora, já que ninguém podia fazer nada para ajudar. Se era verdade que nós somos a medida de todas as coisas, então não tinha sentido esperar pela redenção.

Ao término do segundo ano, eu estava furioso. Seguiram-se as intermináveis férias de verão – eu sobrevivi ao mês de julho. Chegou agosto, e eu perdi todas as esperanças. Passava horas deitado na grama alta, que estava prestes a amarelar. A aridez farfalhava, todas as espécies de insetos passeavam sobre meus braços e minhas pernas. Não que eu me importasse. De algum lugar, chegava aos meus ouvidos o atroar de um cavalo galopando. O milharal já tinha atingido a metade do seu comprimento, e a azeda-miúda de uma cor ferruginosa ainda o ultrapassava em altura. Eu contemplava o céu imóvel. De um azul bonito, é verdade, mas nada além disso. Roncando de uma forma monótona, um avião de pequeno porte atravessava o vazio.

Olhando de relance, eu via as pétalas lanosas do cardo-selvagem se separarem do cálice, enquanto as borboletas esvoaçavam a esmo. De repente, eu tive a sensação de afundar. Afundei até um lugar escuro e silencioso.

Era dia de ceifa.

Devo ter ouvido o trator que impulsionava suas lâminas vorazes, cortando flores e mato. Tchac-tchac-tchac. Ninguém tem o sono tão profundo que não consegue ouvi-lo. Afinal, quem não ouve se aproximar um John Deere de 190 cavalos-vapor? Quem fica deitado no mato justamente na hora em que está sendo ceifado? Quem poderia ter uma ideia assim tão brilhante? A culpa é toda sua.

Vocês têm razão.

Quem é que fica deitado no mato em época de capina?

A roda dianteira do trator me estilhaçou a caixa torácica e quebrou a coluna, mas as lâminas rotantes do trator não me atingiram. O homem chegou a me ver da cabine, mas já era tarde demais. Alguns falam de sorte; outros, de azar. Musashi diz: "O caminho do samurai é a aceitação firme da morte".

Quanto ao que se seguiu, só posso adivinhar. Embora seja evidente que estava indo ao encontro do fim, às vezes penso que resolvi esperar, esperar por alguma razão para voltar, uma única razão para me agarrar num galho ao longo do rio da morte e recuperar o caminho de volta, centímetro por centímetro, para o lugar de onde eu vinha.

É possível que essa razão tenha sido Joe.

Já transcorreu muito tempo, minha cabeça borrou tudo, e eu estava mais pra lá que pra cá para conseguir evocar agora quaisquer imagens precisas. Às vezes o incidente parece tão remoto que é como se eu tivesse inventado tudo – o trator, o sonho do herói, o retorno ao reino da luz.

A lembrança do meu estado onírico:

Meu corpo boia pouco abaixo da superfície. Não há dor, não há saudade. Perto da superfície, onde a luz penetra na água, tudo fica mais claro, você sente o sol.

– Olha – diz alguém –, ele está sonhando.

O sonho do herói. Chegará um herói, o eco de seus passos

pesados anunciarão sua chegada, quem ainda está na rua entra em casa e tranca a porta, pois os heróis nunca trazem apenas sorte. Faz frio, há odor de lenha queimada no ar. A fumaça das chaminés vai se misturando com a neblina, que paira sobre as ruas e os campos.

O recém-chegado assobia uma melodia suave. Produzirá alegria e semeará desordem. Trará consigo novos tempos como uma espada. Fará cacos de nossas ilusões e quebrará nosso silêncio obtuso. Seu feito será prenunciador de beleza, mas nós o expulsaremos: não há espaço para heróis em nosso tempo.

Algumas mãos me erguem, outras me deitam. Meu corpo emerge até a superfície da água, vai ficando claro, cada vez mais. Aquela luz, oh, Deus, aquela luz me penetra na testa como uma lança térmica. Nasço pela segunda vez. Cego e indefeso, as águas me devolvem à terra. Em volta da minha cama, eles estão falando sobre Joe.

Aprendi a me arrastar com minhas pernas finas e tortas, sempre agarrando algo com o braço bom, para evitar cair. Na minha casinha de madeira, nos fundos do jardim, espero pela morte dos meus pais. Vivo num cubículo. Um fogão elétrico de duas bocas, um micro-ondas, uma mesa e uma privada. A cama fica atrás da mesa, encostada em toda a extensão da parede. Mamãe colocou algumas plantas no parapeito da janela. Elas não precisam ser cuidadas, pois estão sempre verdes. A parte dos fundos dá vista para o antigo cemitério; à minha frente, vejo a cozinha e a sala de jantar dos meus pais. Fazem as refeições juntos, à luz de uma lâmpada acima da mesa; não passa um dia sem que eu pense nos *Comedores de Batata*. Quanto a mim, prefiro comer aqui sozinho, não gosto de ser observado. Para mim, o ato de comer consiste principalmente em esperar: esperar que passem os espasmos para enfiar algo na boca rapidamente. Algumas vezes, isso dá certo, outras, não; nem sempre é possível prever as convulsões.

    De manhã, mamãe acena para mim da janela da cozinha. Leva café para papai. Nem preciso estar ali para imaginar a cena. Depois do desjejum, vem me ajudar a me vestir. Ela me traz um sanduíche e café. Quando saio de casa, percorro o caminho de pedras que, do jardim, chega até o corredor onde estão estacionadas as bicicletas e, de lá, alcanço a rua.

Na hora do almoço, mamãe traz algum prato quente; à noite, como salsichas em conserva (em latas de fácil abertura) com bastante mostarda.

Sam montou algumas prateleiras para meus diários e, só de olhar para eles, fico satisfeito. Vejo ordem. Uma ordem artificial em tudo o que aconteceu.

Eu escrevo cada palavra entre um espasmo e outro. Quando tenho um ataque, as canetas voam pelos ares.

O interior da minha casa é revestido com placas de falsa madeira de um tom castanho-claro com desenhos de veios. São fáceis de limpar. No inverno, a casinha de madeira fica úmida e manchas de mofo aparecem nas paredes, tal qual os caramujos que cobrem os cascos dos barcos.

Dirk já saiu de casa, prefere morar sozinho para fazer suas safadezas na surdina. Sammie só está em casa nos finais de semana; nos outros dias, está em regime de internato para jovens com dificuldade de aprendizagem. No ferro-velho, as coisas vão bem, os negócios sempre são proporcionais à prosperidade do momento. Dirk trabalha ali o tempo todo e, um dia, assumirá o controle da empresa, embora não pareça que papai tenha a menor intenção de se aposentar.

– Bom dia, querido! – exclama mamãe quando entra no meu quarto pela manhã. – Vamos começar o dia com um bom cafezinho?

Chega com uma garrafa térmica de plástico desbotado e me serve uma xícara de café bem forte. Eu bebo o café com um canudinho, assim como faço com todas as bebidas quentes que possam provocar queimadura de segundo grau se caírem no meu colo. Prefiro esses canudinhos canelados que você pode dobrar num ângulo de quarenta e cinco graus. Nesse meio-tempo, mamãe já fez a cama e vem se sentar à mesa.

– Que maravilha me sentar um pouquinho!

Essa é sua maneira de falar: tranquilizadora. É assim que ela mantém a paz ao seu redor. Embora baixinha, é uma montanha de mulher. Seus quadris são cobertos de um vestido estampado com flores. Ela me conta coisas que ouviu de outras mulheres. De hábito, alguma tragédia. Adora as tragédias tanto quanto os biscoitos que come com o café. Tenho que aguentar histórias sobre acidentes, doenças, falências. Ao falarem sobre os infortúnios dos outros, as mulheres acabam transmitindo o medo umas às outras. Medo com M maiúsculo. E, embora elas sintam compaixão pelo desafortunado em questão, estão bem felizes de que tenha acontecido na porta ao lado, porque o sofrimento no mundo não é dividido em partes iguais: quanto maior a parte do vizinho, menor a sua. Às vezes, nos relatos de mamãe, há informações que um dia poderia usar para meu *História de Lomark e seus habitantes* (não ria). Olho para ela enquanto fala, e um sentimento de comoção me aperta a garganta.

Fomos condenados um ao outro – eu, sua fruta amassada e sua desgraça altamente pessoal, e ela, como uma besta de carga já envelhecida, parece carregar nas costas o sofrimento do mundo.

Ela aparenta ser menor, vista deste lado da mesa. Estarei aqui por tempo suficiente para vê-la completamente translúcida até desaparecer da face da terra sem protestos – nossa mãe Maria Hermans, nascida Maria Gezina Putman. Sempre disposta a ajudar os outros, boa esposa e mãe carinhosa. Que Deus a tenha.

Já tentei, mais de uma vez, procurar no Registro Civil de Lomark dados sobre a origem da família Putman, mas não avancei muito além de Lambertus Stephanus Putman, o primeiro Putman de que se tem notícia em Lomark. Chegou aqui em 1774 e se apaixonou por uma lomarquesa. Não se casaram na própria aldeia, mas para lá das fronteiras, porque, naquela época, a Reforma havia proibido o culto da Igreja Católica. O tal Lambertus morreu afogado na época da grande inundação causada pela ruptura do dique em 1781, mas, com cinco filhos, havia plantado sementes suficientes para receber o título de patriarca de uma nova família em Lomark.

Uma família sem nada de notável. No antigo Arquivo Judicial da Ilustríssima Senhoria de Lomark, conservam-se informações como assinaturas cadastrais, escrituras de compra e venda, boletins de ocorrência e livros de batismo. Sempre que era necessária a assinatura de algum Putman, lia-se: "Sendo esta cruz a assinatura de tal ou tal Putman, que alega não saber escrever".

Mas nem as cruzes saíam direito.

Trabalhavam na fábrica de tijolos, ou então como pescadores ou agricultores com algumas árvores frutíferas; mais que isso, não havia o que dizer.

Penso neles com certa frequência. O ar que respiro contém moléculas que eles também respiraram, e eu vejo o mesmo rio que eles viam. Agora está parcialmente canalizado e, naquele tempo, não havia quebra-mares, mas continua sendo a mesma água com o mesmo ciclo de bonança e transbordamento. De vez em quando, eu me pergunto se os vários Jacobs, Dirks, Hans, Jans e Hendriks se sentiam como, às vezes, eu me sinto e, assim como eu, esperavam que a situação fosse melhorar um dia.

Algumas vezes, eles se reúnem em volta da minha cama, todos os primos de tempos remotos, falando de mansinho num idioma que não entendo. Não despregam de mim o olhar arregalado, como crianças negras que, pela primeira vez, veem um missionário. Confuso, eu lhes retribuo o olhar: estão muito sujos, são bastante inocentes, e não sei o que esperam de mim, pois permanecem ali, parados, rindo com suas vozes retinintes, como se eu fosse o animal mais estranho que tivessem visto na vida.

Primeiro eles me causaram medo; eu achava que talvez tivessem saído do velho cemitério atrás da minha casinha, mas isso, claro, não passava de uma besteira. Não fazem mal a ninguém; apenas ficam ali, tão espantados de me ver quanto eu a eles.

Talvez eu deva dizer que não sou o único da família que tem esse tipo de visão. Antigamente, a vovó Geer, nossa avó do lado materno, vivia com a gente. Ela era viúva e ocupava o quarto que, depois de sua morte, se tornou o quarto de Dirk. Eu devia ter uns 8 anos quando, certo dia, durante o café da manhã, pousou a faca sobre o prato e nos olhou um a um.

– Ele veio – declarou no dialeto pesado de Lomark. – Nosso Theo veio. E disse: "Seu tempo acabou, minha amiga. Eu vim te buscar".

E se pôs novamente a comer, como se nada tivesse acontecido.

"O nosso Theo" a que ela se referia era o falecido marido, meu avô Theodorus Christoforus Putman, que aparecera de noite, sentara-se ao seu lado na cama e prometera não demorar para vir buscá-la.

Uma semana depois, a vovó Geer, aparentemente gozando de perfeita saúde, morreu enquanto dormia, aos 71 anos.

Já do lado paterno, a história é diferente. A família de meu pai mora aqui desde a Idade Média, ou talvez até mesmo antes, pois é possível que tenham vindo com as legiões de Druso. Quando os normandos chegaram, eles estavam como todos os outros na Igreja, rezando para serem poupados enquanto "o galo que mostrou valentia" resolvia os problemas deles. Encontrei nos arquivos da prefeitura um tal de Hendricus Hermanus Hermans, mais conhecido como "Hend", executado no verão de 1745 pelo verdugo do tribunal de Lomark com um "pé de cabra", após o que foi "decapitado com um machado afiado, e sua cabeça enfiada numa estaca de ferro, onde ficou até apodrecer, como exemplo macabro para todos".

O tal do Hend fora acusado pelo juiz e pelos vereadores do assassinato de um pescador chamado Manus Bax. Hend havia torturado Manus por três horas consecutivas para obrigá-lo a confessar o roubo de algumas redes de pesca e depois havia quebrado a cabeça dele com um pé de cabra.

Hend Hermans era casado com Annetje Dierikx, que, no inverno após a morte do marido, ainda deu à luz um filho seu. Esse filho, Hannes Hermans, figura no registro policial por delitos de furto de madeira e pesca ilegal. Hannes teve quatro filhos antes de a primeira esposa falecer. A segunda lhe deu outros quatro, dois dos quais se afogaram na catástrofe do dique de 1781, como o já mencionado Lambert Putman. Tratava-se de duas meninas e, desde então, nunca mais nasceram mulheres na família Hermans. Nem os natimortos eram do sexo feminino. Todos eram machos. O pai e seu irmão têm cada um três filhos. Como disse antes, uma estirpe de boçais, em que a delicadeza não tem vez. E, de alguma maneira, todos acabam se casando para que a situação se perpetue.

Embora as famílias Putman e Hermans já devessem se conhecer, demorou quase dois séculos até que um Hermans se casasse com uma Putman: papai e mamãe. Esta é nossa origem: descendentes de Lambert, mas, principalmente, de Hend, do qual Dirk herdou a fúria e a necessidade de torturar. Ele sabe que esse fato está vivo na memória coletiva. E isso o deixa ainda mais furioso.

Sammie já foge um pouco à regra, deve ter mais sangue dos Putman, que não são assim.

E, apesar de eu ter prometido a mim mesmo jamais transformar-me num Hermans, hoje sei que sou um deles. É o gene de Hend falando mais alto em nós. Não é tão fácil assim se livrar dele.

No mês de novembro do último ano do ensino médio, antes dos exames finais, apareceu em casa uma montanha de sucata, sem sombra de dúvida proveniente do ferro-velho. O que mais se destacava era uma máquina de lavar roupas, em volta da qual papai havia empilhado tábuas de madeira. Em cima do conjunto, via-se uma espécie de assadeira, munida de uma alavanca. Eu não queria nem imaginar no que aquele artefato se transformaria quando fosse montado, porque tive o pressentimento de que dali sairia algo negativo, pelo menos para mim. Alguns dias depois, papai cobriu tudo com uma lona. Agora, parecia uma obra de arte à espera de inauguração. Eu fazia de conta que não via. Há coisas que, quando você ignora, desaparecem com o tempo; outras, contudo, não arredam o pé de sua consciência.

Para mamãe não fazer qualquer comentário, é porque coisa boa não era. Ela costumava me contar tudo e, se agora se calava, era – disso, eu estava certo – porque toda aquela questão a incomodava.

Eu sabia quando estavam falando de mim durante o jantar porque, uma vez acesa a chispa da discórdia, papai empurrava a cadeira para trás com violência e elevava o tom de voz, apontando com raiva na direção do jardim. Dava para ver que mamãe me defendia. Mas, com o passar dos dias, o assunto acabou sendo congelado, também no sentido literal da palavra, pois, perto do Natal, caiu um monte de neve que cobriu a estranha construção no jardim. Pela manhã, mamãe limpava o gelo de uma parte da janela e me acenava.

Quanto a mim, estava saindo menos que de costume, porque, em maio, tinha prova final, e eu queria me sair bem, com notas muito acima da média. Queria provar minha inteligência. Eu não prosseguiria nos estudos, não aprenderia nenhum ofício, ficaria fora do mercado de trabalho. Portanto, queria fechar com chave de ouro, para que todo mundo pudesse dizer: "Você sabia que o filho dos Hermans, o pobre coitado, passou nos testes finais com média oito!?"

Depois da briga no Bar do Sol, no verão anterior, Joe e eu tínhamos nos afastado. Não que ele tivesse me condenado pelo que eu havia feito; eu é que ficava sem graça. Eu havia descumprido nosso pacto tácito, mas importante, que tinha a ver com o tipo de homem que nos tornaríamos. Era uma questão de pureza, de cuidar para que ninguém jamais pudesse afirmar que fazíamos parte de um mundo imperfeito ou que contribuíssemos para aumentar a taxa de idiotice nele. Seríamos uma quinta coluna desdenhosa, esse era o pacto. Mas, antes de você se dar conta, você já estava com as mãos manchadas de sangue.

Quer dizer, eu. Não Joe.

Saber que ele era o exemplo a seguir tranquilizava-me. Eu me perguntava se realmente ele tinha uma visão tão lúcida da realidade, mas depois me lembrava de que sua postura em relação à maior parte das coisas era a indiferença, acompanhada daquele sorrisinho irônico. Em linhas gerais, porém, eu estava certo de que Joe, de fato, sabia ler tanto as pessoas quanto as situações. Desde que o conheci, tenho tentado ver o mundo através de seus olhos para avaliar, de forma justa, sua natureza. A briga havia estragado tudo, mas eu tinha o firme propósito de me redimir e resgatar minha pureza. Por mais que Joe risse dos católicos, com todos os seus rituais, eu desejava me redimir por meio da penitência e purgar minha alma da mancha herdada de Hend. Atravessaria o fogo purgador para sair limpo e, enquanto estivesse me purificando, aproveitaria para cortar a Coca-Cola com conhaque que bebia nos fins de semana no Waanders Bar & Grill, junto à Estrada Nacional, onde tocava música ao vivo.

Ah, que grande tentação!

Depois de tomar algumas, deixava de me preocupar com o que as pessoas pensavam, desde que continuassem a levantar aquele copo até meus lábios. Quer dizer, até que o álcool no meu sangue tivesse alcançado um nível tal que eu mesmo me tornava capaz de segurar o copo sozinho; porque o álcool atua como miorrelaxante, reduzindo a intensidade dos espasmos. Eu era o único entre os presentes cuja mão se tornava estável com o álcool. Bebia como medida terapêutica, por assim dizer.

Seria difícil ficar longe do Waanders. Ali dentro, as pessoas se comportavam de outra maneira. Tinham a língua mais solta e não me evitavam como se tivessem medo de olhar para mim. Outros não tinham problema algum em me alimentar com uma mamadeira, como um cordeiro. Às vezes, eu me sentia particularmente alegre. No *jukebox* tocava música do Elvis ou da Dolly Parton, do lado de fora estava escuro, e a fumaça dos nossos cigarros subia dos cinzeiros de cobre. Éramos passageiros a bordo de um barco de bêbados, havíamos soltado a amarra e estávamos à deriva para onde ninguém nunca mais poderia nos encontrar. Mas, quando a música acabava, sempre havia alguém para me atirar porta afora com a charanga e tudo para varrer o chão e apagar as luzes. Afinal, o que seria do mundo se todos vivessem bêbados? Eu resistia, me debatia para afastar de mim aquelas mãos que empurravam, travava as rodas com o freio, mas eles conseguiam me expulsar mesmo assim.

– Ei, Fransje, fica calminho agora, tá?

E riam, irritados por conta desse meu ato de rebeldia contra o fim, que sempre chega cedo demais no caso das coisas boas e fáceis.

Foi um inverno ruim para Mahfuz. Ele havia assumido a cor dos móveis de jardim não envernizados.
– O problema está no meu sangue – dizia, queixoso.
– É sangue ruim.
Estava com três pulôveres e um anoraque, além de um gorro bem-assentado na cabeça para cobrir as orelhas. Só se viam despontar o bigode e os olhos aquosos e apagados.
Ele não era o único que não estava passando bem. A avó de Christof havia falecido depois de decidir firmemente que, mais uma vez, veria os narcisos desabrocharem. Mas o mês de março chegou tarde demais para ela, e ficou para trás, em fevereiro. Realmente, fevereiro é um mês de merda.
No dia em que enterraram a velha Louise Maandag a sete palmos da terra, tiveram de aquecer bem a igreja, porque estava soprando um vento leste que cortava a roupa como uma foice. De fato, ninguém tirou o casaco enquanto estava do lado de dentro, a fim de acumular calor suficiente para o cortejo fúnebre até o cemitério. A igreja estava abarrotada. Um Maandag morto é homenageado com todas as honrarias, já que, de uma maneira ou de outra, muitas pessoas dependem deles. Nieuwenhuis deu o melhor de si, aspergiu água e incensou o ambiente, com todo seu sagrado fervor.
Eu estava estacionado na nave central, com Joe junto a mim, na extremidade do banco. A seu lado, estava Engel,

com as pernas cruzadas e sua irreverente elegância. Duas fileiras adiante, vi os cachos loiros de PJ, absurdamente grudada em Joop Koeksnijder. Olha-como-sou-bonito Koeksnijder se havia formado fazia dois anos e já era dono de um Golf. Ouvi um caminhão dando marcha a ré do lado de fora, enquanto meus olhos acompanhavam a linha dos ombros de PJ, que eram como os de uma nadadora profissional, retos e largos.

Às vezes, eu era tomado por uma raiva repentina quando a via. Isso não acontecia com Harriët Galama ou Ineke de Boer, que foram as primeiras da turma a carregar no colo os frutos do amor e que já caminhavam encurvadas sob aquele peso. Às vezes, eu examinava PJ em busca de algo errado, feio ou estranho para sofrer menos, ou dirigia a charanga logo atrás dela para ver se ela fedia. Mas, não, ela não fedia. E nesses momentos eu ficava furioso, com vontade de quebrar algo. Mas mantinha essa centelha de raiva sempre dentro de mim.

Do púlpito, a voz retumbante de Nieuwenhuis proclamava: "E, quando você nos chama para si, ó Senhor, nos inclinamos diante de Vossa Majestade!".

Joe se curvou na minha direção.

– O coitado mal morreu e já tem que se curvar de novo! – sussurrou.

Fez menção de se endireitar, mas mudou de ideia.

– Se Ele quisesse que a gente se curvasse tanto, teria nos feito com uma dobradiça nas costas, ou não?

Soltei uma gargalhada. Muita gente se virou, mas eu simulei um espasmo. Joe voltou a seu lugar, impecável. Da primeira fileira, Christof, todo empertigado, se levantou e se dirigiu até onde estava o caixão em que jazia a avó. Um punhado de primos e primas seguiu seu exemplo, todos depositando uma rosa sobre a tampa de madeira. Vieram, então, uns homens que levantaram o caixão sobre os ombros e o transportaram pela nave central para fora da igreja. Esse era o sinal de que a coisa já estava prestes a acabar. Os presentes se apinharam atrás do caixão na direção da saída. Piet Honing acenou para mim com a simpatia de sempre.

Essa sua simpatia constante me deixava constrangido. Eu jamais conseguiria retribuir tanta simpatia, pela simples razão de que não havia muito dela dentro de mim. Sempre se trataria de uma transação em que ele teria prejuízo e eu me sentiria culpado.

Eu era o último da fila e tomei o caminho da pequena saída lateral, munida de rampa. Alguns se detiveram para fumar e comentar sobre a cerimônia; os demais já seguiam atrás do carro fúnebre. Estávamos banhados na luz de um céu azul e sem limites. Eu vi o último rabicho da procissão se perder ao longe. Precisava cagar. Decidi voltar para casa.

As ruas estavam desertas, e as lojas, que àquela hora costumavam estar lotados de donas de casa e crianças pequenas, estavam vazias. Dobrei à direita e peguei a Rua Polônia. Ouvi passos às minhas costas. Era Joe, que voltava correndo para casa. Quando ele me ultrapassou, acenou arqueando as sobrancelhas. Ao chegar ao final da Rua Polônia, parou de repente e se virou.

– Ei, Fransje, deixa eu te perguntar uma coisa: quanto você pesa? – indagou quando me aproximei dele.

Um ano antes, eu estava pesando pouco mais de cinquenta quilos e, desde então, não havia engordado muito. Levantei cinco dedos e vi que mexia os lábios enquanto refletia. Parecia estar calculando alguma coisa.

– Cinquenta, você falou. Alguns quilos a mais não vão fazer diferença nenhuma. Que tal dar uma voltinha de avião?

Arregalei os olhos de espanto. Além do mais, ainda estava precisando cagar. Estava me dando até cólicas.

– Um passeiozinho – acrescentou Joe. – Só para sentir a emoção de voar.

Entre aquele momento na Rua Polônia e o momento em que Joe, agasalhado como um samurai, subiu na cabine do avião para se sentar à minha frente, haviam transcorrido pouco mais de sessenta minutos. Era o tempo que eu tinha para mudar de ideia. Por exemplo, podia tê-lo feito quando ele me acompanhou até em casa, por cujas janelas entrava uma luz coruscante, ou enquanto ele permaneceu parado em frente à janela dos fundos, olhando para o antigo e descuidado Cemitério Municipal, onde jazia seu pai.

Apoiando-me na beirada da mesa, icei-me da charanga. Depois, como um chimpanzé drogado com uma perna mais curta que a outra, arrastei-me até o banheiro, apoiando-me em cadeiras, mesas e armários. Joe se virou e me olhou, maravilhado.

– Cara, você anda!

Se é que se pode chamar isso de *andar*. Atravessei a sala, do armário até a porta do banheiro, atrás da qual desapareci. Fechei a porta com violência atrás de mim e despenquei sobre a privada sem nem mesmo conseguir baixar as calças antes. A urgência era tamanha que estava ensopado de suor. Rangendo os dentes, eu tentei baixar as calças, enquanto meus intestinos faziam o seu melhor para se livrar de seu conteúdo. Às vezes, você sente uma necessidade premente e consegue se segurar por um bom tempo, mas, quando se aproxima de um banheiro, é preciso ter uma força de vontade sobre-humana para não fazer nas calças. Pelo que tudo indica, os intestinos sabem quando chegam nas imediações de uma privada.

Justo a tempo. Não pude fazer nada para reprimir alguns peidos poderosos.

– Parabéns! – exclamou Joe, do outro lado da porta.

O que eu chamo de porta não passava de um biombo de madeira coberto com um papel de parede com desenhos de lírios, de maneira que Joe ouvia o som dos meus intestinos tão claramente quanto eu. Sobreveio uma segunda golfada.

– Caramba, rapaz!

Quase morri de vergonha. Como havia acontecido com Engel e o urinol. Será que é assim que as mulheres se sentem no ginecologista, com a bunda no ar e as pernas escancaradas enquanto ele cavouca ali nas partes íntimas com uma espécie de concha fria para sorvete?

Não tive coragem de olhar para ele quando saí do banheiro. A luz deixava em destaque todas aquelas tranqueiras que eu tinha em casa e as expunha de todos os ângulos – não era possível disfarçar desgaste, pobreza e velhice. Fui me arrastando até o guarda-roupa ao lado da cama para me agasalhar bem para o voo.

– Se eu tivesse um cachorro que cheira assim, juro que daria um tiro nele – resmungou Joe.

Fomos até a casa dele para pegar uma bicicleta, e meu corpo, que subitamente se tornara seis vezes mais volumoso, foi acomodado, da melhor forma possível, no porta-bagagem.

– Pronto – disse Joe, resfolegando –, agora fica aí.

Ele segurou com força no guidom e levantou a perna esquerda sobre o tubo superior da bicicleta. O pé direito afundou no pedal, fazendo-nos passar do estado de repouso ao de movimento. Perto do final da rua, Joe se levantou do selim e acelerou para enfrentar o ligeiro aclive do dique, mas, a três quartos da subida, teve de descer bruscamente da bicicleta, e eu quase voei do porta-bagagem.

Se apenas a preparação já custava tanto esforço, eu preferia parar por ali mesmo. Também estava fazendo um baita frio, daqueles que deixam o rosto rígido, com uma expressão mal-humorada; meus olhos lacrimejavam por causa do vento, mas eu não podia secá-los porque tinha de me segurar em Joe com ambas as mãos. Como um animal quente e ofegante, Joe pedalava, cabisbaixo, contra o vento ao longo do dique na direção do local onde havia escondido o avião. Minhas pernas, com aqueles sapatos de couro grosso de palhaço, bamboleavam para lá e para cá sem que eu conseguisse levantá-las sobre o quadro da bicicleta, de maneira que percorri todo aquele trecho sentado de mau jeito sobre as minhas bolas.

A meio caminho entre Lomark e Westerveld, deixamos o dique para trás e pegamos a estrada pública que atravessa os pôlderes. Ali havia três fazendas situadas a uma grande distância uma das outras. Finalmente, podíamos contar com ventos favoráveis. À direita e à esquerda, estendiam-se campos pretos deixados em pousio, e a terra arada formava leiras que estavam cobertas de geada. Enveredamos por uma estrada que entrava numa PROPRIEDADE PRIVADA, com o cascalho estalando sob as rodas. No final, estava a fazenda de Rinus, a Esponja. Evidentemente, era ali que Joe havia escondido o avião durante todo aquele tempo! Do próprio Rinus, nem sinal, nem mesmo seu Opel Ascona marrom estava ali. No terreiro, havia um carrinho de mão que, à exceção das alças, estava completamente incrustado de estrume seco e palha. Joe prosseguiu até o último galpão e encostou na parede a bicicleta, comigo e tudo.

– Espera aqui – ordenou. Como se eu tivesse escolha...

Então, desapareceu por trás de uma portinhola do estábulo. Entendi a razão de ele estacionar o avião na propriedade de Rinus, a Esponja: o sujeito era um bundão que nunca ligava para porra nenhuma. Ele literalmente tinha uma vida de merda. Da minha posição, encostado contra aquela parede de tijolos como um saco de batatas, conseguia ver dentro do estábulo, onde as vacas fitavam, desconsoladas, o vazio. As patas afundavam no estrume até a altura dos joelhos e tinham longas cicatrizes horizontais na barriga. Cesarianas. As vacas da raça *Blanc Bleu Belge* são mutantes que têm o canal pélvico estreito demais, de modo que as novilhas são retiradas com uma incisão lateral.

Eu estava congelando e com as bolas doloridas. Em algum lugar, uma porta corrediça se abriu e, pouco depois, ouviu-se o tossicar típico de um motor que havia ficado parado por muito tempo. Após algumas tentativas, o motor pegou. Reconheci aquele ronco: era um Subaru de 100 cavalos-vapor. Joe deixou o motor ligado por alguns instantes, a fim de fazer o óleo e a água aquecerem.

Até aquele momento, eu teria podido desistir. Voltaríamos para casa; Joe daria de ombros, incrédulo, mas logo se esqueceria do assunto, e eu me sentiria aliviado por ter sido poupado dessa aventura. Mas, quando o teco-teco apareceu, já era tarde demais.

Acho que ainda não havia processado a ideia de que eu mesmo, Fransje Hermans, estava prestes a voar. Foi só quando vi aquele monstro azul que uma onda de medo e excitação se espalhou dentro de mim. Joe deu uma volta no terreiro, posicionando o bico na direção dos campos. Desligou o motor e desceu pela asa do avião.

– Vai que é uma maravilha – declarou, orgulhoso.

Pôs-se atrás de mim, passou os braços por debaixo das minhas axilas e enganchou uma mão na outra na altura do meu peito. Então, resgatou-me do porta-bagagem da bicicleta como se resgata um homem que está prestes a se afogar. O bafo dele acariciou meu nariz e cheirava à cozinha de Mahfuz.

– Me dá uma mão, cara, sozinho eu não consigo.

Estava pendurado nos braços dele como uma criança que está aprendendo a andar. Com a mão boa, eu me segurei na asa do avião e fiz sinal de que ele podia me largar. Era a primeira vez que ficávamos de pé, um ao lado do outro. Embora eu fosse um ano mais velho, batia no pescoço dele.

– Espera aí, vamos ver a melhor maneira de fazer isso – disse Joe.

Então, encontrou uma escada salpicada de purina e a posicionou na lateral do avião. Subiu primeiro a bordo pela asa, e, em seguida, me estendeu a mão.

– Se você puser aqui... é, no primeiro degrau, aí eu... me dá a mão... agora o pé, o pé, eu disse! Agora o outro... Pronto, segura firme...

Foi assim que, sem fôlego, fui parar na cadeirinha de vime do avião. Joe empurrou a escada sobre o chão e foi se sentar à minha frente, de mau jeito, na haste inferior, porque no avião só havia mesmo um assento. Juntos numa bicicleta projetada para uma pessoa só.

– Você está conseguindo ver algo?

Minha cabeça despontava, por pouco, acima da beirada da carlinga.

– Vamos lá, Fransje.
Virou a chave de ignição e ligou o motor. Passamos pelo portão aberto e tomamos a direção dos campos. Diante de nós, estendia-se uma faixa de terrenos cobertos de gelo. Joe parou o avião e puxou o freio de mão. Depois puxou ao máximo o manete. Desencadeou-se uma tempestade, e um vento gélido nos fustigou as orelhas. Eu sentia frio até os ossos.
– *Flaps* em posição de decolagem! – gritou Joe.
Então, destravou o freio de mão, e demos um salto para frente. Eu me segurei nele pela cintura, e partimos em grande velocidade em meio a um estrondo ensurdecedor. Sentia seu corpo mexendo nos pedais e no manche, que, uma vez atingida a velocidade máxima, puxou totalmente para si.
Havíamos nos levantado da terra, que desapareceu debaixo de nós; eu gritei. A estrutura vibrava, ambas as asas não paravam de dar solavancos, mas nós voávamos a uma altitude duas vezes maior do que a do álamo mais alto, e qualquer sinal de medo se esvaíra. Sentia o escroto formigar alegremente. Atrás de nós, vi o rio e as várzeas, depois Joe guinou noventa graus para a direita, de maneira que pudesse voar seguindo a linha do rio; estávamos indo na direção de Lomark. O vento gelado me enchia os olhos de lágrimas e me congelava os lábios, mas eu estava decidido a ignorar isso. Havia um forte cheiro de gasolina.
Tudo indicava que permaneceríamos nessa altitude. Era difícil determinar exatamente qual era. Abaixo de nós, o mundo passava como uma comédia-pastelão. Cada outeiro, cada encosta que normalmente me exigia tanto esforço para subir, agora eram apenas uma merreca de nada. Meu biótopo inteiro, com a infinidade de obstáculos que, de costume, se escondiam por detrás das casas, dos pequenos bosques, das moreias laterais e dos diques, se apresentava à vista como algo ridiculamente achatado e acessível. Àquela altitude, não existiam mais segredos, o que achei triste e bonito ao mesmo tempo.

De vez em quando, Joe olhava para trás e gritava palavras ininteligíveis. O avião, sacudindo, atravessava o céu de um azul dourado, o que me fez pensar nos filmes de terror de outros tempos, em que Godzila e vários tipos de dinossauros avançavam, desajeitados e bamboleantes, como nós agora no céu.

Na distância opaca, reconheci a central elétrica, expelindo sua faixa de fumaça numa linha vertical perfeita. Joe apontou para baixo. Estávamos sobrevoando Lomark. Nos fundos, via-se o cemitério, onde o enterro de Louise Maandag parecia ter chegado ao fim ou, pelo menos, eu não via mais ninguém. Tentei localizar a estrada para o Roda de Carreta, onde agora os participantes do funeral deviam estar consumindo seus sanduíches. Consegui divisar o restaurante e vislumbrei as últimas pessoas vestidas de preto, que se alegravam ao pensar no café e nos sanduíches de salame e queijo que as esperavam no salão de eventos, sem suspeitar de que sobrevoávamos suas cabeças.

Joe moveu o manche para o lado, a asa esquerda se abaixou de supetão e a direita se levantou, enquanto ele fazia uma curva de quarenta e cinco graus para voltar a voar ao longo do rio, onde tudo havia começado. Senti uma exaltante sensação de vazio no estômago. Tínhamos de voltar antes que fosse necessária uma serra para nos arrancar da carlinga, como dois caçadores primitivos congelados. Joe levou o avião à altitude de cruzeiro. Avistei o barco e o velho estaleiro, e também um homúnculo que parecia arrastar uma estrutura maior que ele próprio. Joe também tinha visto.

– Mahfuz! – gritou a plenos pulmões na minha direção.

O rio rutilava, e o metal dos tetos dos carros ao longo do dique cintilava; tentei devorar tudo aquilo com os olhos para nunca mais esquecer.

Quando vi aparecer a fazenda de Rinus, levei um susto – a aterrissagem! Não queria nem pensar, nunca tinha visto Joe fazer uma aterrissagem, que era a parte mais difícil do voo. Pensei na morte, pensei em mim e Joe, juntos... e, de repente, todo aquele medo se desvaneceu. Sobrevoamos a fazenda de Rinus, a Esponja, cujo Opel agora estava estacionado no terreiro. O avião girou e começou a perder altitude rapidamente. O pasto se estendia diante de nós. Joe iniciou a aterrissagem. Ele tentaria voar o mais baixo possível e se desviar para o campo; eu sentia seu corpo se retesar, as asas chacoalhavam de um lado para o outro de maneira inquietante, e a velocidade não havia sido reduzida o suficiente... *Levanta o avião, levanta, cara!* Ele, porém, prosseguiu com a manobra, enquanto o campo vinha ao nosso encontro em uma velocidade alucinante. Joe afundou o manete e acionou os *flaps*, o barulho diminuiu, mas a terra se aproximava como um punho cerrado. Foi quando as rodas bateram no solo, o avião pulou e caiu de novo, antes de prosseguir aos solavancos pelo campo, levantando torrões de terra no ar. Estávamos perdendo velocidade muito depressa.

Joe parou o avião pouco antes de encostarmos no cercado.

A aterrissagem exigira uma quantidade preocupantemente maior de metros que a decolagem.

O corpo de Joe relaxou ao desligar o motor. O silêncio assaltou meus ouvidos. A dois metros de nós, encostado na cerca, estava Rinus, a Esponja. Entre os lábios, um cigarro de enrolar, o indicador erguido numa saudação minimalista. Joe se virou na minha direção e sorriu para mim com os lábios roxos.

– Por um triz – disse.

Havia gelo nas beiradas dos óculos de esquiar.

As coisas estão melhorando. As várzeas, em grande parte, já secaram, e os salgueiros se inclinam sobre as últimas poças. Nos galhos mais baixos, há muito lixo preso, tudo trazido pela correnteza. Em meio a todo esse lixo, chapinham os galeirões, em busca de material para fazer seu ninho. Ao anoitecer, o céu pulula de morcegos e à noite, quando você ouve o coaxar das primeiras rãs, descobre que a primavera está às portas. Um pouco de sol primaveril não cairia nada mal a Mahfuz também. Às vezes, sentamos no cais para nos aquecer, enquanto ele perscruta o céu matutino até enxergar o que já havia sido prenunciado pelo som de potentes trompetes.
– *Egyptian Goose* – diz.
Dois gansos-do-Nilo passam em voo rasante sobre nossas cabeças, grasnando ruidosamente. Final de março. Depois chega abril, e o punho que você cerrou para o inverno começa a se abrir. Mas ainda é cedo demais. Em abril, começa a ventar de uma maneira que você havia esquecido que era possível. A casa encolhe sob as investidas estrepitosas do vento. "Que vento estranho, né?", as pessoas gritam umas às outras na rua, querendo dizer que é o tipo de vento que se enfia em cada fresta de seu cérebro e o deixa completamente louco. Como uma criança mimada, aonde quer que ele chega, fica mexendo em tudo; você pensava que

tudo estava bem-assentado e em seu devido lugar e, em vez disso, o universo inteiro treme e sacode. Inclusive persianas, goteiras e elementos decorativos. O vento vai variando continuamente de tom e volume, ouvem-se nele toques de sinos e vozes de crianças. Tenho a sensação de que esse maldito vento leste vem diretamente da tundra russa, que esmurra os fundos da minha casa, tirando-me totalmente a concentração para estudar.

No livro de Geografia sobre o qual estou debruçado, fala-se de *permafrost* e dos solos túndricos (*"completamente irrelevantes de um ponto de vista agrícola"*), que ficam eternamente congelados. Às vezes, até centenas de metros de profundidade. As provas são em maio, minha média nos trabalhos escolares é 7.8, mas, mesmo assim, estou nervoso. Anseio pelo período pós-provas – não é o pensamento no que vai acontecer depois que é bom, mas a expectativa, o fato de que cada dia o aproxima cada vez mais do momento em que você pousará os olhos nas águas calmas do rio Jordão. Compartilho a meta almejada com outros vinte companheiros de turma, eles também às voltas com excertos, livros didáticos e a moderada atividade bacteriana na tundra. Todos juntos ansiamos pelo "depois". Mas, quando tudo isso acabar, eles pisarão na terra prometida, e eu ficarei aqui. Sei disso muito bem.

Assim que o vento esmorece, começa a chover tão forte que a água espumeja nas ruas. Chuva por dias a fio. Depois, certa manhã, você acorda com a impressão de que algo está faltando – silêncio! Parou de chover, e o vento também cessou. Um pombo-torcaz arrulha a distância. Do lado de fora, os galhos das árvores pendem imóveis, gotejando orvalho e cintilando no primeiro sol da manhã. Ouvem-se apenas as gralhas dando cambalhotas alegres no céu acima do cemitério.

Final de abril.

Na orla do rio, ecoam ruídos provenientes de algum ateliê.

Hoje eu sei que era uma quilha o que Mahfuz arrastava no dia em que Joe e eu o vimos enquanto sobrevoávamos o rio. Ele está construindo um barco.

– *It's a felucca* – diz Mahfuz, que agora anda sempre atarefado e calado.

Joe diz que o barco simboliza o amor entre Mahfuz e sua mãe. Outras pessoas escolhem uma música; eles, um barco. No dia em que se viram pela primeira vez, Mahfuz lhe doou um modelo em miniatura de um barco, uma *felucca*, que foi parar no parapeito da janela do quarto dela.

Aqueles dois devem ter uma ligação especial com barcos, já que, logo depois de se terem casado no Cairo, fizeram um cruzeiro de alguns dias pelo Nilo. Certa noite, enquanto estavam olhando para um céu estrelado excepcionalmente luminoso do convés do navio, Regina teve uma visão. Ela viu um barco de madeira propulsado por remadores encurvados sobre os remos e, no convés de popa, recostados numa cama com travesseiros, estavam ela e Mahfuz; ele era um príncipe de rara beleza, e ela, uma dama da alta classe, e ambos estavam cercados por jovens mulheres vestidas de branco que acariciavam o ar sobre eles com leques feitos de penas de avestruz. Os olhos de Regina ficaram brilhantes de lágrimas quando a visão se esvaiu. "A gente já passou por isso antes, Mahfuz", disse ela. "Não é a nossa primeira vida juntos."

Joe balança a cabeça enquanto me conta esse episódio: "Ela se casou com meu pai como uma princesa hindu e, com Mahfuz, como Nefertiti. Ela representa a história mundial de cabo a rabo, concentrada numa só pessoa".

No lugar onde ficava o antigo estaleiro do armador Demsté, falido em 1932 – quando baixa o nível das águas, os restos da rampa para o lançamento à água das embarcações ficam visíveis –, Mahfuz fabricou uma estrutura de tábuas em forma de barco. Não é muito longo, deve ter cerca de uns seis metros de comprimento, e tem uma forma diferente daquelas que estamos acostumados a ver por estas paragens. Embora seja apenas uma versão inacabada, é evidente que será consideravelmente mais largo que nossos barcos à vela. A popa e a proa descrevem uma curva muito leve, o que confere ao barco mais a aparência de um navio de cargueiro que de um de lazer. Espalhados pelo cais, veem-se cavaletes, sobre os quais estão apoiadas tábuas, com pesos para curvar gradualmente a madeira, de acordo com a forma da embarcação.

Regina percorre todo o Pescoço Comprido de bicicleta para abastecer Mahfuz de chá, pão e cigarros. Ela o devora com os olhos, seu núbio, que, pouco a pouco, volta a assumir a cor que nosso inverno lhe apagou do rosto. Ele constrói para ela um navio-almirante, ela lhe serve chá com uma quantidade de açúcar capaz de estragar o esmalte dos dentes e lhe acende um cigarro. Mahfuz, a contragosto, larga a plaina e se senta ao lado dela. Da bolsa, surgem uns sanduíches embrulhados em papel-alumínio. Os passageiros do barco param para observar, maravilhados, a renascença em pequena escala do estaleiro. Mahfuz trabalha numa confusão de chalupas com a pintura descascada, apoiadas sobre rebocadores de pneus furados e de boias de rio verdes com metros de altura, todos à espera de serem levados embora pela Hermans & Filhos. Mahfuz trabalha arduamente para conseguir lançar o barco à água ainda no verão. Para curvar as ripas mais recalcitrantes, as que formarão os flancos da embarcação, também faz uso de uma caixa de vapor rudimentar, um tubo no qual enfia as ripas. Abaixo do tubo, ele faz um fogo baixo, sobre o qual põe uma panela de água para ferver. Então, o vapor sobe e vai amolecendo a madeira.

– Uau! – exclama Joe, enquanto observamos as manobras de Mahfuz do atracadouro.

– Ele poderia ganhar a vida com isso – observa Christof.
Engel devaneia.

– Se dependesse de mim, eu a pintaria de azul.

Um magnetismo inexplicável faz com que Christof e eu, ao mesmo tempo, viremos a cabeça na direção de Lomark, quando, então, vemos PJ andar pelo Pescoço Comprido. Logo se espalha dentro de nós uma onda de calor, atenuada por uma correnteza contrária gelada no mesmo instante em que notamos seu acompanhante: Joop Koeksnijder.

– Nazista sujo – sussurra Christof.
Essas coisas ficam gravadas para sempre. Claro que olha-como-sou-bonito Koeksnijder não é um nazista, mas o avô dele era, e essa ainda é a primeira coisa que você pensa quando o vê, ainda mais se estiver na companhia de PJ Eilander. O filho da mãe! Detestamos o Joop com um ardor reforçado por profunda inveja. O que faz com que o detestemos ainda mais. Ele possui o objeto de nossos sonhos – olha, ela o empurra, e ele se esquiva com um pulinho, até mesmo daqui é evidente que estão apaixonados. Como velhos rabugentos, viramos o pescoço de novo na direção de Mahfuz e de seu barco.

Leva uma eternidade até eles chegarem até nós; a dois metros, param para observar as atividades no estaleiro. Joop nos acena, Engel e Joe acenam de volta.

– Ele está construindo um barco – ouço PJ dizer, maravilhada.

Do sotaque africâner, não sobrou quase nada, apenas uma leve entonação estrangeira.

– Como se já não houvesse um monte deles por aí – comenta Koeksnijder.

Não olho para PJ, porque ela tem a capacidade de ler meus pensamentos.

– Joe – pergunta ela –, aquele não é o marido da sua mãe, o egípcio?

Joe acena com a cabeça.

– Papa África – responde, o que faz todos rirem.

Koeksnijder se põe logo atrás dela, numa postura típica do homem que defende o que é seu.

– Papa África – repete PJ. – E, quanto a mim, o que eu sou?
– A filha do homem que na semana passada me torturou. Duas cáries.

Koeksnijder pousa uma mão na cintura de PJ, dessa vez como os maridos impacientes que, aos sábados, empurram suas esposas que param diante das vitrines das lojas.

– A gente vai atravessar o rio – comunica-nos PJ. – Até mais!
Christof resmunga algo ininteligível, e Engel diz: "Boa

sorte nas provas para você!". As cancelas da balsa se fecham às suas costas, e nós vemos os dois se afastarem.
– Ela gosta de você – diz Engel a Joe.
– Entre nós, você é quem atrai as mulheres – retruca Joe.
– A mim, interessam exclusivamente as coisas que funcionam a gasolina.
Engel, já acostumado com seu efeito eletrizante sobre as mulheres, balança a cabeça, incrédulo.
– Até hoje, ela não olhou para mim nem uma única vez...

Para se preparar para a vida que os espera, Joe, Christof e Engel aproveitam os "dias de portas abertas" organizados pelas universidades e as instituições de ensino superior. Joe volta desapontado da Escola Politécnica.
– Não serviu para nada – diz. – O que eu vi lá posso aprender sozinho. Lugar entediante, nem fede nem cheira.
É só quando acompanha Engel à Academia de Belas-Artes, por puro divertimento, que ele descobre o que quer fazer. Nas salas do departamento de Artes Aplicadas, encontra o que estava procurando: fresadoras e soldadores a gás. Há aparelhos misteriosos em diferentes estados de construção e desenhos técnicos de grande exatidão pendurados nas paredes.
– Aqui cheira a óleo de máquina – diz.
Foi então que entendi que seu comentário sobre a carência de cheiro na Escola Politécnica tinha de ser levado ao pé da letra. Ele sempre segue as coisas pelo nariz, e isso para mim é novidade.
Engel se inscreve na área de Ilustração, Joe, na de Artes Aplicadas. Para entrar, é preciso apresentar algum trabalho ou projeto que demonstre motivação e talento. Engel aparece com uma pasta cheia de desenhos que evidenciam seus dotes artísticos. Ninguém tem a arte no sangue como ele. Quanto a Joe, nunca pensei nele como artista e, se eu o conheço bem, ele também não. Poderia facilmente optar por ser engenheiro industrial ou técnico em mecânica de precisão, mas, embora

admire os engenheiros, por darem motricidade ao mundo, quando reflete bem, ele se sente inclinado a um programa de estudos mais livre.

No dia do exame de admissão, desparafusa as asas do avião e amarra tudo muito bem sobre um rebocador. É Rinus, a Esponja, quem vai pegá-lo e levá-lo de carro para a Academia de Belas-Artes. Quando chegam, o porteiro logo lhe diz: "Aqui dentro é proibido fumar, senhor", de maneira que o pequeno fazendeiro é obrigado a passar a manhã inteira do lado de fora. Joe entra no edifício com a fuselagem do avião e a coloca na sala em que vai acontecer a avaliação. Depois de montar as asas, não há mais espaço na sala.

– Mas funciona de verdade? – pergunta um dos professores.

Joe sobe a bordo e liga o motor. Na sala, levanta-se um furacão. Admitido.

Mas vamos lá, o tempo urge e, na segunda-feira da semana seguinte, terá lugar a grande prova, que revelará quem está pronto para enfrentar a vida, e quem não.

É uma crueldade que as provas aconteçam nos dias mais bonitos do ano. Os campos gemem de fertilidade, as árvores desdobram suas folhas com o prazer de quem se espreguiça. No céu, brilha um sol primaveril que é um convite à vida, e nós aqui, sentados em fileiras atrás de fileiras na sala, sem participar de nada disso. Mexemos os pés de um lado para o outro, desassossegados, tossimos discretamente e mordemos as canetas distribuídas pelo governo. Desgraçado seja quem termina primeiro e entrega a prova, com superior serenidade. Desgraçado também seja o cara que passa ao lado das mesas com suas solas de borracha. Mais desgraçada ainda seja PJ, que escolheu a mesma grade de matérias que eu, o que faz com que minha cabeça fique anos-luz do catabolismo anaeróbico e dos pseudópodos das amebas. Ela deveria ter vergonha da sensualidade de seu corpo, que não emite outros sinais além da exuberância. De vez em quando, lanço espiadelas àquela carne branca de seus braços roliços, como um canibal faminto, e me sinto vil e baixo diante da mensagem tentadora transmitida por seus quadris quando ela sai da sala, enquanto os outros ainda estão ocupados em escrever. Algumas semanas depois, olharei os resultados, primeiro na letra E, para descobrir que ela passou em Biologia com um 9 e, em todas as outras matérias, com no mínimo 8. Eu confirmo minha sólida média de 7.8, resultado que atribuo à presença dela.

Joe e Engel têm em sua grade Física, Química e Matemática, matérias que, para mim, equivalem a decifrar mensagens em código provenientes de outro planeta. O único com Economia 1 e 2 em sua grade acadêmica é Christof, suponho que para aprender os rudimentos da atividade empresarial a que foi destinado desde o nascimento.

Os três passam em todas as provas, mas Joe proíbe a mãe de pendurar do lado de fora a tal mochila no pau de bandeira. No final, até mesmo Quincy Hansen acaba passando, embora só depois de fazer recuperação em Inglês e Holandês.

E assim, quando você termina a escola, vem esta:
– É uma solução – diz papai. – Sem dúvida.
– Conversamos muito sobre o assunto – concorda mamãe. – Se não funcionar, a gente inventa outra coisa.
– Primeiro deixa o garoto tentar. Ninguém jamais morreu por ter uma obrigação. Pense em como era antigamente: você podia fazer o que lhe desse na telha? Trabalhava duro todos os dias e não se perguntava se gostava ou não: você simplesmente fazia o que mandavam.
– Fransje, ninguém está obrigando você a nada. É só um começo.
– Um começo não, uma solução. A melhor para ele. A melhor para todos.
– Mas não pense que...
– Ele sabe, claro que sabe...
– ... que a gente quer se aproveitar de você. A gente só quer que você aprenda a se virar sozinho. Para quando a gente não estiver mais aqui.
– Ele está dormindo?
– Fransje!
– E não é que ele pegou no sono?
– Cansado de tanto estudar, pobre garoto...
– É mesmo? Pois fique sabendo que ele passa todas as tardes no Waanders. Se tem tempo para isso, também tem para trabalhar. É ou não é a melhor solução?

Papai tirou a lona que cobria a pilha de objetos no jardim e ficou um tempo parado, olhando. Era como a embaralhada do pega-varetas; eu notei a hesitação em seus movimentos. Pegou algumas peças pela extremidade e as arrumou contra a parede da minha casinha. Evitava olhar para dentro, ele sabia que eu estava ali, espreitando das trevas. Uma hora depois, havia desfeito a pilha inteira, juntando barra com barra e grade com grade. Com esse material, começou a construir uma espécie de grade que encostou na parede de casa. O que havia sobrado da pilha eram uma máquina de lavar roupa e um objeto que, só então, descobri que era uma prensa de briquetes. Aquela máquina marcaria o início da minha carreira como prensador de briquetes. Briquetes de papel para alimentar a lareira.

    O raciocínio de meu pai foi o seguinte: eu deveria bater de porta em porta pedindo jornal velho e, como minha simples presença já incitava à caridade, as pessoas colaborariam de boa vontade, e nós teríamos papel suficiente para usar na prensa e fabricar os briquetes.

    No espaço de pouco tempo, o jardim se transformou num ateliê. Eu colocava o papel na lavadora, que o transformava numa espécie de polpa, a qual, em seguida, eu levava para a prensa. Na lateral da prensa, havia uma alavanca, que eu usava para abaixar a chapa metálica que espremia a polpa de papel, eliminando toda a água. Deixava os briquetes úmidos secando sobre a grade encostada na parede. Quando os briquetes ficavam secos, o pai os levava até o ferro-velho, onde os vendia a seus clientes durante o inverno, ou os usava para esquentar a cantina, ou sei lá… "É a solução…".

    Já estávamos em pleno verão, o exame final parecia muito longe, e havia dias em que eu me sentia, por assim dizer, útil. Apertava a chapa da prensa com tanta força que ficava com as mãos doloridas e, da grade, saía um mingau acinzentado, água misturada com polpa e tinta de impressão, a mesma com que se anunciaram o nascimento de um urso polar e a morte de dezesseis pessoas em Tel Aviv. Enquanto carregava a máquina, as manchetes passavam na velocidade da luz diante dos meus olhos, e, às vezes, eu mergulhava na leitura de jornais do ano anterior. Não havia muita diferença em relação ao jornal do dia: os fatos relatados se pareciam uns com os outros, tal como os chineses entre si.

Como numa espécie de máquina do tempo, saltava da revolta armada em abril à queda do presidente em outubro, observando pela janela da lavadora os eventos internacionais passarem centrifugados diante dos meus olhos antes de se reduzirem a mingau cinzento. Carregar, encher, prensar, secar – mecânico e eficiente. Nos melhores dias, eu prensava uns quarenta, cinquenta briquetes. Carregar, encher, prensar, secar. Era simples e me deixava feliz. Por alguma estranha razão, eu sentia uma ligação com Papa África – como, a partir de então, o chamariam Joe, Christof e Engel –, ocupado em trabalhar no seu barco, no antigo estaleiro.

Se no fim de um dia ainda me restavam forças no braço, era até ele que eu ia. Adorava vê-lo trabalhar, e até mesmo me arrepiava quando ele passava a plaina e as lascas finas de madeira se dobravam sobre si mesmas até formar cachos estreitos. Ele suava em bicas, cercado de um mar de lascas amareladas que exalavam um cheiro maravilhoso. Um poste telefônico de vários metros de altura que serviria de mastro estava recostado sobre cavaletes e aplainado com absoluta precisão. Quando Papa África endireitava as costas da postura encurvada, gemia de dor na lombar e apoiava as mãos na cintura para se espreguiçar.

Depois, andava em torno do barco enquanto o avaliava com um olhar crítico.

– É com esses aqui que eu construo *my ship* – dizia, erguendo os dedos de ambas as mãos.

Depois, apontava para a cabeça.

– *This is for the mistakes.*

Eu também adorava as cinzeladas do escopro, que, a distância, soavam como se alguém estivesse tirando música de um tronco de árvore oco.

Papa África havia começado a construir o casco pela quilha e, em seguida, tinha pregado as ripas na parte lateral. O resultado da operação foi um barco de verdade, ainda inacabado, mas não longe de sua forma final. As lascas voavam do lais.

Christof, que entendia um pouco de barcos, dizia que uma *felucca* como aquele tinha de ser equipado com uma "vela latina". Nunca consegui me acostumar ao seu tom de sabichão. Expressava seus conhecimentos incidentais com uma desenvoltura tão convincente que eu fazia questão de checar as informações ao chegar em casa. Nunca o flagrei em nenhum erro.

Christof iria estudar Direito em Utrecht. Eu é que não ficaria com saudades. Ainda assim, quando eu parava para pensar, me dava conta de que ele também ocupava algum espaço em minha vida, ao lado de Joe e Engel. Eu tivera alguns anos para estudar sua personalidade e ficaria surpreso se ainda encontrasse nele algum traço que me escapara. Também conhecia bem aquele seu tique nervoso, uma contração espasmódica dos músculos ao redor de olho direito que, ao mesmo tempo, lhe fazia levantar o canto da boca. Era um movimento quase imperceptível, e desaparecia bem rápido, como se ele estivesse piscando para objetos invisíveis, e eu me perguntava se ele teria conhecimento de que o tique se manifestava só quando Joe estava presente. No mais, sabia que ele adorava as batatas fritas com ketchup e maionese, rigorosamente sem cebolas, e que, aos 16 anos, tivera um sonho erótico em que figurava a mãe, munida de três seios.

Embora eu não gostasse muito dele, eu me pergunto se ainda posso chamar de amizade quando você conhece alguém tão bem, como uma parte de si que você preferiria ignorar.

Minhas jornadas de trabalho começavam de pé. Havia pontos de apoio suficientes entre a maquinaria e os cavaletes para eu conseguir me deslocar de um canto a outro. Às sete, eu já estava acordado, cedo o bastante para ouvir o canto dos galos nos pomares ao lado do pôlder. Às primeiras horas, reinava uma paz tão grande que eu não me atrevia a quebrar aquele silêncio com o barulho da lavadora, então ficava lendo notícias velhas e fumando cigarros que os outros haviam enrolado para mim. Por volta das oito, ligava a lavadora. Os briquetes, cinzentos e frágeis quando os extraía da prensa, secavam no intervalo de uma semana, transformando-se em nacos duros, de cor marrom-claro. Depois do meio-dia, as pernas começavam a me doer; é quando alguém trazia a charanga, e eu ia trabalhar algumas horas mais no sol do lado de fora.

Eu me sentia forte e saudável. Pela primeira vez na vida, eu estava com dinheiro no bolso, obtido com o suor do meu rosto, e, de vez em quando, ia me encontrar com Joe no atracadouro, onde bebíamos as cervejas que eu trazia na bolsa da charanga. Christof, Engel e ele ainda não haviam ido embora e, se você não parava muito para pensar, era fácil iludir-se com a ideia de que as coisas continuariam assim para sempre, que nós formávamos e sempre formaríamos uma espécie de unidade, e que eu continuaria de vez em quando me sentando com Joe no cais enquanto ele fazia as tampinhas de garrafa de cerveja ricochetearem na água e, mais adiante, Papa África esticava as costas, gemendo.

PJ já tinha ido embora. Havia encontrado um quarto em Amsterdã, onde se matriculara na faculdade de Letras. Ouvi dizer que Joop Koeksnijder já a visitara lá e que ela o havia tratado como a um perfeito desconhecido.

Certa tarde, deparei com Koeksnijder na praça do mercado e, de repente, entendi o que eu tinha visto no dia em que ele e PJ pararam para falar um pouco com a gente antes de pegarem a balsa: um homem destinado a perder seu bem mais precioso. Lá no fundo de seu coração, ele já estava preparado para a dor, o que era evidente em cada gesto seu, mas sua consciência continuava a se rebelar. E agora que ela havia partido, o que víamos era um pobre coitado que fora rei por um único dia.

Ele me dava dó – era como se tivesse diminuído de tamanho, um sujeito do passado, parecia a metade do gigante que eu conhecera antigamente –, mas estaria mentindo se dissesse que meu alívio não foi maior que minha pena. Eu não abriria mão de PJ em hipótese alguma; no caso dele, menos ainda.

Ela era minha ilusão mais preciosa.

A situação não tinha nada de ideal: no terreno da imaginação, eu precisava dividi-la com Christof, que nutria as mesmas fantasias que eu. Em meus devaneios de olhos abertos, eu me livrava dele imaginando machados, caminhões e objetos pesados abatendo-se sobre o infeliz.

Nos sábados, eu passava de casa em casa para coletar papel velho. Depois de um tempo, todo mundo ficou sabendo para que eu vinha, e muitos já deixavam preparada uma braçada de jornais e folhetos de propaganda. Dos folhetos de propaganda, não sabia o que fazer, mas não falava nada. Achava tocante o esmero com que algumas pessoas deixavam os pacotes prontos para eu levar, amarrados com barbante e com um nó simples na parte superior. Pareciam ficar contentes em prestar esse serviço. Eu ficava sem jeito.

Alguns me faziam esperar do lado de fora, enquanto outros diziam: "Você não quer entrar, Fransje?", e me ofercciam café ou um cigarro. Até então, eu tinha visto aquelas casas só pelo lado de fora. Essa nova experiência me forneceu um monte de novas ideias. Agora podia escrever minha *História de Lomark* do ponto de vista do espaço interno também. Como vivemos? O que se passa por trás de nossas portas? Que cheiro têm essas casas? (Graxa de sapato. Cera para o chão. Manteiga derretida. Carpete velho.) Aqui em Lomark, escutamos o rádio através de um aparelho transistor que colocamos em cima da mesa da cozinha. Ao lado dele, colocamos a revista com a programação; sobre a revista, as chaves e um cheque ao portador em nome da Caritas. Na sala de estar, alguns porta-retratos com fotos de família sobre o consolo da lareira (as fotos das famílias católicas sempre são feitas a uma grande distância, para que todos caibam) e as indefectíveis plantas sobre o parapeito da janela.

Com base nesses dados, o que se pode dizer a nosso respeito? Que as coisas andaram bem por aqui na segunda metade do século XX? Dirigimos carros luxuosos e aquecemos nossas moradias burguesas com gás natural. Há muito tempo, os alemães bateram em retirada e, depois deles, tivemos medo dos comunistas, das armas atômicas e da recessão, mas a morte é outra coisa. Ninguém determina o que devemos fazer, mas nós sabemos muito bem o que se espera de nós. Não falar sobre nada, tampouco jamais esquecer. De fato, sabemos de tudo e, na surdina, vamos recolhendo informações sobre quem nos rodeia. Entre nossas vidas, existem linhas invisíveis que nos separam ou nos conectam e de cuja existência quem vem de fora nem suspeita, por mais tempo que more aqui.

Nessas casas, eu vi e ouvi muito. Ouvi a voz com que falamos sobre o presente ou sobre o passado, e vou tentar fazê-la ressoar entre estas linhas. Sobre o Movimento Nacional Socialista dos Países Baixos, por exemplo. Quando o movimento obteve 8% dos votos nas eleições provinciais de 1935, a população de Lomark contribuiu de forma decisiva. Alguns dos homens do tipo "as-coisas-não-são-mais-como-antigamente" ainda se lembram vivamente disso. Interpelados, responderiam algo do tipo:

Chegou aqui para discursar Anton Mussert, rebento do rio como nós. Estava do nosso lado, do lado dos comerciantes e dos agricultores, ainda vacilantes pela Crise, pois nunca haviam recebido nem um tostão do governo. Ele era um ex-engenheiro-chefe no Departamento de Estradas e Águas da província de Utrecht, um filho do delta. Nós, que não ansiávamos por nada mais que pela restituição das antigas certezas, éramos aqueles que aplaudiam com mais fervor quem prometia restaurar a Fé em Deus, o Amor pela Pátria e pelos Compatriotas, Amor pelo Trabalho. As reuniões aconteciam na Casa da Balsa, junto ao rio. Certa noite de inverno, chegaram de Utrecht com vários carros, percorrendo o Pescoço Comprido. Desceram dos carros e se reuniram ordenadamente diante da entrada, sob a fraca luz de um poste de iluminação, um pequeno exército de homens de chapéu e casacos compridos. Depois, como se obedecessem a um comando inaudível, ergueram o braço direito na consabida saudação fascista, seguida por um enérgico '*Houzee!*', o bafo se condensando no ar. Na sequência, entraram silenciosa e disciplinadamente na Casa da Balsa.

    O partido nos concedeu a honra da visita de seu líder. Havia mais de duzentas pessoas reunidas no Salão da Paz, com as paredes revestidas de madeira de pinus, vindas de toda parte para ouvi-lo pronunciar seu discurso. Mussert era um homem corpulento e baixo. Fomos tomados por uma sensação de decepção quando vimos aquele homem, cujos cabelos escuros se haviam concentrado na nuca, deixando na testa apenas um topete, que ele penteava de uma forma que se tornava uma mecha travessa. Ledo engano o nosso! Alguém gritou: "O líder!", após o que Mussert avançou um passo, desprendendo-se da nuvem escura de milicianos do movimento, e deslizou sobre nós seus olhos espantosamente claros. Seu corpo já se havia conformado ao papel para o qual a história o destinara: o queixo sobressaindo para frente, os ombros para trás, o corredor que atravessa em primeiro lugar a linha de chegada. Quando, como que impulsionado por uma mola potente, levantou o braço direito de arranco, nossos corações se encheram de orgulho e temor, e nos levantamos todos juntos para retribuir a saudação em coro. Assim ficamos por um tempo, frente a frente. Depois, o braço baixou, como se nos empurrasse de volta para os assentos, e ele nos serviu o seguinte choque elétrico:

    – Compatriotas!

    Sentimos um arrepio, entregues a uma espécie de prazer submisso, calor e adoração. Seu olho direito cuspia fogo, mas o esquerdo, mais racional, sopesava cada palavra que lhe saía dos lábios finos. Num tom de implacável seriedade, falou sobre a degeneração dos tempos modernos. Do perigo vermelho. Do fracasso do primeiro-ministro, o antirrevolucionário Colijn.

    – Estamos assistindo ao irrefreável declínio da nossa indústria e do nosso comércio, ao terrorismo exercitado por um bando de funcionários supostamente encarregados de sanear a economia e evitar o empobrecimento. Nós libertaremos o povo da escravidão dos partidos políticos! Os camponeses voltarão a praticar sua vocação tradicional, e os trabalhadores, desde os escalões mais altos até os mais baixos, desde os diretores até os mensageiros, se darão conta de que têm um dever a cumprir perante os compatriotas, um dever a cumprir juntos e em harmonia! Construiremos uma nova prosperidade, com rigor, com firmeza, mas também com amor... Nosso povo valoroso defenderá, com todas as suas forças, o solo, a pátria, o império contra qualquer um e qualquer coisa que representem uma ameaça à nossa independência, ao nosso território.

Aquele homem não era bem o fogo-fátuo da política, como diziam seus adversários, mas um verdadeiro estadista. E nós estávamos dispostos a segui-lo. Ele era o homem idôneo para nos tirar da crise e conduzir a tempos melhores. Até mesmo os indecisos se inclinavam por ele. Sua voz se elevou, aumentando ainda mais de volume.

– A Holanda continuará soberana e independente de qualquer potência estrangeira, um baluarte de paz, mas sempre pronta a se defender de qualquer agressão, pronta para contribuir para a construção de uma federação de Estados europeus entre os quais seja restabelecida a confiança e que represente um instrumento válido para manter a paz e preservar a cultura europeia!

Ele foi aclamado com muitas palmas. Pelo visto, adorava ser aplaudido daquele jeito. Falou por uma hora, e nós o aplaudimos com ainda mais ardor. Em seguida, apareceu no palco um sujeito que começou a nos dar lições sobre como nós próprios poderíamos colaborar com o saneamento da economia nacional. Depois, cantamos *Uma fortaleza impugnável é o nosso Deus* e o hino nacional, e assim acabou nosso encontro. Deixamos o Salão da Paz eufóricos e cheios de novas esperanças. Muitos ainda compraram um exemplar de *Povo e Pátria*. A distância, ao longo da estrada do dique, brilhavam, vermelhos, os faróis traseiros do comboio de Mussert.

Para Papa África, todos os rios do mundo eram iguais. Podiam ter nomes diferentes, mas eram todos afluentes do mesmo grande rio. O Nilo era o único rio da terra, e toda a água da terra passava, mais cedo ou mais tarde, diante do estaleiro de seu pai, em Kom Ombo.

– Ele não pode achar que isto seja mesmo o Nilo – disse Engel.

– *Rhine, Nile, same, same* – respondeu Joe, imitando o padrasto.

– Deve estar falando de uma perspectiva filosófica.

– Ele não estudou Geografia na escola? – perguntou Christof.

– Não conseguiu encontrar no mapa o Cairo nem sabe direito onde está agora, mas não está nem aí para isso, na minha opinião.

Observávamos, desorientados, o fenômeno Papa África, que, cofiando o bigode e com um lápis enfiado detrás da orelha, andava de um lado para outro no cais. Agora o barco estava pintado de vermelho até um pouco acima da linha d'água; o resto era branco. Ainda faltava o mastro, e ele esperava a vela que Regina estava fabricando com retalhos de lona que ia costurando uns nos outros. O lançamento ao mar estava previsto para o final de agosto e, neste dia, Regina queria dar uma festa no estaleiro. Ela nutria grandes projetos: não deixaria escapar a oportunidade de suscitar atenção e admiração.

Estava chegando o grande dia, mas eu tinha um pressentimento ruim. Joe, Engel e Christof deveriam ir embora depois deste fim de semana, as aulas começavam em setembro, e eu ficaria sozinho no reino dos mortos. Com minha prensa de briquetes. Usei e abusei da coitada, fabricando mais briquetes do que os que cabiam nos cavaletes.

– Com essa quantidade, o preço vai cair – observou meu pai.

Mamãe o ouviu. Seus lábios se contraíram, e ela cruzou os braços.

– A partir de agora, a gente vai dar a você 25 florins – disse papai, num tom apologético, mas determinado. – De qualquer forma, 25 florins é um bom preço. Quando a oferta aumenta, o preço cai. Essa é a lei do mercado.

– Você tem que cumprir com o combinado – reclamou mamãe.

– Ele que deixe de produzir tanto. Quando um produto é escasso, você paga muito por ele; quando há muita abundância, o preço diminui. Qualquer um por aí pode te confirmar isso.

– É sangue do seu sangue!

– De qualquer forma, tudo que ele ganha acaba gastando no Waanders.

Seja como for, a partir daquele dia, passei a receber 25 florins a cada cinquenta briquetes, e mamãe pagava a diferença com dinheiro do cofrinho doméstico. A maior parte, é verdade, eu gastava no Waanders Bar & Grill. O Waanders tinha a vantagem de estar situado junto à Estrada Nacional, fora da aldeia, o que tinha consequências tanto em termos da clientela quanto do clima do local. A atmosfera que se respirava ali era melhor que no Bar do Sol, onde o ambiente era, não sei bem explicar, *corrosivo*, e, de repente, alguém reabria antigas feridas, engatilhando uma grande confusão. Depois havia o Pequeno Galo Valente, que era mais parecido com um salão de bingo para a terceira idade, frequentado apenas em festas de casamento ou se você quisesse se proteger da chuva. Waanders era o melhor, de longe. Ali paravam caminhões e carros, dos quais desciam pessoas que eu nunca tinha visto, e que alimentavam minhas esperanças, algo como acontece com certas mulheres com a chegada dos soldados do exército inimigo.

Um exemplo.

– Em que lhe posso servir? – pergunta a moça atrás do bar ao caminhoneiro impregnado com o cheiro de asfalto quente.

À sua frente, está o filho, que, naquele dia, tivera permissão de viajar com ele na cabine.

– O que você quer? – pergunta o pai em um tom inesperado para sua aparência.

Está de meias brancas e sandálias.

– Uma Coca-Cola – responde o menino.

– E para comer?

– Batata, com ketchup e maionese.

– Uma porção de batatas fritas com ketchup e maionese para o menino e para mim... faz um sanduíche de croquete duplo. Pode encher de mostarda.

– Vou colocar um pouco de salada para o garoto – fala a garçonete –, por causa das vitaminas. O senhor vai querer beber alguma coisa?

– Para mim também uma Coca-Cola.

Tudo bem que esse não é o melhor exemplo, mas às vezes as emoções correm soltas no Waanders. Nos fins de semana, tem música ao vivo, e Ella Booij, a barista, comporta-se como sua amiga, contanto que você pague a conta. Tem a dedicação profissional de uma *go-go dancer*, mas, assim que chega à cozinha, deixa cair o sorriso do rosto como a casca de uma velha ferida. Não é daqui. Chega sabe-se lá de onde num Mazda branco com marchas automáticas, por volta de meio-dia, e, no final do expediente, volta para o lugar de onde veio. Ninguém sabe se tem marido ou filhos, ela não tem cara de quem ama alguém neste mundo. Eu lhe agradeço sinceramente por não fingir ser mais simpática do que realmente é.

Leva para o motorista de meias brancas e o menino dois copos de Coca-Cola, um em cada mão. Estão sentados junto à janela. Do lado de fora, passa um caminhão rangendo.

– Ainda bem que estão construindo a E981 – diz o motorista.

Ella olha para fora, onde o sol faz tudo vibrar no ar.

– É mesmo – concorda.

– Porque, do jeito que está, não dá mais. Resta, claro, saber se vai valer a pena para vocês.

O motorista olha para ela, esperando ouvir sua opinião sobre a E981, que deve conectar este pedaço perdido do mundo com a Alemanha.

– E ninguém sabe nada sobre essas barreiras acústicas – prossegue o homem. – Tudo vai depender, óbvio, de onde você esteja, se atrás ou na frente delas.

– A gente aqui não tem voz ativa.

– É, eu sei como é.

– O que a gente queria...

– Queria, você disse muito bem.

Ao cabo de quinze minutos, chegam o sanduíche de croquete e a batata frita. Pai e filho deixam o Waanders, satisfeitos, para continuar seu giro em torno do sol.

O futuro de Lomark, por enquanto, se resumia a uma sigla: E981. Eu havia lido a esse respeito nos jornais, era um projeto que merecia nossa atenção. Tinha a impressão de que alguns se haviam entusiasmado porque uma estrada de quatro faixas passando perto da aldeia traria prosperidade, mas a maioria das pessoas parecia indiferente. De qualquer forma, a antiga estrada para a Alemanha não era mais suficiente, congestionada como estava por um trânsito cada vez mais intenso. Em razão disso, a solução não era baixar o número de carros, mas alargar a estrada. MEU ESPORTE É O TRANSPORTE, uma vez eu li no para-choques de um caminhão, e SEM TRANSPORTE, FICA TUDO PARADO.

Mas a melhor era o adesivo EU♥ASFALTO, que praticamente foi o lema de todos os governos holandeses desde a Segunda Guerra Mundial, e assim o asfalto jorrou aos borbotões. Em quantidades absurdas. Joe tinha razão quando dizia que o mundo é movido por energia cinética. "Lembre-se", dizia, "que é nesse campo que estão trabalhando os melhores crânios, não se esqueça disso. O princípio do motor de combustão é sempre o mesmo há um século. Agora estão tentando melhorá-lo, tentando projetar carros que consumam e poluam cada vez menos. Continuam a aperfeiçoar os motores do ponto de vista técnico, mas de uma maneira que esteja economicamente ao alcance de todos. É este o milagre dos nossos tempos: poder sair como um raio pelas estradas por um precinho bem camarada. Mas desconfie de qualquer um que chame isso de progresso. Progresso não existe. Existe só o movimento. Esta é a grande conquista do século XX, a possibilidade de se deslocar. Preferiríamos renunciar ao direito de voto a desistir de nosso carrinho. Então, se esses ambientalistas quiserem conseguir alguma coisa, precisam oferecer uma alternativa melhor. E uma alternativa melhor não existe".

A rota da E981 ainda não havia sido traçada. Nas reuniões da prefeitura de Lomark, o assunto era debatido, mas as perguntas recebiam respostas com o mesmo desânimo com que eram formuladas. Evidentemente, ainda não conseguimos reagir a ameaças que pertencem a um futuro remoto.

No dia do lançamento à água da *felucca* de Papa África, o vestido de Regina Ratzinger chamou mais atenção que o próprio barco. Alguém arriscou que se tratava de um "vestido de noiva árabe". Era de um azul intenso, adornado com motivos misteriosos, bordados com fios prateados e dourados. Por debaixo do vestido, despontavam duas babuchas brilhantes. Regina tinha uma maquiagem pesada e, nos cabelos, usava um lenço cheio de lantejoulas que dançavam diante da sua testa quando cumprimentava os convidados.

– Eu não sabia que seria festa à fantasia – resmungou Joe.

Índia circulava com uma bandeja de copos de cerveja e espumante Cava. Usava camiseta verde-militar e jeans desbotados. Sua pele estava bronzeada e luminosa, nos dias de sol havia passado nos cabelos suco de limão para aloirá-los. Era como se a víssemos pela primeira vez. Ninguém conseguia despregar os olhos daquela beldade.

As pessoas vinham pelo Pescoço Comprido em grupinhos para presenciar o batizado do barco de Papa África. Era um dia luminoso de agosto, não quente demais, com um vento suave que fazia os choupos sussurrarem. O evento começou timidamente, os convidados permaneciam em pequenos grupos, sem se misturar. Nem todos sabiam como lidar com o comportamento extravagante de Regina e com o ar tenso e um pouco ausente de Papa África. Obviamente, estava preocupado, qualquer um ficaria no lugar dele. De repente, o fato de a *felucca* ter sido fabricada com base em suas lembranças, e não de acordo com um projeto de construção detalhado, fazia-o duvidar do êxito da operação. Será que a lembrança não lhe havia falhado? Eram exatas as proporções? Instado por Regina, tinha vestido um terno de linho, mas ele teria preferido estar de macacão, já que aquele era um dia de trabalho normal, e não um feriado.

De vez em quando, ouvia-se uma gargalhada, mas a maioria dos convidados estava na expectativa. Os homens do tipo "as-coisas-não-são-mais-como-antigamente" também estavam entre os presentes. Estavam ali, bem próximos uns dos outros, copinho de gim na mão, e não paravam de olhar ao redor. Nada lhes escapava e, dali a pouco, sentados em seus bancos, repassariam todos os detalhes do que haviam observado.

As pessoas experimentavam timidamente os petiscos alinhados sobre mesas compridas, que Regina havia passado dias preparando. Cobertos por papel-alumínio, estavam os espetinhos de carne temperada, prontos para a churrasqueira. Havia também pães árabes e tigelinhas de *tapenade* vermelho e verde e, exclusivamente para as crianças – que não estavam presentes –, biscoitos de amêndoa assados no formato do galo de Lomark. Sobre aquelas mesas, via-se todo o amor de uma esposa, e ninguém estava com fome!

Piet Honing atracou a balsa e desembarcou. Apertou a mão de Regina.

– Uma belezura de barco, sem dúvida, realmente uma belezura.

Ele passou os olhos na mesa com os petiscos atrás dela. Ela o pegou pelo braço e disse: "Venha, Piet! Pode se servir! Gente, por que vocês não estão comendo?".

De Lomark, chegou a toda velocidade o Peugeot tamanho família dos Eilander. Ao volante, estava Kathleen, a mãe de PJ, que estacionou atravessado no dique e puxou o freio de mão. Julius Eilander desceu do carro com os cabelos desgrenhados, parecendo um refém que havia acabado de fugir de seus sequestradores.

– Kathleen! – gritou Regina. – Que bom te ver aqui!

– E você está divina, Regina! Esse aí é o barco? Que pérola! Maravilhoso! E o Mahfuz? Quero dar meus parabéns a ele.

– Primeiro toma uma bebida e come algo. Comam todos! Desse jeito, vai sobrar!

Julius Eilander seguia na onda de entusiasmo beligerante da esposa. Enquanto isso, Piet Honing tinha ido até Papa África, junto à *felucca*, para conversar naquele misterioso abracadabra que só eles entendiam. As mãos de ambos esfregavam a madeira, os lábios emitiam palavras que diziam respeito ao barco, mas um furacão irrompeu entre eles.

– *Mahfuz, how wonderful! I am so proud...*

O egípcio olhou para Kathleen Eilander, um pouco constrangido. Julius Eilander pegou a mão dele e a apertou vigorosamente.

– *Good job, good job.* Qualquer hora você me leva para velejar com você, valeu, *old boy*?

Havia aproximadamente umas cinquenta pessoas reunidas perto do rio. O barco estava pronto, em cima da rampa, e agora faltavam apenas homens que ajudassem a levá-lo até a água através de esteiras de borracha. Papa África foi logo tirando as meias e os sapatos, arregaçando as pernas das calças até um pouco abaixo do joelho. Joe, Engel e Christof lhe seguiram o exemplo, e até Julius Eilander se sentou para desamarrar os cadarços. Outros três homens ficaram descalços. John Kraakman, do Jornal Semanal de Lomark, tirava fotos.

– Será que a gente vai aparecer no jornal? – perguntou Índia.

Kraakman lambeu os lábios.

– Fica assim, isso mesmo, pronto...

Ele tirou uma foto de Índia enquanto ela sorria com seus dentes grandes e fortes. Às suas costas, os homens discutiam sobre a melhor maneira de proceder para fazer descer o barco, que lhes batia nas cinturas. Pareciam muito vulneráveis assim, descalços. Papa África tirou o casaco e o entregou a Regina, que o pousou delicadamente no antebraço para evitar que amassasse.

– Só quero um beijo, amor da minha vida! – disse ela em tom implorante.

E lhe deu um beijo cinematográfico, cheio de paixão e de olhos fechados. Tinha apertado levemente a cintura dele com um braço, mantendo o outro, do qual pendia o casaco, elegantemente a distância. Já ele lhe retribuiu com um beijo mais discreto, um pouco constrangido, porque vinha de uma parte do mundo em que tais manifestações de intimidade entre homens e mulheres eram consideradas inoportunas. Depois, desvencilhou-se do abraço e se juntou aos outros. Apanharam as beiradas da embarcação com ambas as mãos. Papa África se posicionou na popa. Então, deu o sinal:

– *Jalla!*

E os homens empurraram ao mesmo tempo.

– *Jalla!*

O barco desceu alguns centímetros. Era assim que tinham sido construídas as pirâmides, a Esfinge e os túmulos da Vale dos Reis... Papa África os incitava, e os homens empurravam, era como se estivessem ajudando uma baleia encalhada a voltar para o mar. O barco deslizou lentamente no rio, e os homens na parte dianteira já estavam com os pés dentro da água.

– *Jalla! Jalla!*

Mais dois ou três empurrões e a *felucca* escorregou até o rio com surpreendente rapidez. Papa África já estava com a água pela cintura, as mãos apoiadas na popa.

– Amor, as calças – disse Regina, mas ele não a ouviu.

Papa África subiu a bordo, soltou as adriças e desfraldou a vela. Por pouco, o barco não bateu na rampa. Todos prenderam a respiração. Joe entrou na água até os joelhos para ajudá-lo, mas não era mais necessário: Papa África conseguiu bordejar a vela e foi segurar a retranca. Correu até o leme e virou na direção do mar aberto. Então, arriou as orças.

O barco fluiu calmamente na direção da correnteza, enquanto a máquina fotográfica de Kraakman continuava a clicar, e Papa África movia o barco para onde o vento soprava. Todos soltaram um suspiro de alívio quando a vela se inflou, desdobrando-se como a asa de um dragão. O barco adernou, deixando um rastro na água. Apreensivo, Papa África lançou uma olhada de preocupação para o topo do mastro e, em seguida, virou na nossa direção. Não dava para distinguir a expressão de seu rosto, mas, quando aplaudimos, ele acenou. Às vezes, a vela se enrugava um pouco, e Papa África virava para pegar mais vento. Alguns minutos a mais e logo ele ficaria fora de nosso campo de visão, para além do cais usado pela Asfalto Belém para carregar e descarregar.

Os convidados estavam alegres, haviam acabado de testemunhar um sucesso; o lançamento tinha ocorrido da melhor maneira possível, conferindo àquela tarde uma beleza simétrica. Quando Papa África desapareceu numa enseada do rio, as pessoas voltaram para a mesa com o refrigerante, a cerveja e os petiscos. O senhor Eilander descalçou os sapatos e ficou ali à beira-mar, à espera da volta do barco. Debaixo dos choupos, os pardais tomavam banho de areia e reinava paz sobre a terra. O olhar de Regina continuava a vagar na direção do rio.

– Quer dizer então que você vai para a Escola Politécnica? – perguntou Kathleen a Joe.

Joe fez que não.

– Eu tinha entendido, pelo que sua mãe falou, que sim.

Ficaram um bom tempo em silêncio. Depois Kathleen, que era mais alta que ele, se inclinou de novo para frente.

– O que você vai fazer então?

– Vou me tornar artista, se bem que ouvi que essa formulação é incorreta. Ou você é artista, ou não, você não pode se tornar um. Pelo que entendi, frequenta-se a Academia de Artes para descobrir se você é um artista. Veja bem: Engel é um artista, isso é fato notório. E eu? Sou bom em fabricar coisas, mas isso ainda não diz nada.

Seu olhar deslizou pelo rosto dela, a boca esboçando um sorriso.

– O que foi? – perguntou Kathleen. – Estou com alguma coisa na cara? Aqui?

Esfregou um canto da boca com as mãos.

– Se não tinha alguma coisa, agora tem. Marca de batom, mais para cima… isso, aí.

Kathleen enfiou a mão na bolsa e retirou um espelhinho. Depois, virando-se de costas para ele, começou a esfregar a boca com gestos irritados. Nas várzeas, levantavam-se colunas retorcidas de fumaça por detrás das debulhadoras.

– Saiu?

Joe fez que sim.

– Saiu.

– Por que você se faz chamar de Joe Speedboat? – perguntou Kathleen em tom áspero.

– Porque é assim que eu me chamo.

– Por acaso você tem uma lancha a motor?

Joe fez que não com a cabeça.

– Qual é seu nome verdadeiro?

– Não existe nem nunca existiu um nome verdadeiro. Foi só um engano por parte dos meus pais.

Sua gargalhada pôs a conversa sob outra ótica, mais calorosa.

– Eu me chamo Joe Speedboat e pronto, senhora Eilander, juro.

– Oh, por favor, pode me chamar de Kathleen. Eu me sinto muito velha se você diz senhora.

– Como quiser, dona Eilander.

– Nada de dona, Joe.

Kathleen olhou para os lados do embarcadouro, onde o marido e mais alguns homens esperavam pela volta do veleiro como os crentes esperam pela salvação.

– Ele deveria pôr o boné – disse. – Desse jeito, vai se queimar.

Fungou o nariz.

– Estou achando que seu padrasto está demorando um pouco demais para voltar. Eu estaria roendo minhas unhas se estivesse no lugar da Regina. Afinal, um barco *pode* ir a pique, ou não?

Regina e Índia estavam de pé perto da água, afastadas dos outros. Índia tentava tranquilizar a mãe, que estava tomada de angústia. Julius Eilander subiu a rampa com os sapatos nas mãos e propôs ir de carro na direção noroeste para tentar avistar Papa África. Pediu as chaves do carro à esposa. Os homens do tipo "as-coisas-não-são-mais-como-antigamente" não ficaram para ver o desfecho, agradeceram a Regina pela "maravilhosa hospitalidade" e voltaram para seu banco.

Passada meia hora, Julius Eilander reapareceu. Fora até a Ponte Nova, mas não viu nem sinal da vela, ainda que fosse de grandes dimensões. Naquele momento, as pessoas pararam de acreditar em um final feliz. Um sentimento sombrio e triste como uma nuvem cinzenta se abateu sobre os presentes.

– Temos que avisar à polícia – disse Julius Eilander.

– A polícia daqui não pode fazer muita coisa – retrucou a esposa.

Ninguém tinha coragem de olhar para Regina, como se aquele gesto fosse suficiente para acender nela uma faísca de dor e de medo, provocando uma reação com consequências imprevisíveis. Julius Eilander dirigiu até Lomark, enquanto a esposa ficou no velho estaleiro com outras poucas pessoas que continuavam repetindo: "Mas será possível?" ou "Quem diria?". O fogo de aquecimento do bufê foi se apagando, ninguém se preocupou em acender de novo as bocas, e aquela espera começou a adquirir o caráter de um velório. A hora azul nos envolvia, os melros gorjeavam, perseguindo-se uns aos outros, entres as moitas. A senhora Tabak, para quem Regina trabalhava como faxineira, foi até ela para se despedir: "Continue pensando positivo, Regina, por mais que isso seja difícil".

Vindo do Pescoço Comprido, chegaram outros dois carros, primeiro o de Eilander e, logo atrás, o do brigadeiro Eus Manting. Estacionaram no embarcadouro. Manting saiu do

carro vagarosamente e se dirigiu aos presentes, andando como um urso de circo em final de carreira. Acenou para Kathleen Eilander, de quem se lembrava por conta de uma denúncia sobre 'tráfego aéreo invasivo'.
– Você é a senhora Ratzinger? – perguntou a Regina.
Tirou do bolso interno um bloco de notas, abriu-o e manteve um pouco afastado, na altura dos olhos.
– Quem me explicou a situação foi esse senhor aqui. Já chamei a guarda costeira para comunicar o desaparecimento de um barco à vela de madeira de aproximadamente seis metros de comprimento, pintado de vermelho e branco. Confere?
Regina e Índia responderam que sim.
– Muito bem – continuou. – A bordo está o senhor...
– Mahfuz – disse Índia tão rápido quanto pôde. – Mahfuz Husseini.
– O senhor Husseini. De onde o senhor Husseini vem, se é que posso perguntar?
– Do Egito.
– Fala holandês?
– Entende melhor do que fala.
– E não deixou nenhuma notificação sobre seu destino, nenhuma pista?
Regina abriu a boca, entre arfadas e sussurradas.
– O Mahfuz queria apenas testar o barco – disse ela. – Só isso. Queria dar uma voltinha para chegar ao mesmo lugar de onde saiu. *Mas onde é que ele foi parar agora?*
Apontou o dedo como um veredicto contra Manting.
– Alguém pode me dizer onde ele está *agora*?
– Nossos colegas estão justamente à procura de algum sinal dele, senhora Ratzinger. Mais do que isso, por enquanto não podemos...
– *Onde é que ele está agora?*
– A senhora, por favor, tente manter a calma, meus colegas estão vasculhando o rio agora mesmo e, com certeza, vão encontrá-lo...

Algo se rompeu com aquelas palavras. Regina deu a volta e saiu correndo. Era a primeira vez que chorava, um choro lancinante, como as investidas de uma serra elétrica. Kathleen Eilander lançou um olhar de repreensão ao brigadeiro Manting pela falta de tato e foi atrás de Regina. Manting entrou no carro e saiu do embarcadouro em marcha a ré. Ao dar meia-volta, a luz dos faróis do carro iluminou uma figura à beira da água. Joe.

E foi assim que o dia chegou ao fim: com Regina debulhada em lágrimas, encostada no veículo anfíbio da Asfalto Belém, e com Joe subindo na rampa e parando diante da mesa que ainda tinha comida suficiente para alimentar as hordas do exército de Tamerlão. Enfiou na boca um biscoito em forma de galo, já esfarelado pela umidade.

Donkey knows the way – disse baixinho. – *Donkey knows the way.*

Já era outubro, e não havia nenhum vestígio de Papa África. Nos olhos encovados de Regina, ardia a brasa da revolta contra um mundo no qual as pessoas perdem o que têm de mais precioso. Para as pessoas que não queriam presenciar aquela visão, ela se tornou uma mulher a ser evitada.

Do primeiro marido, ela ainda tinha um túmulo sobre o qual chorar, mas, do segundo, não lhe havia sobrado nada, nem mesmo um corpo do qual se despedir. Quando o sol assomava sobre a neblina matutina, galgando rapidamente o céu na forma de uma luz mais clara e cada vez mais intensa, Regina percorria o Pescoço Comprido em direção ao rio. Ela ficava parada no ponto onde a *felucca* fora lançada à água, como a estátua da esposa de um marinheiro, escrutando o mar. Vivia dividida entre a esperança e a tristeza, sem conseguir se entregar completamente nem a uma nem a outra. Até mesmo o som do telefone tocando deixou de ser como o de antes.

Olhando para ela, você sentia o coração se apertar como maçã seca. E rezava com ela para que, da enseada, despontasse a asa acinzentada do dragão, e que Papa África atracasse, dizendo: "*I am sorry, it was more far, and the wind was low*".

Ainda por cima, Regina fedia. Pelo amor de Deus, a dor fede demais! Uma mistura de cebola estragada e depósito de roupas usadas. Índia fazia o melhor que podia para cuidar da mãe, mas é complicado prestar ajuda a quem não se deixa ajudar. Regina teria podido tranquilamente ir morar numa caverna no deserto, pois havia atingido um nível de abnegação tal de fazer inveja até ao próprio Santo Antônio. Comia o estritamente necessário para manter o corpo vivo; quanto ao resto, silêncio absoluto. Quando voltava da escola, Índia preparava para a mãe verdadeiros banquetes, mas ela se limitava a brincar com a comida na borda do prato. Ouviam-se ruídos domésticos carregados de tensão, como se algo pudesse quebrar a qualquer instante.

Índia e Regina estavam ambas exaustas e condenadas uma à outra. Às vezes, Regina, sem nenhuma razão específica, começava a contar episódios da juventude e, nesses momentos, tinha-se a impressão de que mãe e filha conviviam na mais perfeita harmonia.

Após o desaparecimento do padrasto, Joe adiou por duas semanas a partida para a Academia de Belas-Artes. Ele havia tentado consolar a mãe. "Talvez ele tenha voltado para o lugar de onde veio", dizia, "porque tinha saudade de casa". Regina não aceitava essa possibilidade de jeito nenhum. Para Joe, ela era uma mulher abandonada; para si mesma, viúva pela segunda vez. Não permitia que ninguém a consolasse ou tentasse distraí-la: Joe não tinha mais por que permanecer ali. Pegou a antiga mochila militar do pai e foi atrás de Engel, que havia encontrado um quarto para alugar num bairro de classe operária em Enschede e lhe dissera que sempre que quisesse teria um sofá disponível para ele. Joe pegou o ônibus das quinze para as sete da manhã. Eu o acompanhei até o ponto. Falou pouco, ou melhor, não falou nada. Estávamos nos aproximando de um momento crucial da nossa amizade, que terminaria com Joe acenando para mim da janela do ônibus e eu erguendo no ar esta minha pata antes de arrancar com a charanga de volta pra casa, com um grande nó na garganta, convencido de que aquele era o fim de uma época.

Num dia de novembro, Joe voltou para Lomark. Ou pelo menos um belo dia ele apareceu à minha janela com um sorriso de orelha a orelha. Fiz-lhe sinal para que entrasse, o que ele fez, trazendo atrás de si uma lufada de ar frio. Parecia maior, agasalhado naquele casaco militar grosso e com os cabelos ensopados de chuva. Fiquei muito feliz ao vê-lo. Além disso, meu estoque de cigarros tinha acabado, e agora ele poderia enrolar alguns para mim. Pendurou o casaco no encosto da cadeira e veio se sentar na minha frente.

E AÍ, TUDO BEM? – escrevi no meu bloco de notas, e ele sacudiu a cabeça.

– Já estava na hora de voltar para casa.

As coisas não andavam nada bem, e sua mãe e Índia estavam ambas no limite de suas forças. Observei-o enquanto ele enrolava os cigarros e os enfiava no pote de mostarda. Seus cabelos estavam mais compridos, mas não era essa a razão do meu estranhamento, da sensação de que algo havia mudado nele. Entrecerrei os olhos para perscrutá-lo melhor, mas não conseguia entender exatamente o quê. Talvez eu apenas estivesse desacostumado com sua presença.

– Eu estive duas semanas em Amsterdã – disse.

Lambeu o papel-seda e fechou o cigarro.

– Com a PJ.

Desviei o olhar. O ciúme é tão visível quanto um eclipse solar.
– Ela está namorando um escritor, um cara muito louco.

Joe me fez um resumo dos eventos dos últimos meses, desde aquela manhã em que ele tinha ido embora de ônibus. Dois artistas e companheiros de aventura, era isso que ele e Engel queriam se tornar lá em Enschede. E mostrar ao mundo do que eram capazes. Mas depois, certo dia de outono, Joe foi até Amsterdã com os colegas de curso para visitar o museu Van Gogh. Diante da bilheteria, havia uma fila enorme que, depois de dez minutos, não havia avançado mais que dois metros. Pouco antes de eles chegarem, um ônibus havia desembarcado uma comitiva de japoneses e, atrás deles, fechava a fila um grupo de turistas de Groningen, todos revoltados, mas fazendo o possível para se conformar com aquela situação. Joe olhou à sua volta. Estava com os pés gelados. "Foda-se", pensou de repente, e, sem nem mesmo se despedir dos colegas, saiu da fila e começou a caminhar na direção da Praça dos Museus.

Ali estava ele, longe de casa e sem razão alguma para voltar. Respirou fundo, deu uma olhada ao redor e decidiu ficar um tempo em Amsterdã para ver como estavam as coisas por lá.

Por volta da hora do almoço, começou a pensar num local para dormir. Conhecia uma única pessoa em Amsterdã: PJ Eilander. Ligou para Kathleen, que lhe passou o endereço, na rua Tolstraat, quase em frente a um *coffeeshop*. O *coffeeshop* se chamava Babylon, se não lhe falhava a memória.

Joe foi de bonde. Foi tomado por uma verdadeira euforia – ninguém sabia onde ele estava, sua vida podia tomar qualquer rumo, havia tantas possibilidades como as combinações de uma *slot machine* e, independentemente do caminho que escolhesse, sempre seria o correto, porque o lucro com a máquina era garantido. PJ não estava em casa. Joe resolveu esperar por ela no *coffeeshop* Babylon, sentado perto da janela de tal maneira que pudesse vê-la quando chegasse. Durante a espera, teve tempo para se maravilhar com a economia das drogas leves. Houve uma época em que, em Lomark, o esporte mais popular fora fumar, bem rápido, alguns baseados e depois atravessar a fronteira para a Alemanha, para então voltar para casa e contar histórias de outro planeta. Mas eles faziam isso para se divertir, enquanto, em Amsterdã, a maconha era levada muito a sério. Os clientes se comportavam como se quisessem evitar ao máximo a luz do dia e se dedicavam, com devoção ritualística, a enrolar verdadeiros baseados enormes, que, depois, acendiam com a destreza dos mais experientes. Um índio da Amazônia que tivesse sido jogado aqui e assistisse àquela cena pela primeira vez acreditaria estar diante de algum ritual religioso.

– *Hey man*, quer um?

Joe ergueu o olhar. Um sujeito de cachos negros escapando por debaixo de um gorro vermelho lhe estendeu um baseado em forma de trombeta.

– Não, obrigado. Só estou aqui esperando alguém.

– Não vem com essa, cara! Nunca se recusa um baseado.

– Não mesmo, obrigado.

– Você está com cara de que está precisando relaxar.

Joe acabou cedendo.

– Eu sou Sjors – disse o homem. – O Índio Urbano, mas isso você já deve ter entendido.

Joe reapareceu de trás de uma nuvem de fumaça.

– E eu me chamo Joe Speedboat – disse, com voz áspera.

– Joe Speedboat! Curti, cara, mesmo!

Como um turista qualquer visitando Amsterdã, naquele primeiro dia Joe ficou completamente chapado ("Cara, se eu conseguisse construir tudo o que eu vi..."). Enquanto isso, tinha escurecido, e Sjors, o Índio Urbano, tinha ido embora gritando: "Boa sorte, Joe Speedboat! Boa sorte!", antes de desaparecer com sua bicicleta. Joe ficou para trás, felizmente perdido nos sonhos de seu primeiro, segundo e terceiro baseados. ("Fiquei com uma vontade louca de beber iogurte de morango. Pedi um. Desceu no meu estômago como um riacho de águas geladas. Nunca antes tinha sentido tanto prazer bebendo iogurte.")

Ninguém jamais saberá o que teria acontecido se, naquela noite, os cigarros de PJ não tivessem acabado. Ela havia chegado em casa por volta das sete horas, e agora tornava a descer para comprar cigarros no *coffeeshop*. Os jogadores de sinuca levantaram o olhar quando ela se aproximou do balcão sobre o qual estavam o pote de tabaco, os papéis-seda e os isqueiros, e falou: "Um maço de Marlboro, por favor".

– Pronto, querida.

Depois, enquanto se dirigia à saída, notou um rosto conhecido na sombra da planta de plástico, junto à janela. Sentado a uma mesinha, entrincheirado por trás de uma quantidade impressionante de garrafinhas de iogurte para beber, havia um rapaz com os olhos semicerrados. PJ se aproximou.

– Ei! Joe! – chamou ela. – Você é o Joe, não é?

Ele abriu um pouco os olhos.

– Oi.

– Sou eu, a PJ. A gente era da mesma turma da escola, lembra?

– Claro. Eu sei. Sei quem é você...

– O que está fazendo aqui? Ninguém de Lomark...

E foi assim que Joe foi parar na casa de PJ, como que trazido pela correnteza num cesto de vime, rodeado de cuidados femininos e de um monte de perguntas. Tinha onde dormir? Não? Nesse caso, ele podia ficar na sua cama, mesmo porque ela costumava dormir toda noite na casa do namorado e só voltava pela manhã. Devia estar com fome. Começou a falar sobre os ataques de voracidade causados pela maconha. Mas Joe teria feito melhor se não tivesse comido o prato de massa que PJ lhe havia preparado. Alcançou o banheiro apenas um instante antes que um gêiser de iogurte de morango cor-de-rosa misturado com *tagliatelle* com molho de tomate lhe subisse na garganta, espalhando no banheiro e no quarto de PJ um cheiro agridoce de leite azedo.

– Oh. Merda. Desculpa.

– Meu Deus, Joe, o que você fez? Você fumou o baseado com embalagem e tudo?

Joe tinha os olhos injetados de sangue e vacilava, como no dia em que desceram o pai na cova e ele se desequilibrou e, para não cair, se segurou na mãe.
– Você precisa descansar, Joe, vai deitar logo. Não quer tirar a roupa primeiro? Não? Então tá, você é quem sabe.
– Ei. Obrigado. De verdade.

Na manhã seguinte, encontrou um bilhete.

E aí, Rei dos Maconheiros?
Volto ao meio-dia.
Comida na geladeira. É só
pegar o que
quiser
X PJ

Na sua lembrança, aquela noite durou uma eternidade. Por entre as frestas nas cortinas, entrava uma luzinha pálida. Joe voltou para a cama e, com um braço debaixo da cabeça, fumou um cigarro. Nos cantos do quarto, havia plantas mortas. Deixou o olhar deslizar sobre as sombras no teto, o quarto era mais alto que largo. O café da manhã, visto assim à luz da geladeira aberta, consistia em meia embalagem de queijo cottage, um pedaço de queijo curado e meio litro de iogurte desnatado.

Quando PJ voltou, algumas horas depois, encontrou-o sentado, todo empertigado, numa cadeira junto à janela, com vista para uma paisagem de terraços descascados e jardins que nunca haviam visto a luz do sol. A cama estava arrumada com precisão militar e o aquecimento a gás, desligado.

– Meu Deus, que clima lúgubre é esse? – perguntou PJ. – Faz muito tempo que você está aí, sentado no escuro? Tomou café da manhã? Olha, me desculpe, tá? É que, quando volto da casa do Arthur, estou sempre muito nervosa.

– Arthur – repetiu Joe.

– Ah, é verdade! Você não tinha como saber. Arthur Metz,

o escritor. Meu namoradinho. Ou melhor, namorado, porque ele odeia diminutivos.

– Diminutivos.

– Arthur Metz. Você nunca ouviu falar dele? Este é o seu último romance.

Empurrou para as mãos de Joe um exemplar. O título era *Minha doce morte*. PJ estava junto à pia preparando café e tinha de virar o pescoço para falar com Joe.

– Ele é poeta também – acrescentou.

Um orgulho de mulher apaixonada irradiava de todo o seu ser como calor. Na quarta capa, havia a foto de um homem bonito, com rugas precoces na testa e olheiras.

– Passo todas as noites com ele, mas, durante o dia, ele prefere ficar sozinho. Não consegue escrever com alguém por perto. Só quer me ver depois das dez da noite. O Arthur precisa desse isolamento, é muito sensível. Qualquer coisa que abale sua rotina o deixa transtornado. É só eu me atrasar dez minutos, e ele começa a perguntar onde eu estava.

– Caramba! – exclamou Joe.

– Eu até queria apresentá-lo a você, mas ele detesta encontrar pessoas novas. Fica com medo. Às vezes até mesmo agressivo. Não gosta de contato físico. Às vezes, quando encosto nele, ele se encolhe todo.

– Será que ele por acaso é um pouco...

– Ah, com certeza. Arthur é um psicótico de primeira categoria. Já tentou se suicidar três vezes. Mas as coisas que ele me faz descobrir! É incrível o que ele me faz descobrir. Com ele, experimentei coisas que nunca havia experimentado antes; eu jamais poderia imaginar que algo assim existisse, você me entende? É muito difícil de explicar.

– Ainda melhor que o Jopie Koeksnijder?

PJ riu tanto que derramou todo o café.

– E por aqui, Fransje, alguma novidade? – perguntou Joe depois de terminar sua história.

Franzi o cenho. Não me ocorria nada que valesse a pena

contar. As coisas eram muito tranquilas sem ele, Engel, Papa África e até mesmo Christof. Praticamente todo mundo que eu conhecia tinha ido embora, e quem havia ficado não me interessava. Quincy Hansen tinha ficado, e eu jamais me livraria dele. Havia sido contratado pela Asfalto Belém, na área administrativa. Que desperdício, depois de todos aqueles preciosos anos de escola!

Quanto a mim, continuava prensando briquetes, embora a produção tivesse diminuído com as chuvas.

– E então, nenhuma novidade? – quis saber Joe.

Fiz que não com a cabeça. Depois, escrevi: PAPA ÁFRICA?

– É uma situação de merda. Tudo é possível. Tecnicamente falando, é possível até que ele tenha mesmo velejado de volta para o Egito, mas...

No rosto de Joe, liam-se as assombrosas complicações que poderia acarretar uma travessia desse porte.

– Mas é possível – disse. – Acontecem coisas ainda mais incríveis. Mas o que você acha, ele parecia alguém capaz de tentar uma façanha desse tipo?

DIFÍCIL.

– Difícil, mas não impossível! Eu procurei no mapa e vi que ele pode muito bem ter chegado ao Mar do Norte através do Canal Fluvial Novo, navegando dali para o Estreito de Dôver. Depois, ele pode ter costeado a França na direção do Oceano Atlântico, o Golfo de Biscaia, o norte da Espanha. Impossível não é, você não acha?

Mergulhou o dedo na embalagem do tabaco que tinha nas mãos e tirou um chumaço de tabaco desfiado cor de mel. Cocei o queixo, tentando visualizar a rota, mas as fronteiras da Europa não estavam muito claras na minha cabeça.

– Pense bem: ele poderia ter costeado Portugal até chegar a Gibraltar, é possível! Se Thor Heyerdahl conseguiu atravessar o Oceano Atlântico numa jangada de papiro, por que o Papa África não poderia chegar ao Egito numa *felucca*?

Fiz sinal de que concordava, apesar de toda perplexidade da minha mente limitada.

– Imagine tudo o que ele deve ter visto quando ultrapassou o Estreito de Gibraltar... Argel, Tripoli, Tobruk e, depois de Alexandria, você vira à direita e logo está no coração do Egito. Acho o Mahfuz perfeitamente capaz disso, juro.

Joe precisava acreditar nisso. Não suportava a ideia de ter perdido o padrasto, exatamente como a mãe, mas, enquanto ela havia afundado num luto cinzento, ele havia criado para si mesmo a épica heroica de uma odisseia. Tudo era fruto de sua fantasia, mas eu o considerava capaz de empreender sozinho aquela viagem, só para provar que era possível. E, por mais absurda que fosse sua hipótese, confesso que me alegrei diante da possibilidade de um desfecho inesperadamente feliz. Se Joe a achava plausível, quem era eu para discordar? Ele era o homem-das-possibilidades-infinitas. Mas, se Papa África havia realmente tentado voltar para o Egito, um aspecto Joe não mencionara. POR QUÊ?, escrevi.

– Você se lembra que Regina confiscou o passaporte dele?

Fiz que sim com a cabeça.

– Pois é, e não foi só isso – disse Joe. – Um dos episódios de que me lembro bem aconteceu pouco depois do Ramadã, no ano passado, antes do Natal. Pode ser que não tenha nada a ver, não sei, mas, de qualquer forma, não me esqueci disso. Você sabe que o Papa África não comia carne de porco. Ele realmente achava que, se comesse, morreria, ou, no mínimo, que lhe daria urticária. Era comida *haram*. Ele tinha outras ideias estranhas também: se Índia fosse filha dele, dizia, teria feito com que fosse infibulada. Ou a história de que a mão esquerda pertence ao diabo e que não se pode usá-la para comer, aquilo era uma coisa muito *haram*. Eles costumavam brigar por causa dessas coisas, ou melhor, era a minha mãe quem brigava com ele, e ele nunca reagia às provocações dela. Você sabe quão pacífico ele é. "*She has a hot head*", dizia, e deixava a poeira baixar. Na véspera do Natal, minha mãe havia preparado almôndega de carne de cordeiro para a ceia. No dia seguinte, o dia de Natal, ela pegou e perguntou como ele estava se sentindo. "Bem," respondeu ele, "por que está perguntando?" "Quer dizer que você não está passando mal nem nada do tipo… " Ele balançou a cabeça e respondeu que estava tudo em ordem. Foi quando Regina concluiu seu ataque: "Ontem à noite, você comeu carne de porco! Não era cordeiro, era porco. Está vendo como não te deu nenhuma urticária? E que Alá não te puniu?" E ela continuou nesse tom por um tempo, enquanto nós, sentados à mesa, assistíamos àquela cena de queixo caído.

Joe terminou de enrolar o último cigarro e o enfiou, com alguma dificuldade, no pote de mostarda abarrotado.

– Esse é o tipo de coisa com que não se brinca. Índia ficou revoltada, mas ele próprio não disse uma palavra. Foi um Natal de merda.

Eu só entendi que Joe tinha voltado a Lomark para ficar quando, no final de novembro, ele conseguiu trabalho como servente de pedreiro numa empresa de construção. Todas as manhãs, às seis horas, ele esperava no frio, com outros rapazes, a van que vinha pegá-los perto do dique. Passando por um ponto não fiscalizado, atravessavam a fronteira com a Alemanha, onde construíam bairros residenciais e complexos industriais. O trabalho fronteiriço ilegal existia há séculos, em ambos os lados da fronteira. Graças a uma rede obscura de empreiteiros e subempreiteiros, os operários eram levados à Alemanha, porque assim as empresas não tinham de pagar para eles impostos ou contribuições sociais. Eram remunerados por semana, e azar deles se caíssem dos andaimes, ou se uma viga de ferro lhes caísse num pé. Joe tinha visto um homem entrar em coma depois de ter sido atingido na cabeça por um bloco de concreto pendurado num guindaste. Quando um companheiro dele foi reclamar na diretoria, responderam que a culpa era do operário, "É preciso prestar muita atenção no canteiro", e outras frasinhas desse tipo. Então, o homem agarrou o empresário pela gola e quase o estrangulou com a gravata. Coisas assim.

Nos fins de semana, o *Gastarbeiter* tipicamente bebia *schnapps* de batata na van, jantava em algum restaurante de

comida caseira escuro e cheio de fumaça e voltava para casa caindo de bêbado. Quando começou o frio, as obras foram interrompidas, o que marcou o fim da carreira de Joe como operário no setor de construção. No ano seguinte, ele encontrou um emprego na Asfalto Belém.
Motorista de escavadeira.

Agora que também a família Ratzinger entregava um filho à Asfalto Belém, seria possível afirmar que sua integração na sociedade lomarquesa era plena, mas Lomark não se dá tão rapidamente por vencida. Aqui, coisas assim levam gerações, com um pouco de sorte... Mas Joe tinha voltado para o mesmo local onde havia construído seu avião, agora a serviço do pai de Christof, Egon Maandag. A produção ainda estava parada por conta da cheia e, nesse meio-tempo, o capataz Graad Huisman lhe dava aulas de direção da escavadeira. Às vezes, no intervalo para o café, Huisman chorava. Os funcionários da manutenção, sentados na cantina, ficavam impassíveis, explicou Joe; desde que lhe haviam diagnosticado um câncer no joelho, não se passava um dia sequer sem que Huisman chorasse. A cantina cheirava a laranja e cigarro.

Agora Joe era um dos homens de macacão cor de laranja e, no lado de fora, ele tinha de usar um capacete branco. Nunca antes eu havia pensado que, algum dia, ele também teria de trabalhar para ganhar a vida, como todo mundo. Quando as águas baixaram, ele começou a ir a pé para o trabalho, às vezes acompanhado da mãe, que descia até o rio para se certificar de que Papa África não havia voltado. Despediam-se junto da cerca – Joe com a marmita na mão e um volume no bolso do casaco, onde guardava uma maçã ou uma laranja. Os operários se reuniam na cantina para verificar o programa de produção do dia, depois cada um ia para o próprio posto. Joe, então, subia na cabine de sua Liebherr, se mexia no assento até encontrar uma posição confortável e dava a partida no motor. A máquina cuspia uma fumaça densa e preta, Joe adorava a ressonância do motor. Dentro da cabine, ele ajustava o aquecimento e o rádio no nível máximo. O rádio é o ópio dos trabalhadores, costumava dizer Joe.

No terreno da fábrica, erguiam-se as montanhas de areia e de pedras trazidas até ali de barcaça. Seguindo as instruções do operador, Joe tinha de encher os dosificadores: enormes recipientes com divisórias que continham os ingredientes para o asfalto. Dirigia de um lado para outro, entre os dosificadores e as montanhas de minerais, que ele ia abocanhando. Uma esteira transportava o material dos dosificadores até as entranhas da máquina do asfalto.

Às 12:30, faziam uma pausa.

– E aí, alguma novidade?
– Não, nenhuma.
– Aposto que ontem você dormiu tarde.
– Não, nem dessa vez.
– Nadica mais para contar?
– Nadica.

Eassim a primavera chegou. Mas o vento leste e as tempestades se abateram como um castigo sobre quem havia cantado vitória antes do tempo. As árvores do cemitério batiam com os nós de seus dedos de madeira nas janelas dos fundos da casa. Os vidros das janelas estavam embaçados. Entendi, pela leitura de alguns jornais de uma pilha, que o traçado da E981 quase certamente passaria ao lado de Lomark. No boletim do município, falava-se de um comitê de protesto contra essa decisão. Os membros do comitê temiam que a aldeia acabasse presa entre as duas artérias de transporte que a conectavam com a Alemanha: o rio, de um lado, e a E981, do outro, ainda mais porque Lomark não ganharia uma saída própria para a estrada. O que era crucial. Para chegar a Lomark, era necessário pegar o desvio para Westerveld e, daí, seguir pelo caminho do dique. Era um projeto monstruoso.

Cartazes de protesto apareceram ao longo da Estrada Nacional, nos pastos dos fazendeiros que simpatizavam com os manifestantes. DEIXEM LOMARK RESPIRAR, esse era o texto mais poético, elaborado por Harry Potijk, o presidente do comitê homônimo. Potijk comparava o isolamento de Lomark com a morte por asfixia: uma imagem mais eficaz que qualquer argumentação. Harry Potijk era o porta-voz ideal, e esse seria seu momento de glória. Já fazia vinte anos que era presidente da Associação de História Local e falava como os livros obsoletos que ele havia assimilado como autodidata durante uma infinidade de horas de estudo. A construção da E981 havia acendido o fogo da paixão em sua existência, até então sempre igual. Finalmente, foi-lhe dada a oportunidade de expor os argumentos do comitê diante do Conselho Municipal.

– E se levantarem uma barreira acústica, como previsto no plano – diz –, e o nível das águas subir, como ficaremos? Ficaremos como ratos presos numa armadilha! Com o caminho do dique alagado, as águas invadindo nossas casas e o único acesso de fuga bloqueado pela barreira acústica.

Potijk fez uma pausa para deixar que suas palavras surtissem efeito nos membros do conselho e no público sentado na tribuna.

– Portanto, senhor presidente, minha pergunta é a seguinte: vocês têm a intenção de prover cada uma de nossas casas com um bote inflável?

Os membros da tribuna soltaram uma gargalhada de escárnio.

– Por favor, atenha-se aos fatos, senhor Potijk – advertiu o presidente.

Potijk assentiu, com ar servil, mas era só fachada.

– E se o senhor argumentar que não há risco de enchentes, já ouviu falar das mudanças climáticas que estão em curso no mundo afora? Da alteração dos equilíbrios ecológicos atribuída ao aquecimento global? Do derretimento das calotas polares?

Nesse momento de seu discurso, Potijk apontou com um gesto dramático para a parede da sala, atrás da qual os rios se agitavam e a terra fervia de calor.

– Por acaso o senhor não sabe que, no verão passado, o nível do rio atingiu um mínimo histórico e que, há alguns anos, as águas alcançaram níveis antes nunca vistos? O senhor esqueceu? O senhor Abelsen, que está com 93 anos e que você conhece bem, afirmou jamais ter visto as águas tão altas. Há certas forças em ação que desconhecemos e que não estamos em posição de prever, por isso precisamos considerar hoje o que parece ser um cenário catastrófico ainda muito remoto no tempo...

A posição do comitê era clara: aceitava a estrada como fato consumado, mas se opunha à falta de uma entrada e de uma saída à altura de Lomark. Lomark precisava ter entrada e saída próprias, sua traqueia, seu pulmão de fumante asfaltado.

Quando Harry Potijk se deu conta de que não poderia obter grande coisa daquele Conselho Municipal de Moderados, impeliu seus companheiros a fazerem uso de formas de luta mais radicais: certa manhã de quarta-feira, eles partiram em um ônibus alugado da empresa Van Paridon na direção do Parlamento de Haia. Talvez, em sua imaginação, os manifestantes esperassem ser acolhidos por toques de clarins e rufos de tambores, mas a realidade era bem diferente e consistia nas pedras em forma de paralelepípedos da pavimentação da praça do parlamento sob um céu cinzento, além do fato de que ninguém lhes prestava a menor atenção. Fizeram poucas e fracassadas tentativas de entoar os slogans que haviam ensaiado no ônibus, mas caíram no vazio como ofensas num idioma estrangeiro. A certa altura, havia passado por ali um homem de guarda-chuva segurando uma pasta que indagara educadamente a que se devia aquela concentração.

– Um deputado! – sussurrou a senhora Harpenau, a bibliotecária.

Harry Potijk levantou, todo empertigado, e começou a enunciar o objetivo daquela missão, mas logo foi interrompido.

– Ah, trata-se, então, de uma estrada? Vocês estão no lugar errado. Precisam ir à sede do Ministério de Transportes, na Plesmanweg. Um pouco longe daqui.

Desorientado, o grupo deixou a Praça do Parlamento e percorreu toda a distância até o novo endereço. Fizeram uma pausa para tomar café e comer algo, mas, àquela altura, começou a anoitecer. A senhora Harpenau e outros dois disseram que preferiam ir para casa, porque as crianças... E foi assim que se concluiu a marcha sobre Haia.

Chegou até a aparecer uma foto no Jornal Semanal de Lomark, tirada a grande distância, de modo que o texto dos cartazes era ilegível, e aqueles gatos-pingados dos manifestantes na grande praça só inspiravam pena.

Eu tenho essa foto guardada. Vê-se com clareza quão ridículos nós somos, até mesmo quando lutamos por uma causa nobre.

A festa de primavera trouxe uma novidade: a Cidade dos Ratos. Como atração, era fascinante justamente por ser antiquada. Através de uma cortina preta, entrava-se num local escuro e abafado, onde o cheiro acre de mijo de rato e de serragem beliscava suas narinas. Do lado de dentro, o que esperava o visitante era o espetáculo um tanto estático de um castelo de madeira, ajustado à altura dos olhos para as crianças e para cadeirantes como eu. O castelo tinha vários andares, iluminados em seu interior por lâmpadas mal camufladas. Nas ruas das imediações, já brilhava a iluminação natalina e, no chão, estava espalhada uma serragem amarelo--clara. O complexo ocupava um espaço de aproximadamente dez metros quadrados e era delimitado por um fosso de água tão turva quanto a da vasilha de beber dos porquinhos-da--índia que Dirk teve num passado remoto e que morreram todos, um após o outro, uma morte horrível e misteriosa.

O elemento dinâmico da Cidade dos Ratos – afinal, uma festa é a celebração de tudo que voa, gira e faz pirueta, o que explicava o porquê de Joe não arredar o pé dali – era representado por algumas centenas de ratos. Os visitantes observavam o incessante fervilhar dos roedores com um misto de nojo e curiosidade. Os bichos mijavam, cagavam e copulavam no que seria chamado, no mundo dos homens, "espaço público", o que fazia as pessoas morrerem de rir.

Havia uma ponte levadiça que conduzia a uma pequena ilha no fosso, que, junto com a parede dos fundos, simbolizava a fronteira do mundo dos ratos. A cidade era retangular, transitável em três lados, enquanto o quarto era uma barreira de madeira compensada sobre a qual estavam rudemente pintados umas nuvenzinhas e um sol. O castelo estava muito bem-iluminado, enquanto, em volta, onde os visitantes observavam, deslumbrados, aquela invasão de ratos, que pareciam sair de um conto de fadas, reinava a escuridão, como numa casa mal-assombrada.

Naturalmente, a Cidade dos Ratos me pareceu logo a perfeita alegoria de Lomark, esse buraco fedido ao qual estávamos condenados, presos entre o rio e a futura barreira acústica. Mas o comitê de Harry Potijk não quis usar a metáfora para defender seus argumentos.

Um dia, eu vi Joe e PJ na festa. Estavam na frente dos discos voadores, de costas para mim. PJ acenava para alguém que estava a bordo de um dos discos, enquanto Joe contava o dinheiro que tinha na carteira. Caramba, quanto tempo fazia que eu não via PJ. Ela havia emagrecido ou era impressão minha? Bastou que eu olhasse para aqueles seus cachos loiros para me ouvir suspirando como um cachorro abandonado.

Desde que Joe tinha ido para Amsterdã, PJ e ele mantinham uma espécie de amizade e se encontravam sempre que PJ vinha a Lomark. O que não acontecia com muita frequência. A última vez fora no Natal, mas eu não a vi porque me deu preguiça de ir à missa natalina. Assim, já fazia nove meses desde nosso último encontro – meses durante os quais meu tempo havia parado, e o dela, acelerado.

Segui atrás deles na charanga rumo à Cidade dos Ratos. A barulheira das atrações me arranhava os tímpanos. Avançava com certa dificuldade sobre o gramado pisado, a festa de primavera era provavelmente o único momento em que eu abandonava o asfalto e os caminhos pavimentados.

Não queria que eles me vissem. Subitamente, uma grande raiva me invadiu ao pensar que eu não podia ficar de pé, e que só me restava olhar para ela, raquítico e mudo, de baixo para cima. Tinha de me obrigar a não imaginar o homem que poderia ter me tornado se eu não... daquela altura em que a olharia nos olhos, quais palavras usaria para fazê-la rir da mesma maneira que Joe ou o tal idiota do escritor faziam. (Desde que fiquei sabendo de sua existência, vira seu nome algumas vezes nos jornais. Quando isso acontecia, eu o escarnecia e depois amassava o jornal como uma bola. Em algum lugar, havia alguém que o odiava.)

Na presença de PJ, meus defeitos se realçavam, e eu me encolhia e encurvava mais do que já fazia normalmente. Uma situação sem saída.

Em uma das minhas anotações realmente sinceras, verdadeiramente pessoais do meu diário, daquelas de cuja veracidade ninguém duvidaria, já que falam de sentimentos (as lágrimas não mentem, ha ha!) –, eu registrei a situação bastante desagradável em que eu me encontrava.

> ... você pode sonhar, mas, quanto ao mais, não pode se iludir. Sonho a COR do meu amor por PJ, esse laranja inacreditável do nascer do sol. Mas nunca poderei dizer isso a ela. E isso é foda! Ou seja, eu poderia estar morto, ou ser um chinês em Wuhan, e as probabilidades de que minha vida se cruzasse com a dela seriam exatamente as mesmas. Às vezes sinto vontade de chorar, mas isso é uma grande besteira, preciso endurecer como pedra. Estou trabalhando nisso. O exercício é tudo, diz o mestre Musashi. Não tenha pensamentos sobre PJ. Os pensamentos sobre PJ enfraquecem. Exercite-se. Endureça. Essa é a minha Estratégia.

Eu me fechava nas trevas da Cidade do Ratos para distrair a cabeça com pensamentos esparsos, como, por exemplo, em como faziam para transportar uma atração dessas de uma localidade para outra, ou como se faz para evitar que a população de ratos exploda. Se os ratos se reproduzissem de forma incontrolada, a cidade se transformaria, num piscar de olhos, em um grande tapete móbil de couro macio de roedores, os bichos formariam facções, a luta pelos recursos começaria, todos contra todos e cada um por si, uma carnificina...

Talvez o proprietário retirasse as ninhadas com uma pazinha ou um aspirador portátil. Mas era também possível que os adultos devorassem os ratinhos, um fenômeno que eu tinha observado nos porquinhos-da-índia de Dirk, os quais, certa noite, tomados por um furor inexplicável, haviam exterminado uma ninhada inteira. Encontramos os bebês peludos na manhã seguinte: comidos pela metade. Aquelas criaturas, aparentemente tão inofensivas, carregavam na alma um horror inimaginável. Mas, pouco depois, o mesmo destino alcançou os adultos. Nunca se soube quem foi o culpado.

Eu estava no escuro, com a charanga estacionada junto à parede dos fundos, porque não era divertido observar apenas os ratos, mas também as pessoas que olhavam para eles. Sentiam-se tão atraídas pela luz faiscante do castelo em meio à escuridão que, como de hábito, nem reparavam em mim. Este era, de fato, meu passatempo preferido: olhar sem ser visto. Introduzir-me de mansinho na cabeça dos outros para entender o que acontecia ali dentro.

Pelas risadinhas, dava para perceber que haviam visto os ratos enquanto copulavam; de resto, especialmente as mulheres reclamavam do "cheiro horroroso que parece amoníaco", enquanto as crianças ficavam extasiadas com aquele amontoado fervilhante de bichos nojentos.

Então, a cortina preta se abriu, deixando entrar a luz do crepúsculo. Reconheci o reflexo claro dos cabelos de PJ. Atrás dela, estava Joe.

– Pelo amor de Deus, que mau cheiro é esse! – exclamou PJ.

A cortina se fechou pesadamente atrás deles, e PJ se arremessou à Cidade dos Ratos com um entusiasmo pueril.

– Oh, olha que gracinha! Aquele mancando...

Estendeu o braço sobre o fosso para acariciar o bichinho, semeando o pânico em centenas de roedores.

É ABSOLUTAMENTE PROIBIDO TOCAR A CIDADE DOS RATOS!!!!!

estava escrito em pelo menos uns seis cartazes de advertência.

– Picolien Jane! – gritou Joe quase em tom de repreensão.

Eu estava respirando o mais baixo possível e, quanto mais tempo ficassem ali dentro, mais embaraçoso seria se me encontrassem. Estava com o coração acelerado. Quando eu espiava pessoas que conhecia, elas se tornavam estranhas para mim. Criava-se certa distância e, paradoxalmente, não era a intimidade que aumentava, mas a sensação de alienação.

PJ não queria saber de deixar os ratos em paz. Inclinando-se sobre o fosso, estava tentando isolar um rato do restante do grupo. Conseguiu manobrar o bicho na direção da ponte levadiça, depois lhe impediu de voltar para a Cidade com a mão direita, os dedos alargados, como grades. O pobre do rato não tinha outro caminho senão o da ponte levadiça que levava à ilhota.

– Vai, Robinson Crusoé, força!

Em pânico, o rato cruzou a ponte e foi parar na ilhota, após o que PJ levantou a ponte atrás dele, separando o bicho dos companheiros.

– O que você fez é meio cruel, não acha? – acusou Joe.

– Que besteira, o Robinson estava justamente precisando de um pouco de solidão!

Joe riu a contragosto e a seguiu em direção à cortina do lado oposto da sala, onde a placa de SAÍDA irradiava uma luz verde pálida.

– Tchauzinho, Robinson! Vê se você se comporta, tá?

Então, desapareceram por detrás da cortina, PJ riu de alguma piadinha de Joe, e eu fiquei de novo sozinho. Inspirei profundamente e expirei algumas vezes, observando o rato--náufrago, que agora estava à beira de um ataque de nervos. Farejava, explorando o novo habitat. Notei que os ratos têm olhinhos muito fofos e cintilantes.

Embora estivéssemos no início da primavera e praticamente não usássemos mais a calefação, incrementei minha produção de briquetes. Trabalhar afastava os maus pensamentos.

– Parece até que o povo come briquete – disse papai, carregando outro lote no trailer.

Já dava para ficar do lado de fora sem congelar ou afogar-se na chuva; nos vasos, as plantas cresciam rapidamente. Também os juncos no canal cresciam alguns centímetros por dia. As silhuetas das árvores, despidas durante o inverno, agora se enfeitavam de folhas verde-claras, as castanheiras estavam cheias de pálidas velinhas e, às vezes, de repente, você tinha a sensação de ser sugado por um redemoinho de felicidade que nada tinha a ver com algum evento específico ou com boas notícias. Estava no ar, como se costuma dizer, e, na falta de explicações melhores, eu me conformava.

Eu estava no jardim, esperando que o papel acabasse de centrifugar.

– Gostaria de um café? – gritou mamãe, porque já eram onze horas. Nesse momento, Joe surgiu do corredor das bicicletas.

– Bem-vindo a esse maravilhoso Dia do Trabalho! – exclamou.

Era de fato primeiro de maio, e Joe estava com uma ideia

rondando em sua mente: eu já o conhecia de outros carnavais para não reconhecer aquele brilho especial no seu olhar. Observou, com as mãos nos bolsos, a bagunça que eu secretamente havia apelidado de Briqueteira F. Hermans & Filho, sendo "Filho" o fruto da ilustre união entre uma certa senhorita Eilander e este que vos fala.
– Pois é, hoje é dia de sorte – disse Joe.
Pegou a escada de alumínio encostada na parede dos fundos da casa e me pediu um martelo. Depois, com a extremidade fendida, começou a despregar a ferradura fixada acima da porta. Mamãe apareceu na janela da cozinha e, gesticulando, perguntou o que estava acontecendo. Dei de ombros. A porta se abriu.
– Oi, Joe! O que você está fazendo?
Joe, sobre a escada, se virou na direção dela.
– Bom dia, senhora Hermans! Estou dando a volta na ferradura. As extremidades apontando para baixo dão azar. É como procurar fogo pra se queimar, entende?
Com algumas marteladas sonoras e firmes, que fizeram os vidros das janelas trepidarem, fixou novamente a ferradura com as pontas voltadas para cima. Na gaiola, Quarta-Feira começou a se agitar, eu tinha negligenciado a pobre nos últimos meses e prometi a mim mesmo dedicar-lhe mais atenção.
– Você está falando sério? – gritou mamãe de volta. – Quer dizer então que o pobre do rapaz passou anos da vida...
Dei um assovio agudo para que ela se calasse. Nossa Marie Hermans estava na soleira da porta da cozinha, torcendo as mãos, cheia de culpa e amor maternal.
– Fique sossegada, dona Hermans –, Joe ainda gritou para ela enquanto colocava a escada em seu devido lugar –, porque hoje é um dia de sorte.
Tirou um maço de Marlboro. Desde que tinha começado na Asfalto Belém, fumava cigarro normal, porque era difícil enrolar durante o trabalho.
– Aceita um cigarro?
Sim, sim, sem dúvida, ele estava aprontando algo. Estava

com aquele olhar "por-terra-por-mar-e-no-céu", que era como uma promessa, uma promessa de aceleramento.

Limitei-se a esperar. Passamos um tempo sentados um diante do outro na claridade cristalina daquela primeira manhã de maio, soltando nuvens de fumaça num ar tão fresco que dava até vontade de lambê-lo. Os vizinhos já haviam pendurado seus cobertores do lado de fora para arejar. Joe olhou para os briquetes que estavam secando no cavalete.

– Quantos desses aí você já fabricou, só por curiosidade. Mil? Dois mil?

Balancei a cabeça. Mil, dois mil, sei lá.

– E quantos você ainda pretende fazer? – perguntou Joe. – Outros mil?

Levantei cinco dedos.

– Cinco mil? Você está brincando comigo! Caramba, Fransje! Você pretende prensar jornal pelo resto da vida?

Respondi solenemente que sim. Prensar jornais para depois transformá-los em combustível era minha missão. Não me vinha à cabeça nada melhor. Com o polegar, Joe cravou a bagana na terra, deixando uma depressão, como se tivesse plantado algo.

– Não acredito nem por um segundo. O que eu quero dizer, Fransje, é que nos últimos meses tive tempo de sobra para refletir dentro da escavadeira, e agora revelo a você por que hoje é um dia de sorte. Tenho certeza de que esse seu braço excepcional vai te dar muito mais alegrias do que você imagina. Tenho pensado em como você poderia explorá--lo para as duas coisas a que o homem está condenado: o Dinheiro e o Prestígio. Você, meu caro Frans Hermans, nasceu para a queda de braço.

A felicidade de Joe se espraiava até o jardim dos vizinhos.

– Afinal, não é para isso que servem os amigos, para enxergarem em você algo que você mesmo ainda não viu?

Franzi as sobrancelhas, peguei um jornal da pilha e, com um resto de lápis, rabisquei na margem: COMO ASSIM QUEDA DE BRAÇO?

– Queda de braço, você sabe como é, né? Quando duas pessoas sentam a uma mesa com os braços no meio e competem tentando fazer o adversário desdobrar o braço. É algo que parece feito sob medida para você. Na minha opinião, é como se você tivesse se exercitado por dez anos, com a sua charanga e a fabricação de briquete e tal, e agora chegou a hora de você colher o que semeou. Você se lembra daquela vez em que pedi a você que entortasse as barras no nosso hangar? Quando trabalhava na Alemanha, vi uns caras que entortavam metal, brutamontes gigantescos, que não conseguem fazer nem a metade do que você faz. Você é praticamente imbatível, Fransje, só precisamos pôr mãos à obra. Na Europa inteira, acontecem competições de queda de braço. Eu serei seu empresário, nós dividiremos o lucro e ainda teremos uma bela história para contar quando ficarmos velhos.

Olhava para o meu braço com um olhar quase apaixonado, como se não me pertencesse, o que despertou em mim sentimentos confusos de ciúmes em relação ao meu próprio membro.

O plano de Joe era o seguinte: para começar, uma dieta equilibrada à base de proteínas, carboidratos e gordura. Ao mesmo tempo, praticaria todos os dias as técnicas da queda de braço, com base nas informações que encontrava na internet usando o computador da biblioteca da escola. Ele seria meu treinador. Passaríamos o verão estudando e nos exercitando, depois, em outubro, começaríamos por uma competição menor, em Liège. O primeiro prêmio era de sete mil florins. O segundo, cinco; o terceiro, três.

– Negócio da China! – exclamou Joe, satisfeito.

Já tinha agendado uma série de competições que nos fariam dar a volta na Europa. Especialmente os europeus do Leste, que eram fanáticos por esse esporte. Dois homens, uma mesa e empurrões, até o outro ceder.

– Mas você não se iluda – advertiu meu autonomeado treinador e empresário –, pode não parecer, mas a técnica é muito importante.

Usaríamos os primeiros seis meses da temporada para nos aquecer, um torneio aqui e acolá, para entender em que ponto eu me classificava na hierarquia da queda de braço. E, já que Joe era um otimista incurável, estava já decidido que, em maio do ano seguinte, participaríamos do campeonato mundial de queda de braço em Poznań, na Polônia.

– Você não tem peso suficiente. Seu peso é nosso calcanhar de Aquiles. Os ombros, o peito, o braço, é neles que a gente tem que trabalhar. O músculo trapézio, o bíceps, o tríceps, o peitoral maior e o antebraço têm de estar em harmonia entre si, depois disso você vai estar pronto para todas, Fransje. Eu prevejo...

Nesse ponto, eu o interrompi, levantando a mão.

– Justo, agora você.

Peguei o lápis e escrevi três letras no rodapé do jornal: NÃO.

Joe fez aquele beicinho peculiar de quem está diante de um interessante problema de xadrez.

– Não?

Balancei a cabeça.

– Ué, e essa agora por quê? Primeiro pense a respeito, antes de ir logo dizendo não.

NÃO ESTOU COM SACO.

Quando, passado algum tempo, vi que Joe não iria parar tão cedo de brandir as mãos no ar, expondo com os olhos arregalados as vantagens de seu plano, cansei de ouvir.

VAI SE FODER!

Eis o que acontece quando, certo dia, chega uma pessoa que se oferece para ampliar seus horizontes em dez mil vezes: pânico. Joe estava me propondo a competição. A mim, o homem-fora-de-qualquer-competição, que sempre havia considerado a si mesmo incapaz de participar de qualquer luta, que se pusera fora de qualquer rinque na condição de observador e comentarista, era-me oferecido torcer braços contra mesas. Olhariam para mim, me avaliariam e, das duas, uma:

ou me chutariam para fora ou me incentivariam a continuar. O que Joe estava fazendo não era nada menos que me oferecer um lugar no mundo, uma autonomia de movimento que eu não podia compreender. Era horrível, e foi por isso que eu disse não. Não me limitei a dizer não, fechei-me na defensiva. Tudo tinha de continuar da forma como era, porque estava ótimo daquele jeito. Se não estivesse, não seria como é. De repente, eu me encontrei defendendo com unhas e dentes o valor de um mísero depósito transformado em casa, de uma prensa de briquetes e uma superfície de locomoção de algumas centenas de metros quadrados. Quem apontasse teria o dedo cortado. Por mim.

Acompanhei com os olhos Joe saindo para o jardim. Ele quase não acreditava que eu preferia ficar quieto no meu canto a escolher a incerteza da aventura. E eu me senti aliviado e desapontado ao mesmo tempo, por ele haver desistido tão rápido.

Então, a imobilidade e eu havíamos nos tornado uma coisa só. Eu explicava a mim mesmo essa condição como uma forma de harmonia com o ambiente à minha volta e com as pessoas que viviam dentro dele. Não podia chamar isso de felicidade – a felicidade emana um fogo mais quente e, antes de mais nada, era uma ausência de repugnância e de vontade de morrer.

Alguns dias após a visita de Joe, Quarta-Feira bateu asas. Eu a havia soltado e, pela primeira vez, ela não tinha voltado. Mamãe jogou a culpa na primavera, no chamado da natureza, mas eu sofria uma espécie de pena de amor. Cada vez que ouvia uma gralha, achava que era Quarta-Feira, mas a gaiola dela permanecia vazia.

Pelo visto, Joe pusera uma pedra em cima dessa história de queda de braço, pelo menos nunca mais voltou a falar a esse respeito. Agora tinha outra ocupação: havia comprado um carro, o primeiro da vida dele, um monstro negro longuíssimo que a Griffioen havia usado, anos a fio, como carro fúnebre. A própria avó de Christof tinha sido conduzida nele à sua última morada. O carro era mesmo a cara de Joe, um Oldsmobile Cutlass Cruiser, com linhas retas e uma imponente grade de radiador quadrada. Precisava de uma regulada, mas, de resto, estava bem-conservado e rodara poucos quilômetros. Joe tinha instalado um aparelho de som superpotente, de maneira que dava para ouvir os baixos martelando a uma distância de um quilômetro.

– Eu acho muito macabro – disse mamãe. – É como ver a morte se aproximando. Eu conhecia todas as pessoas que foram levadas nele. O Griffioen não podia vender o carro longe daqui? Por respeito aos parentes...

Joe tirou o assento do passageiro para que eu pudesse viajar com ele, porque, no espaço liberado, conseguia entrar com a charanga e tudo. Percorríamos o dique de um lado a outro, andávamos devagar na Estrada Nacional e parávamos no Waanders Bar & Grill, para tomar sorvete, como dois idosos. Ou melhor, ele, porque eu só ficava na cerveja com canudinho. Você conhece a piada do espástico tentando tomar sorvete... Observávamos os carros que passavam e o sol que se punha, refletindo-se no vidro das janelas. No playground pequeno, um pai esperava a filha ao pé do tobogã.

– De novo! De novo! – gritava a menina sempre que chegava lá embaixo, até ter início a inevitável choradeira.

Já fazia um ano que Christof e Engel tinham ido embora, Joe havia voltado e tinha um emprego fixo na Asfalto Belém. Parecia contente. Quero dizer: como ele podia *se tornar* alguma coisa se ele já *era* alguma coisa: era Joe, um produto acabado, perfeito, de sua própria imaginação. E eu era grato a ele por ter voltado a Lomark.

Em julho, aos poucos os outros também começaram a reaparecer: primeiro Engel, depois Christof e, por fim, PJ. Com o passar dos meses, eles haviam rareado as voltas para casa, como tinha acontecido com Quarta-Feira, que havia começado a ficar cada vez mais tempo fora, até não voltar mais.

Para Engel, o primeiro ano de curso foi uma moleza: foi logo considerado um talento excepcional e, para o segundo semestre do ano seguinte, recebeu uma oferta de bolsa de estudos da École des Beaux-Arts de Paris. Enquanto outro no seu lugar teria feito um grande alarde, ele aceitava isso tudo com uma imperturbabilidade que me deixava louco de inveja. Esse mesmo estoicismo impressionante, eu encontrava em Joe. Nesse sentido, Christof já era mais bunda-mole como eu: nós dois estávamos sempre com o pé atrás, líamos os sinais e os classificávamos como propícios ou perigosos; vivíamos, por assim dizer, farejando o ar com nervosismo.

Desde o desaparecimento de Papa África, nosso ponto de encontro não era mais o embarcadouro. No último verão em que passamos juntos, como grupo, passou a ser o carro de Joe, com o qual íamos nas tardinhas amenas ao Waanders para beber (eu) e trocar histórias sobre o ano que se passara (eles). Christof se tornara membro de um grêmio estudantil, fazendo-nos descobrir um novo universo. A subespécie do corpo de estudantes que fazia parte daquele tipo de associação aceitava voluntariamente as mesmas leis que regiam uma caserna, e o novato ("calouro", disse Christof) tinha de aprender, o mais depressa possível, um novo jargão, se quisesse sobreviver. Os abusos a que você era submetido por parte dos estudantes mais velhos selava – em suas palavras – amizades "para o resto da vida". Christof estava orgulhoso por ter sobrevivido a todas essas humilhações. Não parecia estar com raiva de seus algozes; ao contrário, dava a impressão de estar desejando que chegasse logo o dia em que ele próprio poderia infligir as mesmas humilhações.

Engel olhava para ele com um ligeiro horror.

– Quer dizer que eles ficaram de pé *sobre a sua cara?*

– Não, não exatamente. Eles só puseram o pé na minha cara e deixaram ali por um tempo.

Silêncio geral.

– Mas todo mundo faz isso – falou Christof, defendendo os costumes do grêmio. – É só resistir por algum tempo, depois do Natal as coisas melhoraram muito. É algo louco, mas, de alguma maneira, essa provação coletiva não deixa de ser legal.

Suspirou.

– É difícil explicar a quem nunca passou por isso.

Joe argumentou que talvez o objetivo fosse mesmo criar

certa cumplicidade, um vínculo que podia ser entendido apenas pelas pessoas envolvidas. Christof assentiu, agradecido. Cada vez que ele se metia num beco sem saída, Joe estava sempre ali para tirá-lo da encrenca. Desde que eu o conhecia, sempre o havia protegido.

– Está esfriando um pouco – disse Engel.

Nessa ocasião, ele vestia um terno bege e uma camisa branca, com o colarinho que se destacava sobre a lapela do casaco. O ambiente artístico não o tinha mudado muito, embora já fosse possível distinguir qual gênero de homem ele seria: aquele que nas propagandas de revistas está atrás do leme de um barco à vela, com ar de garotão, apesar dos cabelos grisalhos nas têmporas e das rugas em volta dos olhos, de tantas horas passadas olhando para o horizonte.

Tinha vendido sua primeira obra a uma galeria de Bruxelas, um tríptico gigantesco, tinta e papel, representando um cavalo pendurado numa árvore, numa posição tão retorcida que oprimia o estômago. Quando você perguntava, Engel não se incomodava de explicar de onde lhe viera essa ideia: de um museu menor sobre a Segunda Guerra Mundial em Ypres, na província de Flandres Ocidental. Vira em um estereoscópio fotos de cavalos que haviam sido jogados para cima das árvores pela violência de uma explosão, imagens que não lhe saíram mais da cabeça.

Engel se voltou para Joe.

– A propósito, quando você vai tirar suas coisas lá de casa?

– Estão atrapalhando?

– Não é isso, sem problemas, contanto que você as busque até o fim de dezembro, porque, depois, vou viajar pra Paris.

– Eu passo lá com o Fransje qualquer hora – informou Joe.

Nesse momento, avistei Ella Booij, que viera recolher os copos das mesas de fora, e lhe fiz um sinal levantando o braço.

– Mais cerveja, Fransje? – gritou ela por sobre as cabeças de dois clientes, um lépido casal de idosos que parecia saído de um comercial da Gerovital.

Quando voltou com a cerveja, ela chamou Engel três vezes

de "cavalheiro", o que provocou uma risada geral. Não tirava os olhos de cima dele.

– O consolo das mulheres carentes, isso que você é – disse Joe a Engel assim que Ella se afastou.

O verão estourou como um abscesso. Mamãe reclamava dos tornozelos e das mãos inchados, a ponto de até a aliança incomodá-la. Quanto a mim, surgiram tantas brotoejas nas costas e no traseiro que eu parecia ter rolado sobre folhas de urtiga. Foi naqueles dias que PJ voltou. O que faz então o filho de uma égua do Joe? Certo domingo pela manhã, ele aparece com PJ lá em casa, justamente quando eu estava do lado de fora prensando briquetes, sem camisa, sob o sol, porque, na mesma manhã, mamãe me dissera, com sua voz tipo "almanaque do fazendeiro", que o sol fazia bem às erupções cutâneas.

Joe e PJ entraram no jardim sem que eu os ouvisse chegar, e assim nos encontramos, de repente, olhando um para os outros, os três, sem saber o que dizer. Procurei algo com que me cobrir, mas havia deixado a camisa sobre a cama. Assim, todo encolhido e sob o olhar de PJ, fui me arrastando até em casa por entre a maquinaria de produção de briquetes. Joe veio logo atrás de mim. Eu estava enfurecido, tentei enfiar a camisa, mas minha asinha atrofiada não queria nem saber de colaborar, e o outro braço se contraía descontroladamente.

– Também não precisa ficar tão bravo – disse Joe. – Como eu ia saber que você estava aqui meio pelado? Espera, deixa eu…

Afastei a mão dele. Só podia ser de propósito: era a única, repito, a *única* vez em que eu saía de casa descoberto, e ele tinha de me expor aos olhos *dela*. No jardim, PJ segurou a alavanca da prensa de briquetes e a baixou. Reparei que estava menos pálida que de costume, agora sua pele era de um bege dos mais claros, e os olhos, de um turquesa intenso. Mais tarde, fiquei sabendo que ela estivera numa ilha grega com o Namoradinho Escritor.

Joe tinha passado para me convidar a ir com ele até Enschede, buscar suas coisas. PJ também iria, e ainda tinham de apanhar Engel na Ilha da Balsa. Abotoou minha camisa enquanto murmurava: "Perereca venenosa". Na camiseta negra dele, estavam estampadas em amarelo as letras DEWALT.

– Olá, Fransje – disse PJ. – Desculpa aí a gente aparecer assim sem avisar.

Era a primeira vez que ela me dirigia a palavra diretamente. Eu vi mamãe olhando para a gente da janela da sala e acenei. Quando ela apareceu na porta da cozinha, pedi, com gestos, que trouxesse algumas bebidas, mas ela já foi logo cumprimentando Joe e se apresentando a PJ: "Não que eu não tivesse visto você antes, claro". Formavam um maravilhoso contraste, a moça do mundo e a minha mãe, esse monumento tosco de cuidado e solicitude. Embora falassem a mesma língua, tenho certeza de que, se fossem postas à mesa da cozinha uma diante da outra, depois de uma hora, teriam exaurido abruptamente o número de palavras que ambas estavam em condições de entender, o limite da capacidade de representação comum às duas.

Fiz de novo o sinal do copo.

– Vocês aceitam um café ou um chá? Ou preferem outra coisa? Um refrigerante? Café para os dois? Então, vou fazer um pouco de café, vai ser rapidinho, não, sem problemas. Com leite? Açúcar? Ambos sem nada? Assim fica até mais fácil de lembrar.

Eu estava com uma coceira danada nas costas, duplamente irritado com a lerdeza absurda de mamãe e com o extenso interrogatório que precedia um simples café. Enquanto esperávamos, PJ metralhou uma pergunta atrás da outra sobre a produção de briquetes, às quais respondi escrevendo no meu bloco de notas, sem olhar em seus olhos.

– Que letra bonita você tem – observou no momento em que mamãe chegou com o café.

– Ele escreve tudo – apressou-se em dizer mamãe. – Tudo mesmo. Passa dias inteiros escrevendo, né, Fransje? Mostra seus diários para a moça, são tantos que ocupam uma parede inteira.

Sibilei como uma serpente que cai numa armadilha para que ela calasse a boca, mas o interesse de PJ já tinha sido despertado.

– É estranho, um rapaz escrevendo um diário – comentou PJ.

Mamãe, que havia recuado até a porta da cozinha, assentiu, torcendo as mãos daquele modo que me deixava angustiado. PJ pediu para ver meus diários. Eu os acompanhei em casa e apontei para a parede.

– São esses aí? – perguntou.

O dedo de PJ, o mesmo que havia semeado terror na Cidade dos Ratos, deslizou sobre a lombada dos noventa e dois cadernos, cronologicamente alinhados. Eu era praticamente o único cliente da Livraria e Papelaria Praamstra. PJ se virou.

– Não vou nem perguntar se posso...

Balancei a cabeça.

– É, eu já imaginava mesmo.

Ela se ajoelhou, alcançando os diários dos meus primeiros anos, e suspirou.

– O que está anotado neles? São apenas coisas pessoais ou você também escreve sobre o mundo exterior?

Emiti um som em sinal de positivo.

– As duas coisas?

Respondi que sim.

– Não sei se você sabia, mas o meu namorado é escritor. Você deve saber pelo Joe. O Arthur acharia isso fantástico. Ô, Fransje, você não me deixa ler pelo menos uma página? Só uma, por favor!

Tinha um brilho malicioso em seus olhos. Ela fazia subir o mercúrio do meu termômetro a alturas perigosas. Eu bem sabia que nada era impossível para ela, que conseguia tudo o que queria, pois ninguém sabe como resistir a uma beleza dotada de vontade. Então, tirei da estante um caderno ao acaso, coloquei-o no colo e folheei até encontrar uma página de conteúdo neutro: falava muita coisa sobre Joe, o início do inverno e um dia complicado na escola. Passei o caderno para ela, que suspirou novamente.

— É bonito — disse, depois de algum tempo —, bonito mesmo. Sua caligrafia, toda essa *ordem* e uma estante inteira disso. Nunca vi nada parecido. Deve ser o livro que fala sobre tudo o que existe. É incrível, quero dizer, quem diria? Você escreve sem parar, vê tudo, mas não fala nada.

DEFINIÇÃO DE DEUS, escrevi no papel e degustei pela primeira vez o prazer de sua risada. Fechou o caderno e o enfiou novamente no espaço entre os outros dois.

— E eu? — falou ela. — Também apareço nos diários?

O que responder a isso? Se eu dissesse que sim, ela iria querer saber o que havia escrito sobre ela, se dissesse que não, estaria renegando meu amor, além de ferir sua vaidade.

Fui sacudido por um espasmo que, em seguida, se atenuou. Escrevi:

OS FATOS
CHEGADA EM LOMARK 1993
MÉDIA FINAL: 8.4
JOPIE K.

— Você foi olhar minhas notas! Aliás, a média foi 8.5.

Balancei a cabeça em negativa. Escrevi as notas de todas as matérias dela, uma debaixo da outra, calculei a média, e o resultado foi 8.4. (Sim, ela estava impressionada.)

Quando fomos embora, mamãe nos acompanhou com os olhos da janela. Eu estava na frente com a charanga, PJ sentava na parte traseira, sobre um cobertor, porque não havia banco, só os trilhos sobre os quais deslizavam os ataúdes.

— Sua mãe é muito fofa — elogiou.

Paramos para pegar Engel e saímos de Lomark. Enquanto as colheitadeiras ceifavam o grão dos campos, revoadas de gaivotas as perseguiam como se se tratasse de uma frota de barcos de pesca. No ar, uma névoa de poeira amarelo-clara.

PJ pediu a Joe para abaixar a janelinha traseira (elétrica), e pôs os pés descalços para fora. Estava deitada de costas com a cabeça apoiada nos braços, e o pulôver, casualmente levantado, deixava a barriga à mostra. Eu tentava adivinhar a forma de seus seios. Engel escutava a teoria de Joe sobre a odisseia do Papa África. A hipótese se havia refinado ainda mais: Joe havia estudado na internet os mapas meteorológicos europeus ao longo da rota que seu padrasto poderia ter seguido, e havia descoberto que, em agosto e setembro do ano anterior, não se haviam registrado temporais violentos.

Durante a viagem de carro, fantasiei muito, imaginando que algo de bom estava prestes a acontecer. Abaixei alguns centímetros a janela, a terra cheirava a poeira quente e grama. Engel falava em voz alta contra o vento.

Em algum momento daquele dia lento e plácido, chegamos à sua casa, em Enschede, num bairro de classe operária construído exclusivamente de tijolos vermelhos. Homens e mulheres obesos curtiam a sombra, sentados na calçada em cadeiras de jardim, e havia um número impressionante de crianças bebendo refrigerante.

– Bem-vindos ao bairro do churrasquinho – disse Engel em tom de chacota –, onde acaba toda a gordura dos supermercados baratos.

PJ fez cara de nojo.

– Será que por aqui eles nunca ouviram falar numa coisa chamada caloria?

Um vizinho de Engel nos estendeu o braço com uma garrafa de Grolsch, e eu vi uma floresta de pelos molhados despontando de suas axilas.

– E aí, Engel, trouxe amigos desta vez? Venha se sentar aqui com eles e tomar uma gelada.

Engel morava no último andar do edifício, abriu as portas do terraço, e nós vimos quintais cheios de mobília de plástico e montanhas escandalosas de brinquedos infantis.

Na despensa, só havia meio litro de vinho rosé barato, e nada de canudinho. Engel o serviu em xícaras de chá, e PJ disse: "Espera, vou te ajudar", e levou a xícara à minha boca como uma mãe. Bebi e olhei com avidez, ela estava tão perto que vi as sardas clarinhas em seu nariz por sobre a borda de vidro da xícara. Bebi de um só gole.

– Nossa! – exclamou ela.

– Para ele, é como um remédio – explicou Joe –, senão treme como vara verde. Aposto que ele vai tomar mais uma, não é, Fransje?

Sorri maliciosamente.

– Aí está sua resposta.

Quando, ao longe, se ouviu o ribombo inconfundível de um trovão, Joe começou a recolher suas coisas: um saco de dormir, a mochila do pai, uma pasta com esboços e duas esculturas em argila que representavam o gênero de máquinas que você espera ver num canteiro de obras.

– As panelas, você pegou? – perguntou Engel.

Joe pôs tudo no carro e disse que estava na hora de ir.

– Temos que viajar com o dia ainda claro, porque os faróis não funcionam muito bem.

PJ entornou rapidamente a última taça de vinho em minha garganta. Esse interesse dela me fez muito bem. Engel ficaria em Enschede, mas nos acompanhou até a porta para se despedir quando partimos. O temporal estava se aproximando, e sobre a cidade pairava um céu escuro. Engel continuou acenando até desaparecermos de seu campo de visão. Foi a última vez que eu o vi vivo.

No fim de semana seguinte, Joe passou para me pegar, e demos um passeio até o ferro-velho: estava precisando de peças para o sistema de arrefecimento e o circuito elétrico. Com uma ênfase teatral, eu me dei conta de que não estivera mais naquele lugar desde o dia do meu acidente. Nos últimos anos, a capacidade produtiva de Hermans & Filhos havia aumentado em cinquenta por cento. Tinham adquirido uma nova e mais potente prensa de sucata e melhorado o sistema de separação de resíduos. Mas, embora tudo isso possa criar uma impressão de técnicas avançadas, o negócio continuava sendo o mesmo de sempre: destroços e sucata. Não era, porém, aquela barafunda que se poderia imaginar: toda a sucata era separada de acordo com sua natureza, e o óleo usado, recolhido em latões e eliminado. Hermans & Filhos tinha uma certificação ISO 9000, que isso fique bem claro. Sempre achei engraçado que meu pai quisesse um ferro-velho em conformidade com a lei, aonde as pessoas pudessem ir com prazer, como um abatedouro sem sangue.

Joe estacionou em frente aos escritórios, onde pulsava o coração social da empresa: a saleta com máquinas de café e sopa pronta. Abriu a porta do meu lado, e eu me levantei da charanga, que ele retirou do carro. Depois me empurrou até a entrada sobre um chão de placas metálicas enferrujadas.

Olhei ao meu redor, mas não vi em parte alguma placas em que se lesse VENDEM-SE BRIQUETES, de modo que me perguntei como meu pai fazia para informar a seus clientes.
Dirk estava na cabine de um guindaste móvel. Entre as garras, havia uma sucata recém-amassada que ele pôs, com uma manobra muito habilidosa, em cima de uma pilha de outras sucatas. A prensa reduzia os carros a sucatas com uma espessura de trinta centímetros, o barulho de lata amassada soava como um acidente em câmera lenta. Quando nos avistou, Dirk parou, e a sucata ficou balançando de um lado para o outro nos dentes de ferro.

– PAPAI ESTÁ AÍ! – gritou.

– Como ele está gordo – disse Joe em tom de cochicho.

Estávamos a uma distância segura o suficiente para trocar impressões desfavoráveis sobre ele. Não havia dúvida de que meu irmão tinha mesmo engordado, mas não dessa maneira gradual que torna a pele rosada e luminosa, e sim de forma brusca, sem dar tempo aos que conviviam com ele de se acostumarem com sua nova silhueta. Também haviam aparecido manchas vermelhas no pescoço, e as bochechas estavam cobertas de rosácea, consequência da alta pressão. Com o tempo, estava parecendo com o que sempre fora: um alcoólatra interiorano, fedendo um pouco a solidão.

Entramos na área reservada ao desmonte. De um mezanino cheio de caixas de madeira de cerca de um metro de altura, o ruído típico de quem está furiosamente procurando uma chave-inglesa pequena bem no fundo de uma caixa de ferramentas metálica

– Ô de casa! – gritou Joe.

A barulheira cessou, e meu pai apareceu.

– Olá, rapazes!

Ele tinha uma bituca de cigarro colada sobre o lábio inferior. Certa vez, eu o vira jogar no chão uma bituca como aquela, que, caindo pela extremidade molhada e impregnada de nicotina, tinha ficado de pé. Papai desceu as escadas, calçando seus tamancos de couro.

– Em que posso ser útil? – perguntou a Joe.
A dentadura postiça luzia na penumbra do galpão.
– Então... – começou Joe.
Foi nesse momento que notei uma reação de susto em meu pai. Não um grande susto, algo mais parecido com uma explosão submarina. Eu já estava bem treinado na leitura dessas microexpressões. Seus olhos saltavam entre mim e algo às minhas costas. Virei o pescoço o máximo que pude, mas o ângulo era grande demais. Agarrando a alça da charanga, orientei as rodas giratórias e me virei noventa graus. E, embora a parede estivesse imersa na sombra, eu a enxerguei com uma nitidez paralisante: uma torre de briquetes de papel... empilhados contra os tijolos da parede. Mil, dois mil, dez mil, impossível saber...
Um longo e gelado calafrio me percorreu dos pés à cabeça. Os briquetes estavam perfeitamente empilhados, como se fossem utilizados como parede de isolamento. Durante todo aquele tempo, papai não tinha vendido praticamente nada, mas havia continuado a me pagar para que eu não interrompesse a produção. "Parece que devoram briquetes, Fransje", e o preço de seu péssimo instinto comercial havia sido meu salário semanal – para infundir em mim uma merda de sensação de dignidade, ou sei lá o que os dois filhos de uma égua tinham inventado.
Papai começou a tossir como um motor em uma manhã fria. Pior ainda era o fato de a situação ser tão incômoda para ele quanto para mim. Ouvi Joe perguntar-lhe algo sobre um radiador, mas a voz me soou tão distante que era como se ele estivesse em outro cômodo. Papai estava mudo de tão desesperado, e eu via minha própria vergonha refletida em seus olhos, e ficamos olhando um para o outro assim, em silêncio, naquele Salão dos Espelhos da Dor.
– Tudo bem – disse Joe –, então eu espero.
Abandonei a área reservada ao desmonte e me dirigi para o carro. A lama seca estalava sob os pneus da charanga. Pouco depois, Joe saiu do galpão com um martelo e uma chave de

fenda. Fez-me sinal de que já estava vindo. O rádio do carro transmitia as previsões do tempo. Anunciavam chuva.

ESPADA

O que me restava a fazer além de tentar a sorte como lutador de queda de braço? Comecei a treinar. Joe e eu passamos a nos focar no primeiro torneio em Liège, no final de outubro. Apareceram em casa os halteres e os suplementos proteicos que ele tinha encontrado por um preço módico nos sabores morangos, baunilha e limão. Em pó, a ser diluído com leite. Os sabores tinham mais a ver com a cor que com a fruta, porque todos eram doces e cremosos da mesma forma e deixavam um gosto de cálcio na boca.

Eu fazia o treino muscular mais importante sentado no chão, com o haltere na mão e o cotovelo apoiado numa mesinha baixa: dobrava lentamente o braço para depois estendê-lo de novo, até quase encostar na superfície da mesa, tudo muito devagar, mantendo a tensão dos músculos constante para fazê-los trabalharem no máximo de sua capacidade até eles arderem. Tínhamos começado com dezesseis quilos e três sequências de vinte repetições, sempre com uma pausa de trinta segundos entre elas. Gradualmente, o número de repetições foi diminuindo, enquanto aumentava o de discos de metal nas extremidades do haltere. Em questão de cinco semanas, eu havia alcançado trinta e oito quilos, o que é muito para um exercício voltado só ao bíceps. O antebraço, eu exercitava no chamado *wrist curl*, um movimento de pulso de um minuto com um haltere na mão.

Mantinha uma dieta rigorosa, preparada por minha mãe, que seguia as indicações estritas de Joe. Emagreci no rosto (para grande desassossego dela) e engordei no tórax e no braço (para grande satisfação de Joe). Já que o número de exercícios que eu podia fazer era limitado, ainda ia, todos os dias, até Westerveld de charanga e voltava: 4,2 quilômetros para ir e 4,7 para voltar, porque eu passava pela Casa Branca, onde viviam os pais de PJ. De branco, a casa já fazia um bom tempo que não tinha nada, e o colmo do telhado estava marrom-escuro, coberto de musgo, precisando de manutenção. Com o passar dos anos, minhas antigas fantasias em relação às mulheres daquela casa demonstraram possuir uma força autorregenerante. Você pode dizer, sem medo de errar, que diariamente eu passava por lá para farejar o terreno como cachorro, atraído por feromônios mais fortes que qualquer estímulo visual. Pode dizer também que eu estava mortalmente entediado e que queria encher a cabeça de doces ilusões, que, por sua vez, me faziam desprezar a mim mesmo, já que transgredia meu regime de abstinência dos "pensamentos sobre PJ".

O resultado daquele treinamento intenso era que agora eu tinha uma pata de elefante em miniatura debaixo da manga. Totalmente desproporcional em relação ao restante do corpo, mas fazia anos que a simetria tinha ido embora. Joe estudou a melhor maneira possível de não só me fortalecer, mas também de me fazer ganhar peso, o que me rendeu onze quilos. Onze quilos. Sessenta e quatro no total, o que significava que meus adversários mais pesados poderiam pesar até uns vinte quilos mais do que eu, porque o limite na categoria dos pesos-penas era de oitenta e cinco. Ainda que eu me empanturrasse de comida da hora em que acordava até a hora de dormir, continuaria sendo um dos mais leves na categoria peso-pena. Consultei Musashi a esse respeito, mas no *Livro dos cinco anéis* não encontrei nada referente ao peso ideal de um verdadeiro samurai.

Voltei a estudar especialmente o "Livro da Água" e o "Livro

do Fogo", que falam menos de estratégia que de questões de natureza prática, ensinando a maneira correta de lutar. Naquelas páginas, há um homem de 59 anos que nunca perdeu uma única luta.

Quando eu era pequeno e lia aquele livro, eu o venerava como se fosse a bíblia: era a palavra de Kensei, o Santo da Espada, mas, do que ele dizia, eu apenas entendia o nível mais superficial, pois, só de nomear as táticas com que é possível vencer o inimigo, eu já nutria minhas fantasias cavalheirescas. "O golpe da pedra de fogo", por exemplo. Eu o experimentei contra Quincy Hansen no pátio de recreio de escola, investindo com minha espada-vassoura contra seu escudo-mochila. Cito também o "Corpo como uma rocha", que eu praticava sem adversário: "Uma vez dominado o "Caminho da estratégia", você pode tornar seu corpo semelhante a uma rocha, e as "Dez mil coisas" não podem mais atingi-lo. Isso é o corpo como uma rocha. Ninguém o moverá".

Estava treinando o "Corpo como uma rocha" no dia das ceifadeiras rotantes. Achava haver entendido a que tipo de peso libertador Musashi se referia. Uma ceifadeira se aproximava, mas eu permaneci ali, deitado. Deveria estar mais atento. O próprio Musashi diz que uma estratégia imatura é a causa da dor.

Hoje, depois de tantos anos, voltei a ler aquele livro e me pareceu que fala de outras coisas. O *Livro dos cinco anéis* era como um caleidoscópio, que constantemente vai mostrando imagens diferentes. Agora eu poderia utilizá-lo para derrotar meus adversários na queda de braço. Tomei a liberdade de trocar a palavra "espada" no texto por "braço", o que não parecia tão incorreto assim. Afinal de contas, o que é a espada senão um *prolongamento* afiado e estilizado do braço? O próprio Musashi, provavelmente, com a palavra "espada", se referia a mais de uma coisa, já que havia derrotado Sasaki Kojiro, seu adversário mais temido, com um remo. O essencial é o espírito das coisas, as palavras são apenas burros de carga com significados sempre novos no dorso.

Joe estava curioso com aquele meu fascínio pelo livro. Quando ele leu "Dominando uma sombra" ou, melhor ainda, o "Xingamento do Pá-PUM", saiu andando de um lado para outro com o livro nas mãos, dizendo, repetidas vezes, que o achava incrível. O "Xingamento do Pá-PUM" era, não havia como negar, algo de extraordinário:

> "Então você arremata com um movimento velocíssimo enquanto cobre o adversário de insultos. Levanta o braço no 'Pá!' e desce no 'PUM!'. Esse ritmo repete-se a cada troca de golpes. O xingamento do Pá-PUM deve ocorrer sempre no mesmo instante em que você levanta sua longa espada, como se quisesse dar uma estocada no adversário. Aqui, a prática constante é o segredo."

"Pá-PUM!", gritava Joe, esborrachando-se de tanto rir. "Pá-PUM!"

Ele entendia que a exortação à prática constante significava que eu precisava de adversários, já que não havia sentido nenhum gritar "Pá-PUM!" contra um haltere. E eu desejava intensamente a presença de alguém para pôr em prática toda a força e os conhecimentos que havia adquirido.

Para abreviar, Joe encontrou Hennie.

Hennie Oosterloo lavava pratos no Pequeno Galo Valente e, na memória de todos, morava em Lomark desde sempre. Vivia numa casinhola de madeira, dessas que se compram a preço de banana no Centro de Jardinagem, situada no fundo do estacionamento do Pequeno Galo Valente. Tínhamos mais coisas em comum, Hennie e eu, do que apenas o tipo de casa em que morávamos: perdendo apenas para mim, era o morador mais taciturno da aldeia. Embora já estivesse na faixa dos 50 anos, parecia ingênuo como um bebê. Era forte como um touro, mas não faria mal a uma mosca, era o que diziam.

Hennie estivera por alguns anos na boca do povo após ser instigado pelo pessoal do Pequeno Galo Valente a participar, em julho, das competições de *trekker-trek*. Agora, havia uma foto dele pendurada no restaurante, na qual ele vestia uma camiseta sem mangas ajustada em que se lia CAFÉ REST. PEQUENO GALO VALENTE LOMARK, enquanto exibia nas mãos o primeiro prêmio, uma cópia gigantesca de um cheque e uma travessa prateada com uma inscrição. Hennie segurava o cheque e a travessa como um selvagem seguraria um aspirador de pó.

Não sei se alguma luz jamais chegou a penetrar no cérebro de Hennie Oosterloo, se ele havia sentido alguma alegria por aquela vitória ou, ao contrário, algum sentimento de desconforto pungente, por haver passado a vida lavando pratos. Seu rosto, de qualquer maneira, não deixava transparecer nada. Ele tinha sempre a mesma expressão, ou melhor, não tinha expressão alguma, era como se seu rosto estivesse sempre em ponto morto. Tirando a barba rala e os lábios flácidos, de resto, sua face não tinha cavidades nem protuberâncias, apenas aquela pele retesada demais em volta do crânio. Hennie constituía de tal forma um elemento da paisagem que meu olhar diariamente passava por ele ou o atravessava sem vê-lo, e agora, do nada, ele entrava na minha vida com sua calça de moletom azul, que parecia ser feita de pano felpa, e, embora fosse possível ler em sua camiseta HARD ROCK CAFÉ CIDADE DO CABO, eu tinha certeza absoluta de que ele nunca tinha ido para muito longe de casa. Entrou com dificuldade pela porta, pequena demais para seu tamanho.

– Hennie, aqui está Fransje – disse Joe. – Fransje, Hennie.

Hennie virou a cabeça, deixando deslizar o olhar da direita para a esquerda e, em algum ponto médio daquela panorâmica, eu me encontrava, mas ele não parecia fazer qualquer distinção entre um rádio transistor, uma pilha de jornais e meu rosto. Joe não parecia estar muito à vontade: já estava habituado à presença de um personagem taciturno, mas duas criaturas de tamanha insondabilidade provocavam uma sensação de constrangimento até mesmo nele.

– Vamos lá! Hennie, você se senta ali, de frente para o Fransje. Isso, aí.

Joe nos posicionou um de frente para o outro e tirou de uma bolsa de plástico dois pinos de madeira idênticos.

– Estas são as empunhaduras – disse. – Fransje, você se importaria se eu as fixasse na mesa? Queria que tudo parecesse o máximo possível com uma competição de verdade. Elas servem para evitar que você trapaceie, levando vantagem de seu próprio peso corporal.

Dispôs as empunhaduras, fixadas a dois suportes de metal, cada um com dois furos, em posição vertical sobre a mesa, entre mim e Hennie. Depois, tirou da bolsa uma furadeira à bateria e os aparafusou à mesa. Trazendo a charanga para mais perto da mesa, agarrei com a mão boa meu braço de pássaro espástico e levei a mão boba até a empunhadura. Fui abrindo os dedos contraídos um por um e os fechei em volta daquela cavilha. Com força. Quanto ao outro braço, eu o apoiei no centro da mesa sobre o cotovelo. Então, abri a mão.

– Espera, falta um detalhe.

Com um toco de giz, Joe desenhou um quadrado em volta dos nossos braços.

– Isto aqui é o *box*. É proibido ultrapassar as linhas. Se você puser o braço para fora do quadrado, perde logo de cara. Bom, e você, Hennie... sim, assim... perfeito. E agora se você colocar o outro braço assim, como Fransje... obrigado.

O antebraço direito de Hennie se abaixou como uma cancela de passagem de nível, e nossas mãos se juntaram em algum ponto dentro do quadrado. Já que, com a outra mão, estávamos ambos agarrando a empunhadura, nos posicionamos numa postura compacta e simétrica. Era uma sensação estranha, de intimidade, segurar assim a mão quente e seca de alguém que eu mal conhecia.

– Podem começar – disse Joe.

Apertou o cronômetro do relógio de pulso. Nossas mãos se cerraram, e eu fui logo tratando de colocar a minha sobre a de Hennie, de modo a obrigá-lo a dobrar o pulso: manter-se sempre por cima era algo psicologicamente importante para vencer o adversário. Restava saber se a psicologia surtiria qualquer efeito sobre o cérebro de tartaruga de Hennie Oosterloo. Manteve o braço onde estava, imóvel, no centro da mesa, o que queria dizer que a estratégia dele era a da espera, me deixando atacar primeiro, à espreita do momento certo para contra-atacar. Cuidei de manter a pressão constante para não me deixar atacar num momento de descuido, lembrando-me da passagem "Virando o inimigo" ("Na estratégia em grande escala, sempre se tem a impressão de que o inimigo é forte, daí a tendência à prudência"). Mas que proveito Hennie tiraria dessa passividade? Ou talvez fosse uma tática? Não pensar demais, não me pôr demais na pele do adversário – atacá-lo como a pedra de uma funda. A mesa rangeu, e eu o senti ceder um pouco. Talvez meu ataque tivesse instigado algo nele, porque ele curvou as costas, exercendo uma espécie de contrapressão ofensiva. Começou devagar, mas eu senti a coisa crescer como uma tempestade. Então, ouvi a mim mesmo gemendo com ruídos semelhantes àqueles que vemos nas revistas em quadrinhos, e perdi a "Postura estratégica" ("Não deixe aparecerem rugas na testa ou vincos entre os olhos. Não revire os olhos, não pisque, mas mantenha os olhos entrecerrados"). Aos poucos, como se derretesse, dobrei o braço.

– Ei, Fransje!

Droga, eu não queria desapontá-lo, não a ele, não na minha primeira disputa... Fechei os olhos com força e, das profundezas do meu derrotismo, senti me tomar uma nuvem de sangue e raiva, a mesma que eu havia experimentado quando tentara estrangular o construtor de telhados, uma brasa quente e vermelha por detrás das minhas pálpebras fechadas...

– E... três minutos!

Hennie e eu soltamos as mãos ao mesmo tempo, aquele era o fim do meu primeiro *round*. Toda e qualquer luta em que nenhum dos adversários encosta na mesa tem seu fim depois de três minutos. Na queda de braço, quem ganha dois dos três *rounds* é o vencedor. Para ganhar, é suficiente que sua mão esteja sobre a do adversário. Pelo que eu havia entendido, aquele primeiro confronto entre mim e Hennie tinha terminado empatado, mas, apesar de Joe não deixar transparecer nada, eu sabia que ele havia esperado mais de mim.

– E aí, pronto para outra? – perguntou.

Fiz que sim.

– E você, Hennie?

Hennie agarrou o apoio e plantou o cotovelo sobre a mesa. Sacudi o braço para espantar a moleza e me pus outra vez a postos. Dessa vez, ignorei a "Postura estratégica" e fechei os olhos – tinha a impressão de que, contrariamente ao que Musashi dizia, *olhar* o adversário exigia de mim um grande esforço. Passei logo ao ataque com o "Golpe da pedra de fogo", o que significava atingir o oponente com todos os meios possíveis. Senti as costas e o braço vibrarem com uma descarga de energia, enquanto o fulgor ardente da raiva se espalhava por trás dos meus olhos como tinta na água. Das profundezas do meu ser, soltei um ruído reprimido, dolorido. Soou como o Pá-PUM! e, quando reabri os olhos, vi Hennie torcendo o tronco num ângulo estranho. Minha mão empurrava a dele contra a superfície da mesa. Daquela posição oblíqua, de perdedor, Hennie olhou para mim, imperturbável, com seus olhos de aquarela esmaecida.

– Caramba! – exclamou Joe.

Deixei de fazer força, e o tronco de Hennie saltou de novo para o lugar.

E assim terminou meu segundo *round*. Tinha derrotado nada menos que um homem com no mínimo quarenta quilos a mais do que eu. Joe me deu uns tapas vigorosos nos ombros, de tão feliz que estava.

– Cara, fantástico! Fan-tás-ti-co!

Quando eu ri, Hennie riu também, sem saber o porquê. As nuvens plúmbeas que pairavam sobre minha casa desde a catástrofe dos briquetes de papel cederam lugar à luz e ao céu.

Um terceiro *round* se seguiu, que perdi, porque ainda estava eufórico pela extraordinária vitória anterior. Haveria muitos outros confrontos nas semanas seguintes, em que Hennie recebia dois florins e meio por cada combate, e eu aprendia, cada vez melhor, a "Avaliar o desmoronamento" e a "Liberar as quatro mãos", assim como o princípio que fazia escorrer a adrenalina no sangue só de ouvir o som da palavra: "O esmagamento".

Chegou o outono, estávamos quase às vésperas do torneio e, às vezes, eu me sentia imbatível, outras, pensava que nunca deveríamos ter começado. No final de outubro, viajamos para Liège. A alguns quilômetros de Lomark, durante a viagem, vimos os sinais prenunciadores do que estava por vir. Nos campos, havia homens vestindo coletes reflexivos fluorescentes sobre a roupa normal: os agrimensores. Joe reduziu a velocidade. Os agrimensores gritavam coisas uns aos outros a grandes distâncias, voltando depois a abaixar a cabeça por detrás do teodolito. O terreno estava sendo dividido com linhas invisíveis e, em algum lugar, havia um mapa desdobrado, no qual estava sendo traçado nosso futuro, como o desenho de um vestido numa revista de moda feminina.

– É um processo irrefreável – disse Joe. – Desde que tenho carro, entendo melhor. Aliás, acho que, sem carro, seria impossível compreender. A Holanda entrou numa espécie de processo de aceleração, cada vez mais intenso, como um carrinho que desce uma colina a toda velocidade. Ficar parado equivale a retroceder, esse é o espírito da coisa. As rodovias, a periferia urbana, os distritos industriais estão se espalhando como câncer. Este país só consegue mudar tão rápido porque não reflete, ou reflete muito pouco, sobre si mesmo, ou porque tem uma imagem tão ruim de si próprio que faz de tudo para parecer um pouco diferente, qualquer coisa que isso represente. Uma alma é como uma moeda: com o folclore de um lado, e o oportunismo, do outro. O folclore é o galo de Lomark, o orgulho de um passado imaginário; o oportunismo é o entusiasmo com que aceitamos uma rodovia como a E981, porque pensamos exclusivamente no lucro que ela trará. Ninguém fala a esse respeito, exceto o grupinho de Potijk, mas eles também, afinal, são parte do folclore. Lomark é uma aldeia sem futuro, absolutamente sem futuro.

Era a primeira vez que eu o ouvia falar assim – como se não fosse um de nós. Obviamente, eu odiava tanto quanto ele aquele pássaro raquítico que figura no brasão de Lomark. Aquele galo era o molde com que se fabricava cada um dos lomarqueses, predestinados à debilidade e a um cacarejo sem-fim. Era evidente que o indômito galo havia cantado de covardia, e não de valentia, quando o ataque dos vikings aconteceu. Mas o fato de Joe falar de Lomark com aquele distanciamento me passava uma sensação de desconforto, como se não estivéssemos mais condenados juntos a esta aldeia, rindo com gosto de seu atraso, e como se ele a estivesse criticando do lado de fora, enquanto eu ainda estava dentro da coisa até o pescoço. O que significava que ele não tardaria em olhar também a mim dessa forma...Quanto tempo levaria para ele ver a mim também como um desses casos perdidos, afundado na lama do rio? Por que ele, de uma hora para outra, se comportava como um estranho, quando eu sempre o havia defendido, pelo menos nos meus pensamentos, quando em Lomark falavam com desprezo dos "elementos estranhos", a exemplo dele e de sua família? Vestindo de repente sua "estranheza" como se fosse uma insígnia, ele dava razão àquela mentalidade de *Blut und Boden* que tanto desprezava, segundo a qual os recém-chegados seriam estranhos para sempre, vítimas de desconfiança, ridicularizados em segredo. Não entendia que era uma construção muito frágil e que, com seu comportamento, ele a fragilizava ainda mais? Joe e a família eram os precursores de uma nova era, um ponto de partida para abandonar um ressentimento arraigado e uma história vergonhosa. Ao se colocar daquela maneira acima de nós, acabava dando razão aos habitantes da aldeia. Mas como explicar isso a ele?

Pegamos a rodovia. Eu olhava pela janela lateral. Esse era

o mesmo caminho que eu fazia antigamente com minha mãe para ir ao doutor Meerman. Lembrava-me especialmente da temperatura dos instrumentos de metal com os quais o doutor Meerman me dava umas batidinhas e me apalpava: como se tivessem sido guardados na geladeira só para mim. Do caminho de volta, ficou em minha lembrança o otimismo misturado ao pânico com que minha mãe repetia as palavras do doutor: bola para frente, nunca parar, treinar muito, deixar de cultivar pensamentos negativos – buzinando na minha orelha até o ponto de eu querer me atirar para fora do carro em movimento.

Joe tentou sintonizar os canais pré-programados do rádio, mas sem sucesso, o que não importava muito, pois o zumbido benfazejo do motor era igualmente do meu agrado. Ansiava pelo final do dia, quando, terminada a competição, conheceria meu lugar na hierarquia. Joe trazia a lista impressa dos quarenta competidores mais fortes na categoria peso-pena (uma enorme confusão de nomes, anos de nascimento e quilos), mas naturalmente os que contavam eram apenas os dez primeiros e, desses, sobretudo o número Um. Ainda me lembro bem de quando ouvi seu nome pela primeira vez. Joe o apontou na lista, como se fosse um alvo a conquistar num mapa topográfico militar.

– Islam Mansur – disse. – Esse é o nosso homem, o rei ab-so-lu-to da queda de braço. Mede só um metro e setenta e sete, mas posso garantir que é um verdadeiro monstro. O que você acha, ele pode interessar a Frans, o Braço, nem que seja só como parâmetro?

Então, ambos demos gargalhadas: de Hennie Oosterloo a Big King Mansur! Parecia piada! Não via a hora de vê-lo em ação, esse Islam Mansur, o líbio que derrotava com facilidade os pesos-pesados. No período de treinamento, Joe chegava trazendo sempre informações esparsas sobre ele: segundo se dizia, tinha nascido numa tenda no deserto do Saara, mas o dia e o ano não estavam claros. Havia descoberto a luta de queda de braço na Legião Estrangeira, quando estivera aquartelado por um tempo no Djibuti. Às vezes, nos cafés, chegava a derrotar quatro homens simultaneamente. Havia abandonado a Legião depois de dez anos e tinha começado a praticar halterofilismo na Europa. Continuava a praticar a queda de braço como hobby e, com a mesma desenvoltura, era campeão mundial. Mansur era um herói de seu país, ainda que atualmente estivesse domiciliado em um bairro da periferia de Marselha. Só de ouvir o nome dele, eu me sentia entusiasmado. Obviamente, eu o associava a Musashi: Islam Mansur era o Santo do Braço, que, assim como o Santo da Espada, nunca havia perdido uma luta.

Paramos num posto *Shell*. O Oldsmobile bebia bastante, o que significava que teríamos de ficar parando ainda um monte de vezes para abastecer. Pelo espelho retrovisor, vi Joe enfiar a mangueira na boca do tanque e virar a cabeça para olhar os números dos litros que aumentavam rapidamente no visor da bomba de gasolina. Pouco depois, enfiou a cabeça pela janela do carro.

– Alguma bebida, Fransje? Ou um *kitkat*, algo assim?

Eu o acompanhei com os olhos enquanto caminhava na direção da loja de conveniência. Tive aquela vaga sensação de melancolia que vinha me acometendo nos últimos tempos, uma vontade de chorar, como se tivesse acontecido algo grave. Como agora, quando eu sentia os olhos queimarem à visão de Joe com as calças jeans caídas, um pouco abaixo da cintura. As calças dele eram tão pesadas, por conta de tudo o que levava nos bolsos, que tendiam sempre a cair um pouco, mas, naquele momento específico, quando se abriram as portas automáticas e ele entrou, passando entre os buquês de flores, de um lado, e as garrafas de líquido para limpar para-brisas, do outro, não consegui segurar a comoção. Havia uma conexão com a "Estratégia de se tornar pedra". Estranhamente, desde que tinha conseguido afugentar da mente os "pensamentos sobre PJ", eu me emocionava com mais frequência. Acontecia de eu vivenciar certas coisas como se já não mais existissem, e sentia certa angústia. Mas, no resto do tempo, eu era como uma pedra. Ou tentava ser. O que não era nada fácil.

Joe voltou e entrou no carro.

– Se você tiver que mijar, é só avisar, tá bom?

O motor preguiçoso do Oldsmobile causava uma forte ressonância, que entrava no corpo pelo cóccix e percorria a espinha até o pescoço. Só ao chegarmos a Maastricht é que fomos diminuindo a velocidade novamente, porque ali a rodovia, por algum motivo absurdo, era interrompida por semáforos – depois disso, li numa placa que faltavam apenas vinte e sete quilômetros para Liège. Então, comecei a balançar o pé de um lado para o outro.

– Precisa ir ao banheiro?

Fiz que não. Alguns minutos de silêncio se seguiram.

– Tudo não passa de um jogo, sabe? – disse Joe, finalmente. – Apenas um jogo. Se voltarmos com uma boa história para contar depois, já terá valido mais que a pena.

Então nos entreolhamos sorrindo, como dois velhos que evocam uma lembrança em comum. A única coisa que eu me perguntava era: de que é feita uma boa história? Voltar depois de ter perdido a honra em Liège é que não era. Mas aqui havia algo mais em jogo. Algo a ver com crença, a dúvida se éramos capazes de transformar uma ideia em algo concreto, se éramos escravos ou senhores, até mesmo se estávamos em condições de "lutar pela sobrevivência, descobrir o significado da vida e da morte, aprender o caminho da espada", de acordo com as palavras de Kensei.

Entramos em Liège. Agora eu balançava o pé como um doido. Joe pediu orientação algumas vezes no seu francês escolar e, quanto mais nos aproximávamos, mais meu corpo era sacudido por espasmos nervosos. Estava prestes a acontecer *de verdade* e, por mais vezes que eu perdesse naquele dia, efetivamente me sentaria a uma mesa de metal para medir forças com homens que nunca tinha visto antes. Joe repetiu em voz alta as últimas instruções, e dirigiu o carro – que, em Lomark, era conhecido como "o caixão-móbil de Joe

Speedboat" – pelas ruas sombrias. O caminho estava errado, Joe tentou manter a calma e resmungou: "Três vezes para a esquerda é como virar à direita". Parecia tão nervoso quanto eu. Tudo bem, talvez um pouco menos que eu, mas, sem dúvida, nervoso. Ele tinha apostado muito naquele projeto.

Faltava uma hora para o início do evento quando finalmente encontramos o Café Metrópole, com mesas de bilhar, jogo de dardos, noites de dança e competições de queda de braço. Passamos um bom tempo procurando uma vaga larga o suficiente para o Oldsmobile. No estacionamento, notei vários carros com placas francesas, alemãs e inglesas. De tanta tensão, meu braço esquerdo tinha ficado igual a um pedaço de madeira, enquanto o outro, de vez em quando, se levantava e abaixava de arranco, de modo que parecia que eu estava fazendo a saudação nazista.

Cruzamos a rua, com Joe me empurrando, subimos a calçada e atravessamos a soleira do estabelecimento. Além da porta de entrada, havia um corredor estreito, ao fundo do qual havia uma escada que levava ao segundo andar, e, logo à direita, a porta que dava acesso ao café. Atrás do balcão, um homenzarrão com bigode esfregava o espelho. Joe perguntou pelo caminho, e o homem apontou para o alto. Eu me levantei da charanga e empreendi a subida das escadas. Degrau após degrau, arrastei-me para cima. Joe vinha atrás de mim, com a charanga dobrada na mão. O suor me escorria nas costas quando cheguei lá em cima, as toxinas da cerveja e do tabaco saindo de cada poro. Do vão da escada, subia um cheiro de cigarro mal apagado e de carpete velho.

Eu me vi num corredor mal iluminado com paredes revestidas da madeira marrom. No final do corredor, abriu-se uma porta, e fomos atingidos por uma onda de ruídos. Tilintar de copos, vozes exaltadas e objetos pesados sendo arrastados sobre o chão de madeira.

A sala tinha o teto baixo, muitas cadeiras espalhadas, e havia pelo menos uma centena de pessoas. Sob o teto, pairavam nuvens de fumaça de cigarro. Vi homens com tatuagens e músculos torneados sob regatas perfuradas ou camisetas justas sem mangas. No centro da sala, encontrava-se o altar desse culto marginal: a mesa metálica com os apoios de mão. Joe saiu em busca dos organizadores do evento para nos inscrever. Segurei com força o repouso de braços da cadeira para controlar os espasmos descontrolados que me sacudiam o corpo. Maldito cigarro, maldita cerveja... Não me lembrava de jamais ter tido qualquer vontade própria de chegar até ali. Quando Joe voltou, eu fiz a mímica de quem quer fumar, ele acendeu um cigarro para mim e o pendurou nos meus lábios.

– Sistema de *knock-out* – disse ele, tenso. – Se você perder uma vez, cai fora. Começariam com os pesos-penas, os pesos--pesados viriam logo em seguida. Pouco antes do início, aceitam-se as apostas e, após o sinal "*Ready? Go!*", você começa. Como é que você está se sentindo?

Balancei a cabeça.

– Seu primeiro adversário é... pronto, o nome dele é Gaston Bravo. Ouvi alguém falando que ele é daqui mesmo, razão pela qual não pode deixar a torcida te distrair. Vou te ajudar a subir no banquinho, você só tem que se concentrar na primeira prova. Pá-PUM! Lembra?

Arrancou o cigarro da minha boca e bateu as cinzas no chão. Os garçons andavam de um lado para o outro com as bandejas, um falando mais alto que o outro para se fazerem ouvir, o ambiente lembrava mais o de uma feira. Pouco antes da primeira prova, o barulho se tornou ainda mais ensurdecedor. Depois, dois homens se afastaram do público e foram se sentar à mesa da competição. As apostas engrossaram ainda mais. Os árbitros tomaram cada um seu lugar atrás de seu respectivo lado da mesa e, ao comando "*Ready? Go!*", os dois homens mandaram brasa. A sala era pequena demais para conter o fragor, que explodiu como uma tempestade. Um dos competidores era claramente um halterofilista, o outro, um camponês corpulento com a cara bronzeada que transpirava saúde. Fiquei feliz quando o camponês ganhou o primeiro combate, porque parecia ser o menos forte dos dois, e era do meu interesse que as aparências enganassem.

A facilidade com que venceu causou no halterofilista uma raiva venenosa – a mesma que tomava conta de Dirk quando era contrariado. O segundo *round* durou um pouco mais, mas o camponês saiu vencedor novamente e se classificou para a rodada seguinte. O halterofilista deixou a sala furioso, arrastando atrás de si uma mocinha bonita e frágil.

Faltavam ainda cinco disputas para que chegasse a minha vez. Reparei na cambada de valentões forjados a machado e de aspecto tosco, que – dava para ler isso nos rostos deles – haviam conseguido chegar até ali à força de vexames infligidos aos companheiros de escola e que tinham passado a vida toda oprimindo o próximo, coisa da qual a queda de braço era a expressão literal. Quem perdia abaixava a crista temporariamente, mas era evidente que isso não duraria por muito tempo: na primeira oportunidade, o perdedor já atribuiria o fracasso à má condição física daquela noite ou ao adversário que teria trapaceado e a um árbitro cego como uma toupeira, tudo isso para atenuar seu orgulho ferido. E sua esposa e seus filhos também teriam de se conformar àquela manipulação da realidade para evitar o pior.

Tudo bem, pode até ser que eles não fossem todos assim, mas a metade, sem dúvida, sim. Acompanhei com prazer o fracasso de alguns.

– Você está pronto? – perguntou Joe a certa altura.

Claro, era para isso que estávamos ali – passou pela minha cabeça me retirar ou então me deixar derrotar logo. Joe foi guiando a charanga até a mesa de combate. O barulho arrefeceu, e sentimos pairar a dúvida sobre quem de nós era o lutador. E, se fosse Joe, que raios estaria eu fazendo ali? Quando me icei da charanga e me apoiei no banquinho, um murmúrio se ergueu dos espectadores, que cresceu quando Joe me ajudou a me posicionar sobre ela.

– *Mesdames et Messieurs!* – ribombou a voz do apresentador.
– *François le Bras!*

François le Bras, eu? Só podia ser, já que, em seguida, ele anunciou o outro como Gaston Bravo. Olhei para Joe, que sorriu. Piadinha! Só que meu adversário ainda não havia chegado. Eu o avistei na primeira fileira, sendo empurrado na direção da mesa.

– *Allez, Gaston!*

Fiz uma avaliação rápida: filho de imigrantes, novo demais para já ter trabalhado nas minas. Um homem que, por conseguinte, acabara encontrando outro emprego de baixo nível (depois fiquei sabendo que trabalhava na linha de montagem de uma fábrica de armas em Liège). Era o que se costuma chamar de "homem bonito" (cabelos negros laqueados e grandes olhões sentimentais).

Um dos árbitros foi perguntar quais eram suas intenções. Bravo apontou para mim, gesticulando energicamente. Eu logo entendi: era evidente que ele não queria me ter como adversário. Não queria lutar contra um cadeirante, da mesma forma que os futebolistas não curtem jogar contra um time de mulheres. Procurei Joe com os olhos, e ele me fez sinal de que eu deveria ficar calmo, pois aquela confusão vinha em nosso benefício. Após se fazer rogar por alguns minutos, Bravo se dirigiu à mesa. Sentou-se sem me olhar e plantou o cotovelo dentro do *box*. Eu fiz o mesmo e agarrei a mão dele. Uma mão amedrontada, e fui invadido por uma onda de decepção: estava sentado diante de um sujeito que, pela condição do adversário, não estava levando a sério o combate. Aquilo era penoso e ultrajante. Tinha contado com inúmeras adversidades, mas essa ganhava de todas. Impedi a mim mesmo de buscar apoio psicológico em Joe, pois eu teria de encarar isso sozinho.

– *Ready?... Go!*

Dei duro para me vingar da ofensa. Eu já estava a meio caminho de ganhar quando Bravo pareceu acordar de repente e tentar uma reação, mas já era tarde demais: um a zero. A vaia do público era estrepitosa: todos haviam apostado nele, e agora o exortavam com a fúria dos *traders* numa Bolsa

de Valores. No segundo *round*, Gaston parecia ter a intenção de usar outra abordagem.
— *Ready?... Go!*
E então lá foi ele, com a mão em cima da minha. Não havia dúvida de que ele tinha bíceps impressionantes, suportados por um torso lindamente torneado; fui obrigado a ceder uns dez graus, mas nada além disso. Devagar, sem me deixar abalar e sem dó nem piedade, forcei o braço dele contra a fria superfície da mesa. Mantive a mão dele debaixo da minha por alguns dolorosos instantes antes de soltá-la. *François le Bras* — Bom Rapaz: 2 a 0. Minha primeira vitória oficial, mas não senti nenhuma alegria. Meu oponente não tinha olhado nos meus olhos nem por um segundo, ele não me considerava um ser humano, mas apenas um produto defeituoso, e eu o tinha derrotado com a força do ódio. Acredito que ele não estava nem aí para aquilo, minha pessoa era *hors-concours* para ele.
— *François le Bras!* — exclamou Joe. — Você é um herói! Não deu para ele nem uma chance... Mas o que foi que aconteceu agora?
Desviei o olhar cheio de raiva e frustração. Joe suspirou.
— Você não entendeu porra nenhuma: olha só, ele ganha seu primeiro combate e ainda fica decepcionado pela maneira como ganhou... Fransje, escute bem: a *única razão* de a gente estar aqui é porque você está numa cadeira de rodas, está claro? Sem a charanga, você não teria esse seu braço extraordinário, ou seja, uma coisa é consequência direta da outra, portanto, se um idiota é tão idiota que te faz notar aquilo, não seria novidade para você, seria? Pense na Estratégia! Na hora em que seu adversário se acostuma à ideia de que está enfrentando um cadeirante, já teremos um placar de 1 a 0! Você acabou de mandar para casa um monstro superbombado! Caiu a ficha agora?
Tentei sorrir. Talvez fosse melhor simplesmente aceitar o fato de que, naquele ambiente, eu era considerado uma atração de circo. Talvez isso fosse justamente meu ponto forte, um

mau pedaço que eu tinha de engolir: "Hoje é a vitória sobre o que você era ontem; e amanhã será a sua vitória sobre o que você é hoje" – *Livro dos cinco anéis*. Quando eu acreditaria nessas coisas *de verdade*, em vez de me limitar a brincar com as palavras porque soavam fascinantes?

– Aceita uma cerveja? – perguntou Joe, porque meu braço tinha começado a tremer novamente.

Queria uma cerveja, sim, e voltei a sentir a profundidade insondável daquela amizade.

O segundo combate se daria com o camponês que eu vira em ação antes. Possuía um tipo de força diferente da de Hennie Oosterloo ou de Gaston Bravo: mais coriácea, como se pudesse competir horas a fio sem se cansar, como um burro de carga. Só que – pude constatar com um misto de triunfo e tristeza, porque ele me parecia gente boa – isso não era suficiente. Anulei-o em menos de um minuto. Ele esboçou um sorriso meio tímido, se mexeu um pouco sobre o banquinho até encontrar a melhor posição e apoiou novamente o braço dentro do box para o segundo *round*. Mais uma vez, comecei a dominar desde o início.

"Você deverá aprender o espírito de arrasar o inimigo como se o estivesse esmagando com as mãos."

De novo quebrei sua resistência.

"É essencial anulá-lo sem hesitação."

Ele já estava a três quartos do caminho rumo à derrota.

"Temos de anulá-lo imediatamente, sem escrúpulos e sem lhe permitir recobrar o fôlego."

Nisto consiste a arte de "Esmagar", prescrita por Musashi: "Se o esmagamento for apenas parcial, o inimigo pode voltar a se levantar".

Eu havia esmagado o camponês, mas ele não esboçava nenhum sinal de decepção. Levantou-se do banquinho, deu a volta na mesa e veio apertar minha mão para me parabenizar. Ele suportava a derrota como um santo e, ao me cumprimentar, parecia querer me perdoar pelo fato de eu tê-lo destruído.

Queria pedir-lhe desculpas, ou repetir o confronto e deixá-lo vencer, contanto que me livrasse daquela sensação horrível.

– Caramba, Fransje, você está na semifinal, consegue se dar conta disso?

Quinze minutos depois, o que eu entendi foi o seguinte: que meu próximo adversário era um valão que eu já tinha visto ganhar, um homem com pelo menos um anel de ouro em cada um de seus dedos oleosos, incluindo os polegares. Ele os tirava pouco antes de cada disputa, e voltava a pô-los assim que terminava. Até tinha uma restauração de ouro em um dos dentes incisivos. Parecia ter sido feito exclusivamente de graxa lubrificante e fuligem. Era difícil avaliar sua força assim no olho. Ao sinal de "*Ready!*" dado pelo árbitro, atacamos ao mesmo tempo. Depois de trinta segundos, tive quase certeza de que estávamos adotando a mesma tática. Eu o deixei à vontade, não havia pressa. Pressa você só tem quando está com medo de perder. O homem-graxa-e-fuligem me fitava com os olhos semicerrados. Era uma atitude muito próxima da "Postura estratégica", ainda que espontânea, porque ele não me parecia ser do tipo que estudasse técnicas de combate japonesas. Mantinha tensão constante na sua metade do triângulo formado pelos nossos braços, dando-me a impressão de que estava se contendo. Estava poupando parte de sua força, à espera de usar algum golpe no momento oportuno, e, com a mão por cima da minha, ele já estava em vantagem. Eu tinha de fazer algo para me recuperar.

Fechei os olhos, inclinei a cabeça e senti na mesma hora o poder benfazejo do "Ardor", esse instrumento invisível que potencializa nossa força de maneira explosiva. Consegui endireitar novamente nossas mãos. Mas deveria ter desconfiado na mesma hora de que ele estava cedendo fácil demais, porque, assim que retornamos à posição inicial, ele voltou a atacar. Ele havia esperado pela minha iniciativa para aplicar o *Tai Tai No Sem*, "acompanhar e antecipar". Quando abri os olhos, deparei com seu sorriso dourado e me vi deitado de lado, sem esperança.

Mantenha a calma, eu disse a mim mesmo. Nem tudo está perdido. Inspirei profundamente: ar para dentro, ar para fora. Era um adversário ao qual eu deveria me opor como uma rocha. No começo do segundo *round*, resisti à primeira investida. Ele estava empregando muita mais força que da primeira vez, porque agora estava certo da vitória. De certa maneira, estava se comportando como eu no primeiro confronto, portanto eu estava em posição de prever seus movimentos. Quando ergui o olhar, vi que estava com os olhos fechados, tamanho era o esforço que fazia. Sim, era uma incrível virada do primeiro combate!

Antes de continuar, talvez deva explicar que, quando se luta na queda de braço, sente-se uma constante variação na tensão muscular, desde a mais imperceptível até a mais intensa, e é de suma importância prestar a máxima atenção àquelas variações, perceptíveis como o vento, o qual enfraquece ou fortalece. Escreve Musashi que, nos duelos, é preciso fazer o adversário perder o equilíbrio e tirar proveito do momento em que o ritmo dele quebrar.

Foi um verdadeiro prazer sentir a força do homem-graxa--e-fuligem crescer, ele tinha pressa em me derrotar. Quando chegou ao ápice do esforço, cedi um pouco, bem pouco, alguns graus, apenas o suficiente para operar uma pequena modificação, e aquele foi o instante do "Único momento oportuno": concentrei toda a força no braço e, num único movimento, empurrei o braço dele para o outro lado da posição vertical. Ele bufou, incrédulo, mas, àquela altura, não podia fazer mais nada, e o dorso da mão dele bateu com uma pancada contra a mesa.

A sala explodiu em gritos indignados e, com o canto dos olhos, vi Joe deixando-se cair com alívio contra o encosto da cadeira. O homem-graxa-e-fuligem fez uma careta forçada na direção de seus torcedores, um bando de ciganos cobertos de ouro gritando como vaqueiros que juntam o gado.

Tomamos nossos lugares para o terceiro e decisivo *round*. Olhei para meu adversário de uma espécie de distância interna e vi algo que ainda não vira em nenhum daqueles que eu havia derrotado: humilhação. Era possível perceber, nas narinas e em volta da boca, uns tiques quase imperceptíveis, sinais de orgulho ferido.

Agora eu sabia que ele atacaria com todas as suas forças, tinha de mostrar aos companheiros que o *round* anterior não passava de um mal-entendido e cancelar depressa a derrota com um ataque em grande estilo, logo de primeira.

Foi àquela altura que fiz algo que o deixou desorientado: aproximei a boca do meu próprio bíceps e, com os dentes, puxei a parte superior da manga do suéter até acima do cotovelo. Mordi a manga por quatro vezes para conseguir puxá-la até além do bíceps, depois apoiei o cotovelo dentro do box. Os músculos do rosto dele estavam ainda mais contraídos, o equilíbrio do nosso primeiro *round* o havia abandonado completamente. Era apenas uma casca externa, que não era iluminada do interior. Eu estava presenciando o "Desmoronamento". Tudo pode desmoronar, anotava Kensei em suas últimas semanas de vida. "As casas, os corpos e os inimigos desmoronam quando o seu ritmo é quebrado." Seu conselho, então, quando você percebe que o inimigo está desmoronando, é persegui-lo, sem lhe dar trégua. "Concentre-se no desmoronamento do adversário, depois acosse-o, atacando-o de maneira que ele não consiga mais levantar-se." E ainda acrescenta: "Faça uso de todas as suas forças para acossá-lo. Aqui é imprescindível esmagar o adversário de uma vez por todas, de modo que ele nunca mais possa voltar à sua posição".

Obrigado, Kensei.

Atacamos simultaneamente. Ele enviesou a cabeça, arremessando o tórax furiosamente para frente. Era como a investida de um touro. Cerrei os olhos, o "Ardor" chegou como uma onda de mar escuro, toda ao meu serviço. Eu sabia que se tratava da mesma fúria que acometera um dos meus antepassados, Hend Hermans, antes de o matarem a golpes de pé de cabra. Era um traço familiar, da mesma forma que outros têm os cabelos ruivos ou os dedos curtos, e Dirk e eu representávamos sua expressão máxima.

Passei a mover os braços de um lado para o outro assim como se faz com um carrinho pesado para fazê-lo ultrapassar um pequeno montículo, Pá-PUM!, vai e volta. Passávamos para além do ponto de partida e voltávamos para aquém, como a copa de um choupo à mercê do vento. Brinquei com ele até tomar impulso suficiente para a última investida, e Pum!, ele desmoronou. Como se ele tivesse se quebrado pela metade. Por um triz, não caí do banquinho quando o larguei.

Pela primeira vez naquele dia, senti uma maravilhosa embriaguez. Joe saltou da cadeira e veio me dar um abraço bem apertado.

Eu tinha provado o gosto do sangue.

E agora queria mais. Tinha penetrado o êxtase do cerne da existência humana: luta e triunfo.

"Espetacular, repito: es-pe-ta-cu-lar", não parava de repetir Joe, sacudindo a cabeça em sinal de aprovação, enquanto eu levitava, quente e leve, até o teto. Havíamos chegado à final, os dois melhores...

– Aqui, cara – disse Joe –, outra cerveja, você está tremendo como uma folha.

Pela primeira vez, percebi que apostavam em mim. O dinheiro era trocado e passado rapidamente de mão em mão, e alguém comentou que era uma escolha imbecil, pois eu jamais ganharia do outro finalista: Mehmet Koç, o campeão *par excellence*. Eu já o vira em ação contra um halterofilista negro de Portsmouth e confesso que fiquei assustado. Koç era o tipo de lutador turco com pelos no peito que pareciam querer crescer para cima, como uma barba ao contrário.

– Como você está se sentindo? – perguntou Joe, em voz baixa, mas tenso.

Torci a boca para indicar que eu não estava tão seguro assim da vitória.

O apresentador anunciou o nome de Koç e depois o meu, ouvi gritos tanto de encorajamento quanto de troça. Apesar de os entendidos concordarem que eu não tinha a mais remota chance, é preciso dizer que eu havia conquistado uma espécie de simpatia ambígua junto ao público.

Sobre o resultado do combate, posso, não, na verdade quero, ser breve: aquela espécie de "Hulk" turco me eliminou no espaço de dois *rounds*. Depois de ter se enganado durante a competição inteira, os especialistas haviam acertado. Contra Mehmet Koç, nenhuma estratégia funcionava, pelo simples fato de que ele era forte demais. Eu tinha aproximadamente a resistência de uma bomba de pneu de bicicleta. Mesmo assim, era excitante ser esmagado por um adversário como o turco; ele era como a força e a beleza de uma onda que nos derruba e nos faz dar cambalhotas debaixo d'água, tirando nosso fôlego.

Isso significava que eu deveria ficar mais forte. Treinar sem parar. Não me enfraquecer. Seja como for, havia ganhado meu primeiro segundo prêmio. Após trocar o dinheiro na fronteira, Joe se pôs a dividir o butim com um sorriso de quem ganhara num cassino. Vinte e cinco mil florins divididos por dois: eu nunca tivera tanto dinheiro na vida.

Quando chegamos em casa, minha maquinaria de briquetes havia desaparecido, sem deixar rastros; as manchas escuras nos azulejos onde a lavadora e a prensa haviam estado. Até mesmo o cavalete para secagem junto à parede de casa, tudo havia sido retirado. Sem qualquer aviso. Ótimo. Sem problemas. Nem quero falar mais disso.

A dor lancinante que acometeu meu antebraço um dia e meio após o torneio era uma inflamação muscular normal que desapareceria em alguns dias; mais séria e lenta de curar era a tendinite no bíceps. Estava de molho em casa, incapaz de me mexer. Qualquer esforço provocava pontadas comparáveis àquelas que os adolescentes sentem ao crescer, durante a puberdade.

– Coisa boa não é – diagnosticou minha mãe. – Olha só o seu estado!

Deixei-a mais preocupada ao depositar sobre a mesa dez notas de cem.

– O que isso significa? – indagou em tom grave. – Eu não quero o seu dinheiro. Você é meu filho, eu jamais...

Bati o punho na mesa e depois escrevi: ACEITE. NÃO SÃO NADA.

– Nada? São mil florins! Vou depositá-los na sua caderneta de poupança, senão só Deus sabe onde vão parar.

MÃE, SÃO PARA VOCÊ. ESSA É A MINHA VONTADE.
Olhou-me demoradamente, eu também a olhei, com um ar suplicante misturado com uma raiva estranha. No final, aceitou, dobrou as notas uma a uma, formando um pacote, e disse que esperava não ser "dinheiro sujo". Colocou o pacote no bolso do avental.

Na hora do almoço, Joe apareceu para ver como eu estava. Massageou-me o braço e aplicou uma camada de bálsamo. Depois, após encher o pote de mostarda com cigarros, retornou ao trabalho.

Sol e nuvens se alternavam numa sequência altamente instável, de maneira que, em alguns momentos, a casa ficava na penumbra, em outros, iluminada pelo sol. Um fenômeno que me deixava meio deprimido desde criança. Às cinco e quinze, Joe voltou.

– Rapaz, que clima de velório! Aposto que hoje você não colocou o nariz para fora de casa.

Pouco depois, estava me empurrando ao longo do dique. O céu tinha o mesmo tom cinza dos telhados, e as nuvens pesadas apagavam a luz sobre as várzeas. No horizonte, ainda era possível ver uma última fresta de branco pálido. Uma revoada de estorninhos procurava refúgio, as gaivotas brigavam por sobre os campos escuros e, ao longe, dançavam véus cinzentos de chuva. A perspectiva de mais um inverno me deprimia.

Foi só após doze dias de repouso que pude retomar o treino, mas apenas de leve. Foi uma liberação: o uso intensivo dos músculos se tornara indispensável para vencer a escuridão interior. Os halteres, a entrada em cena daquela alma neutra de Hennie Oosterloo, o torneio de Liège, tudo isso havia despertado, como por mágica, o homem de atitude que havia em mim. Exercitar meu sistema motor até extenuá-lo exercia um efeito libertador sobre meu espírito, graças à produção de endorfina. Essa foi minha primeira conclusão acerca da luta de queda de braço. A segunda foi a descoberta de que dentro de mim queimava o fogo ardente da ambição. Não tinha nada a ver com a filosofia de Kensei; era raiva e sede de sangue, e só agora entendia por que alguns esportes são massacres simbólicos.

Continuava quebrando a cabeça, perguntando-me como poderia derrotar colossos como Mehmet Koç. Como remover um monte com pá e escova? Questões desse tipo.

Eu via uma única solução: as injeções. Embora eu já tivesse sugerido isso a Joe, ele nunca se movimentara no sentido de integrar ao programa de treinamento essa espécie de remédios para cavalos. "Se treinando por alguns meses, você chega ao nível de Liège", disse Joe, "é porque ainda está bem longe do limite de suas potencialidades naturais". O que fizemos foi aumentar a quantidade de suplementos proteicos e o número de exercícios musculares. Ganhei dele um pote enorme de creatina, uma espécie de fortalecedor dos músculos bastante controverso feito de origem animal. "Presente de aniversário adiantado", disse ele.

Dizem que a prática intensa de esporte aumenta o nível de testosterona no sangue. Não sei se era por isso que, naquela época, eu sonhava tanto com PJ, sonhos pornô, mas em que jamais transávamos. Seria possível sonhar com penetração sem nunca tê-la vivido antes? Daqueles sonhos, eu me lembro de cenas violentas, extenuantes, entre mim e outros homens, antes de ela e eu nos tocarmos. Aquele toque me provocava sentimentos tão extáticos que eu tinha certeza de que não podiam existir. Naqueles momentos, o corpo dela (pouco nítido) se retorcia de modo que eu não conseguia ver a boceta. Esse era o truque com o qual meu raciocínio onírico camuflava minha carência de conhecimentos anatômicos.

Mas a verdadeira peculiaridade desses sonhos era esta: que eu andava ereto, corria e pulava. E, quando eu fazia amor com ela, era com a plenitude do corpo.

Foi Joe que, certo dia, veio com a história de que PJ estaria na casa dos pais e de que ela "não estava bem". O que equivale a dizer que andava apanhando do Namoradinho Escritor. Este, num ataque psicótico de raiva, havia destruído completamente a casa, o jardim e a cozinha, assim como o "altar da sua amada". Já fazia dias que PJ estava em Lomark, trancada na casa dos pais. Eu enxerguei uma ligação inquietante entre a violência contida nos meus sonhos e o Namoradinho Escritor de mão pesada.

Joe e eu fomos até Acácia, o florista da Rua Larga, pedimos um buquê de flores vermelhas e brancas, a ser entregue na Casa Branca.

– É mais a temporada dos tons outonais – ponderou o idiota do vendedor.

Fizemos de conta que não ouvimos.

– Querem escrever alguma mensagem para o destinatário?

Joe olhou para mim.

– O escritor aqui é você.

O vendedor me passou o cartão dobrado e com um furinho em cima. Escrevi:

ESTAMOS AQUI.
SEUS AMIGOS
JOE E FRANSJE

– Que diabo de mensagem é essa? – perguntou Joe. – Não temos que acrescentar algo do tipo "melhoras"?

Fiz que não. Tinha confiança absoluta na capacidade de PJ em decodificar a mensagem: ela leria que estávamos lá para quando precisasse de nós e que pensávamos nela sem importuná-la com nossa presença física. Ponto final.

O primeiro torneio que se seguiu, em um bairro da periferia de Viena, foi um fiasco. Não vou entrar em detalhes porque isso não passou de um episódio isolado, uma queda momentânea num gráfico de resto ascendente. E não vale a pena encher as pessoas de tédio com esse tipo de coisa, na minha opinião. Foi uma derrota paradoxal, porque eu estava justamente num período de crescimento muscular exponencial, que, no longo prazo, iria se transformar em maior força, embora, nesse ínterim, causasse brusca diminuição de potência. Por essa razão é que fui derrotado em Viena. Em compensação, pela primeira vez, saiu uma foto minha no jornal. Notava-se sobretudo o braço, com as veias inchadas, os grupos de músculos maravilhosamente torneados. Sobre o braço, surge uma cabecinha, que parece a ponto de explodir. Até o dia em que a foto passou a circular, embora em âmbito restrito, graças a Joe, que havia comprado uma pilha do *Wiener Zeitung*, praticamente ninguém em Lomark sabia com o que nós dois estávamos envolvidos. Quando descobriram, foram todos tomados por uma curiosidade desmesurada por aquela coisa fora do comum. Joe se tornou o herói do dia na cantina da Asfalto Belém. Foi logo organizando uma competição entre um dos operadores e Graad Huisman. Ganhou Huisman, que, logo em seguida, começou a chorar por causa do câncer no joelho.

Na pausa para o café, minha mãe contou que as pessoas a abordavam para saber mais: queriam saber se era verdade que eu derrotava homens que tinham o dobro do meu peso e que também havia ganhado num torneio na Antuérpia. No Bar do Sol, onde não tinham esquecido o incidente com o colocador de telhas, fofocava-se que eu não poderia ter ficado tão forte sem recorrer a "certas ajudas". Então, percebi que, agora, as pessoas haviam passado a me olhar diferente – ou melhor, que *olhavam* para mim. Era muito estimulante.

Passei a cheirar de maneira diferente nessa época. Não sei se era só uma questão de suor ou outra coisa, sei lá, se dá para sentir o cheiro da testosterona, mas o fato é que a primeira coisa que tanto Joe quanto a mãe faziam assim que entravam na minha casa era abrir a janela. Joe me comprou um desodorante *roll-on*, um 8x4 da marca Beiersdorf, que, até hoje, se vê ainda intacto sobre uma prateleira da cozinha, como mais uma das incontáveis lembranças que guardo dele.

Eu continuava passando todos os dias na frente da casa

da família Eilander, no caminho de volta da minha rota de treinamento até Westerveld. De fato, eu passava pela casa a uma velocidade tão grande que mal tinha tempo de espiar para dentro através das janelas. Às vezes, quando Joe me dizia que PJ estava em casa, eu não olhava mesmo. Esperava que ela me visse, saísse para a rua e gritasse meu nome, convidando-me para entrar naquela casa misteriosa, cujo interior eu nunca tinha visto. Eu queria que ela me desse cerveja como naquela tarde de verão me dera o rosé, que dissesse coisas inteligentes e que compartilhasse detalhes excitantes sobre o ambiente dos escritores, que agora ela conhecia de perto. E, quando me perguntasse aonde eu já havia chegado com meu texto, eu lhe diria que tinha parado de escrever, o que não era mentira: eu não estava mais escrevendo.

Eu tinha passado anos a fio registrando minha visão pessoal de Lomark, e depois, um belo dia, tudo acabou. Explicaria isso a ela com a romântica firmeza de um artista que não se considera preso ao próprio talento, mas que sabe que poderia desfazer-se dele como de um par de tênis usados. Da maneira mais desenvolta possível, faria com que reparasse no meu braço de lutador, e ela entenderia que eu me transformara num homem de atitude. Uma nova época havia começado, e o que se exigia de mim já não era mais o mesmo. Além disso, escrever não seria uma atividade pouco masculina? Em comparação, a queda de braço não era, de longe, superior? Sem dúvida, ela entenderia. Ela mostraria admiração pelo meu ponto de vista e pensaria no Namoradinho Escritor, que eu imaginava como um parasita, alguém profundamente neurótico e de constituição frágil. Eu sairia bem daquele confronto. E depois nós teríamos – teríamos...

Não digo que a "Estratégia de se tornar pedra" sempre funcionasse.

Não voltamos a ouvir mais nada sobre a suposta surra de PJ, tudo ficou mesmo apenas como um boato infundado. Joe afirmava ter visto dois hematomas, um perto da orelha e outro acima do olho, que, passada a fase aguda, estavam já se tornando sombras de um amarelo-pálido. Ela própria não dissera nada a respeito.

Após um tempo, ficou evidente que não se havia tratado de um incidente isolado: PJ tornou a voltar para casa machucada. Entendemos que ela se negava a dar queixa na polícia. É verdade que a lei proíbe maus-tratos de meninas com cachos e um rosto largo e maravilhoso, mas, sem boletim de ocorrência, não se pode fazer nada. A Casa Branca, então, se converteu no seu centro de reabilitação. Dessa vez, Joe e eu lhe mandamos um cartão de melhoras engraçado, com um cachorrinho com o rabo enfaixado.

E ela respondeu... batendo à porta de minha casa numa manhã de sábado chuvosa e cinzenta.

– Espero que eu não esteja atrapalhando, Fransje. Regina me disse que o Joe talvez estivesse aqui.

Mas talvez ele estivesse na fazenda de Rinus, a Esponja. Tinha comprado da Asfalto Belém uma velha escavadeira e a estava arrumando. Ele queria participar de uma espécie de competição, mais que isso eu não sabia. Fiz um gesto a PJ para que viesse se sentar à minha frente. Foi então que notei que seu lábio inferior estava rachado pela metade. Dois grampos mantinham a ferida fechada e, no queixo, havia um calombo vermelho e deformante. Meus olhos se encheram de lágrimas de raiva, mas PJ apenas balançou a cabeça.

– É menos ruim do que parece. Adorei o cartão que vocês mandaram, muito fofo. Mas, Fransje, como é que você está? Ouço falar um monte de coisas sobre você, que está participando de competições com o braço...

QUEDA DE BRAÇO, escrevi. Sobre a mesa, estavam os apoios e os quadrados traçados com o giz. Tomei posição e lhe pedi que fizesse o mesmo. Ela pôs o braço em frente ao meu, dentro do perímetro de giz, que estava borrado, e nossas mãos se encaixaram.

– E agora?

Eu pressionei um pouco, e ela fez contrapressão.

– Só isso?

Fiz que sim e a soltei. Só isso.
– Não é verdade, continua! Quero ver quão forte você é.
Ela riu e fez uma careta de dor, por conta do lábio rachado. Apoiei de novo meu braço dentro do *box* e a puxei contra a mesa, controlando perfeitamente minha força, como se a estivesse pousando delicadamente sobre uma cama.
– Não consigo opor a menor resistência! – exclamou PJ, surpresa. Não é à toa que você é um campeão.
TORNEIO EM ROSTOCK NA SEMANA QUE VEM, escrevi. VENHA COM A GENTE
– Rostock? Onde fica?
MECLEMBURGO-POMERÂNIA ORIENTAL, ÀS MARGENS DO MAR BÁLTICO
O prêmio em dinheiro era alto, e se dizia que até mesmo Islam Mansur iria participar.
– Joe e você vão viajar para lá? Então, eu talvez vá também. Por enquanto, só quero mesmo é ficar longe de Amsterdã.
Voltou a sorrir, agora com mais cautela.

Foi assim que, numa sexta-feira pela manhã, Joe e eu fomos buscá-la na Casa Branca. O lábio superior estava menos inchado, e os grampos haviam sido retirados. Trazia uma bolsa a tiracolo marrom, frouxa. Viajava com pouca bagagem, considerando que se tratava de uma mulher. Joe abriu uma das portas traseiras, ela entrou e me deu bom dia. Kathleen Eilander saiu de casa vestindo um penhoar que brilhava de tão puído, mas, mesmo naqueles trapos, ainda era atraente, seus seios só um pouco caídos.
– Cuide bem da minha filhota, Joe – pediu, com aquele sotaque estranho dela –, pois eu não tenho outra.
Talvez Kathleen Eilander tenha percebido que eu a estava observando através da janela do carro, porque, de repente, cruzou os braços, como se estivesse com frio. Eu a tinha observado a fim de juntar material para fantasias masturbatórias futuras e desviei meu olhar rapidamente. Ela nos acompanhou com os olhos, sem acenar.

Nas primeiras horas, reinou silêncio dentro do carro. Não entendi se aquilo se tratava de um silêncio constrangedor ou não.

– Estou com fome! – exclamou Joe, um bom tempo após termos cruzado a fronteira alemã.

Paramos num posto de gasolina. Uma servente lavava o chão dos banheiros; do lado de fora, o trânsito zumbia ritmicamente a cada irregularidade do asfalto.

– Pedi salada de batata e salsicha com molho de curry para você também – disse Joe, quando me sentei ao lado deles. – É imprescindível que você se alimente bem.

Meu olhar deslizou na direção da geladeira com as portas de vidro do lado de dentro do balcão.

– A cerveja está chegando.

À mesa ao lado da nossa, sentou-se um cara que, depois de comer, pôs-se a limpar os talheres com o guardanapo. PJ estava de humor taciturno naquele dia, e não havia jeito de tirá-la de seu silêncio. Joe se levantou da mesa e entrou na loja de conveniências do posto. Voltou com um mapa rodoviário Falk da Alemanha, desdobrou-o em cima da mesa e traçou com o dedo o que seria nosso roteiro.

– Olha, Fransje, a aldeia de Lilienthal, aqui, perto de Bremen. Você se lembra de Lilienthal?

Claro que eu me lembrava: Otto Lilienthal, o engenheiro que, no século XIX, conseguiu voar alguns metros com asas fixadas nas costas. O indicador de Joe continuou pela E37, que em Bremen desembocava na E22A, até Hamburgo e daí até Lübeck. O Mar Báltico! De lá, apenas um trecho de estrada ao longo da costa, passando por Wismar e, depois, Rostock.

Chegamos à zona portuária de Rostock no finalzinho da tarde. Estava escurecendo. Viam-se grandes navios, palácios esplendorosos prestes a zarpar na direção de Calingrado, Helsinki ou Talin. Passamos na frente de supermercados onde passageiros escandinavos açambarcavam álcool e cigarros. Joe pegou um caminho pelo cais, ultrapassando uma barreira de troncos de pinheiros dos quais pingavam lágrimas de resina. Um cheiro que deixava qualquer um atordoado. Nos fundos do cais, na luz deslumbrante dos holofotes, estava sendo descarregado um barco cheio de sucata metálica. Uma pá mecânica abocanhava os resíduos do mundo altamente industrializado. Da estiva, saía sucata prensada de carros, geladeiras, calotas e outros objetos de uso comum, já obsoletos. Todo aquele ferro-velho era içado e, depois de ficar suspenso no ar por alguns instantes, era jogado sobre uma montanha apocalíptica de sucata.

– Repare agora onde vai parar todo esse movimento – disse Joe.

Ouvimos um ruído às nossas costas. PJ havia acordado, sua cabeça surgindo por entre as cadeiras.

– Onde é que a gente está? – perguntou com voz de sono.
– Uau, que incrível!

Ficamos contemplando aquela cena, fantasiando sobre o fim do mundo, sobre o dia do juízo final, que, sem que percebêssemos, havia começado nos bastidores, enquanto o desperdício consumista continuava, como se ninguém se desse conta disso. Joe nos havia falado da entropia e da lei da perda irreversível. Recuou um pouco com o carro até quase encostar na mureta dos pinheiros, de onde pudéssemos visualizar o passo seguinte na evolução da sucata. De um guindaste, um ímã das dimensões de um Mini Cooper selecionava os restos de metal e os carregava numa série de caminhões: no momento em que o maquinista do guindaste desfazia o campo magnético, o metal caía na caçamba com um barulho tremendo.

No estacionamento à nossa direita, havia um Trabant solitário com um anúncio escrito à mão: "ZUM VERKAUF", à venda. O apito oco de uma sirene anunciou por três vezes a partida de um navio. Prosseguimos lentamente nosso tour pela área portuária, caminhões estavam alinhados em amplos estacionamentos. Ao longo de alguns dos cais, as silhuetas de dezenas de guindastes articulados se destacavam contra um céu artificialmente iluminado. Quando paramos por alguns instantes e Joe desligou o motor do carro, ouvi o zumbido indiferente dos motores a diesel e dos geradores. Fomos tomados pela transfiguração que se sente diante de algo grandioso e irredutível. PJ se inclinou para a frente.

– Estou feliz de estar com vocês – disse. – Só queria que vocês soubessem.

Olhei para a frente e vi que as águas negras brilhavam como óleo. Joe deu a partida.

– Vamos procurar esse restaurante do porto.

Procuramos o local entre galpões, uma central de energia e o maior número de postos de gasolina que já tínhamos visto. Sem maiores dificuldades, encontramos a *Ost-West-Strasse*, que, de fato, era a rua principal daquela parte do porto, onde também se encontrava o *Hafenrestaurant*: os nomes ali não atendiam a outro objetivo senão indicar as funções de lugares e objetos. O *Hafenrestaurant* era uma construção baixa e quadrada de um só andar. MITTAGESSEN AB 2,50, lia-se na janela, onde se destacava uma publicidade luminosa da Rostocker Pils. Sim, aceito!

Do lado de dentro, sob o teto pré-fabricado e as luzes das lâmpadas fluorescentes, vimos duas mesas de competição e uma pequena multidão de homens. Praticamente não havia mulheres, de maneira que a atenção de todos confluiu, em ondas agressivas e descontroladas, na direção de PJ. Qualquer homem, ou quase qualquer homem, enviaria sinais de desejo à vista de uma mulher como ela, mas no *Hafenrestaurant* a situação era um pouco mais grave: tratava-se de um lugar onde o público feminino era escasso, frequentado principalmente por caminhoneiros e marinheiros. Ainda assim, não acho que PJ tenha se assustado com toda aquela turbulência hormonal que sua presença estava causando.

Nos primeiros dez minutos, após ter descoberto que Islam Mansur não compareceria, fiquei de péssimo humor. Queria ter visto o Santo do Braço de Ferro em ação, para ter uma ideia de sua estratégia. Em compensação, havia asiáticos, negros e uma infinidade de rostos balcânicos, durões, mas também alguns franzinos, que faziam você se perguntar como sobreviveriam ao extenuante regime de trabalho do porto ou de um navio. Joe e eu sabíamos que éramos testemunhas de algo especial, um lugar na periferia do mundo lotado de homens oriundos de todos os continentes que passavam a vida em constante movimento para ganhar algum dinheiro. PJ se ofereceu para ir pedir as bebidas, mas Joe disse: "Deixa que eu vou", para não exacerbar ainda mais o clima de excitação animalesca. Ele trouxe para mim uma Rostocker Pils, já com canudinho. Havíamos viajado por quase nove horas, PJ tinha conseguido dormir, mas nós, não. Uma espécie de euforia carregada de expectativas nos mantinha acordados.

Quando me posicionei à mesa pela primeira vez, já eram oito e meia da noite. Já me acostumara a ser o centro das atenções por alguns minutos, de maneira que isso não atrapalhava minha concentração. Mas o ideal seria nem ver o meu oponente, enfrentá-lo de olhos vendados, porque cada expectativa e cada pensamento em relação a ele só faziam distrair-me da Estratégia.

Meu primeiro adversário parecia estar ali por conta de uma aposta ou de uma brincadeira que acabara mal. Não que eu queira parecer arrogante, mas logo o destruí. Senti um enorme prazer ouvindo PJ me aplaudir, encantada. E isso é só o início! Eu disse a mim mesmo. Joe me ajudou a descer do banquinho e me instalar na charanga, postamo-nos afastados da ação, perto da entrada, entre plantas amarelas e moribundas. Pela primeira vez naquele dia, PJ emergiu de sua concha de silêncio.

– Que braço esse seu! Parece uma coxa, dá até medo de ver... Sem falar nas veias!

Joe assentiu, todo satisfeito.

– Pois é, é quase uma coxa mesmo. Se você soubesse quantos meses de trabalho ele levou para ficar assim...

Abri um sorriso amplo e constrangido e sorvi cerveja pelo canudinho. Decidi dedicar a PJ todas as minhas lutas daquele dia. Eu esmagaria todos, e não sobraria ninguém para contar história.

Enquanto isso, nas duas mesas, os combates se sucediam uns aos outros: pesos-pena de um lado, pesos-pesados do outro. Os gritos loucos pedindo sangue em vários idiomas calavam todo e qualquer pensamento. Joe tentou apontar para mim meu próximo adversário, um russo que surgia por trás da multidão de corpos que se mexiam ao ritmo da luta. No final, consegui enfocá-lo por inteiro, Vitali Nazarovitch, pele pálida e olhos de um azul sem vida. Debaixo da camiseta, escondia um tórax daqueles que aparecem nos comerciais da Calvin Klein. Fiz exercícios de rolamento do pulso. A flexibilidade dá vida às mãos, diz Musashi.

Pouco tempo depois, reparei nos músculos da nuca de Vitali Nazarovitch, que sobressaíam como raízes de árvore. Acho que o que eu adorava na queda de braço era aquela imbecilidade alegre. Não havia nenhuma intenção ou mensagem oculta. Nenhuma troca de palavras; apenas um profundo contato primário. Vitali Nazarovitch tinha criado músculos trabalhando, diferentemente dos demais, que apresentavam músculos esculpidos em academia, do tipo que explodiria sob um sobrepeso.

Agora a questão era saber quem ganharia a primeira disputa. Usamos integralmente os três minutos à disposição e terminamos empatados. Durante a pausa, vi Nazarovitch olhar para PJ. Não de forma dissimulada, ou fazendo deslizar o olhar fingindo casualidade, não, mas abertamente, seguro de si. Não ousei olhar se ela retribuía.

Até então, o russo e eu havíamos mantido um ritmo regular. Dessa vez, não. Antes do esforço final, uma luz intensa iluminou minha mente, como um relâmpago. Saí da minha posição com tanto furor que, por alguns segundos, tive medo de dilacerar algum ligamento. O russo gemeu quando caiu sobre a mesa. Viva a creatina! Joe levantou o polegar em sinal de aprovação. O russo balançou a cabeça na direção de dois de seus companheiros. Eu queria que ele passasse a noite se revirando no catre, refletindo sobre uma completa derrota que não compreendia e que lhe tiraria até a vontade de bater punheta. Reviveria em seus sonhos seus medos infantis e, no dia seguinte, estaria cansado e irritadiço.

No início do terceiro *round*, Vitali Nazarovitch cerrou a mandíbula com uma expressão agressiva, mas eu já tinha medido suas forças e sabia que ele não podia mais me derrotar. O máximo que conseguiria seria um empate. Foi ciente disso que me lancei ao ataque.

"... com a mente serena, lance o ataque contra o adversário com a intenção de destruí-lo. O espírito é derrotar o inimigo numa vitória arrasadora. Todas essas técnicas são *Ken no sen*."

Foi assim que o terceiro *round* chegou ao fim. O russo já podia voltar para seu navio de carga imundo. Não se esqueceria de mim.

– Você se atirou demais para a frente – disse Joe. – Nunca tinha visto você tão projetado. Dessa vez funcionou, mas cuidado para não sair do box e perder o equilíbrio.

Meu terceiro adversário era um caminhoneiro tcheco com tamancos de couro. Tinha um bafo de onça, cheirava a água parada de vaso de flores, o que não seria tão grave se ele não tivesse o hábito de expirar e bufar durante o combate. Um alemão atrás de mim comentou que eu tinha "o físico de uma criança, mas o braço de um peso-pesado". Essa definição, eu até encarava sem maiores problemas.

O tcheco saiu derrotado em dois *rounds*.

À minha volta, crescia aquele tipo de admiração que é fruto de incredulidade e respeito. Um dos pesos-pesados, um gigante de cento e vinte quilos, veio espontaneamente me estender a mão, sem dizer uma palavra. Disse algo para Joe, que nos soou como polonês.

– Imagino que tenha sido um elogio – disse PJ, quando o sujeito se afastou. – Não estava com cara de bravo.

De repente nos sentimos bastante deslocados dentro do *Hafenrestaurant* de Rostock, em meio àquela turba de marginais que vinham de um mundo que, por ser mais duro, parecia mais real que o nosso. Trocamos um sorriso de encorajamento e decidimos que nos lembraríamos de cada detalhe daquela noite.

As lutas continuavam animadíssimas, e o ar estava cada vez mais impregnado de alho e bafo de cerveja. Joe foi comprar três cachorros-quentes, duas canecas de cerveja, além de uma garrafa de Rostocker para mim. Sempre preferia as garrafas, quando era possível. À exceção de minha mãe, ninguém conhecia tão bem meu manual de instruções quanto Joe. Raramente, ele precisava me fazer alguma pergunta, e a maior parte do que sabia sobre mim era fruto de seu olho atento. Era assim desde a época em que ele havia explodido a subestação que fornecia eletricidade à festa de verão: se Fransje não podia participar da festa, ninguém mais podia.

Em Rostock, eu inspirava mais confiança que em Liège, onde só alguns gatos-pingados haviam apostado em mim. Aqui as coisas andavam bem melhor: o dinheiro passava rapidamente de mão em mão sempre que anunciavam o nome com o qual me haviam apelidado ali: "*das Ungeheuer*", a Criatura. Era o penúltimo combate: se eu ganhasse, iria para a final.

Eu me vi sentado diante de um estoico. Estoicos eram o gênero de adversários que eu mais temia. "Se você pensar: 'Aqui está um mestre do Caminho que conhece os princípios da estratégia', pode ter certeza de que perderá."

Era um asiático todo quadrado, não exatamente alto, mas com ombros impressionantes. É compreensível que eu estivesse na defensiva, porque tomava como certo que os asiáticos estavam, por natureza, mais próximos da Estratégia do samurai que nós.

Tinha um punho de ferro, mas eu consegui atacar apenas um instante antes dele, e me encontrei com minha mão em cima da do sujeito. Ele respondeu com um contra-ataque fulminante que me deixou completamente desorientado. Ele puxava com toda a força que tinha, gemendo, como se estivesse cagando pedras.

– Isso mesmo, Fransje! – gritava PJ, com a tensão transparecendo em sua voz.

Mas não havia mais volta, e eu estava caminhando irremediavelmente rumo ao precipício. Meu adversário havia usado apenas o "Golpe da pedra de fogo": socar o máximo possível, na esperança de uma vitória rápida – que ele de fato estava obtendo. Até que aconteceu um milagre, nada mais, nada menos: um tremor violento que passou do braço dele ao meu. O asiático soltou um grito agudo, relaxando de repente todos os músculos, de maneira que saltamos para o ponto de partida. Arrancou a mão da minha, enquanto, com a outra, agarrava o próprio antebraço, soltando gemidos de dor diferentes daqueles que costumamos soltar, uma espécie de gemido agudo e prolongado, como os *ninjas* fazem nos desenhos animados. Joe veio correndo na minha direção. "O que aconteceu?!", perguntou. Ao cabo de alguns minutos, minhas suspeitas se haviam confirmado: o asiático, pela força empregada no ataque, havia dilacerado um tendão no antebraço.

Salvo por um triz.

– Mais sorte que isso, impossível, cara! – soltou Joe.

– Não aguentava mais – disse PJ, dando-me um beliscão no ombro bom. – O sujeito tinha uma cara de tão… de tão malvado, como se para ele não houvesse diferença entre derrotar alguém na queda de braço e assassiná-lo.

A final seria entre um tal de Horst, sobrenome desconhecido, mas antes assistimos às semifinais dos pesos-pesados e pudemos observar o polonês que me dera um aperto de mãos arrasar seu adversário sem pena nem dó. Grande prova de força, machos-alfa em sua melhor forma. Contrariava-me um pouco o fato de que minha vez chegaria depois deles. O público ia ali para se divertir, para passar algumas horas sem pensar em nada. Foi por isso que, quando chegou minha hora, pela primeira vez na vida, acentuei deliberadamente minha deficiência. Horst, que, com sua barba loira, parecia

um viking, ficou um pouco desconcertado por ter diante de si uma espécie de Quasímodo. E o público fez o que tinha de fazer: ficou do meu lado. Olhei à minha volta. O ambiente estava carregado, poderia explodir a qualquer instante. Um baixinho se pôs a gritar na minha direção, cuspindo saliva para tudo que é lado. Horst tomou posição. Minha mão desapareceu dentro da sua.
– *Ready?... Go!*
Horst começou a empurrar minha mão sem piscar para além do limite dos quarenta e cinco graus. Um limiar crítico. PJ soltou um gritinho abafado. Tentei com todas as forças sair daquela posição. Recorri a reservas que eu ignorava ter e forcei até voltar quase ao ponto de partida, ao que Horst respondeu simplesmente com um segundo ataque. Não saí mais da defesa, mas, embora tivesse ganhado o *round*, Horst parecia insatisfeito por não ter conseguido forçar o dorso da minha mão até encostá-lo na superfície da mesa.

Mexi o pulso para deixá-lo mais flexível. Rigidez era equivalente a uma mão morta. Então, recomeçamos.

– Pá-PUM! – gritou Joe.

"Você ataca com um movimento velocíssimo, berrando, enquanto cobre o inimigo de insultos."

Venha! Seu loirinho de merda! Vamos! Meu ataque se entrechocou com o seu. Porco nazista! Dei-me conta de que não havia outra possibilidade senão dobrar o pulso dele e, para isso, seria necessário atraí-lo um pouco para o meu lado, porque, do contrário, não teria como passar além do ponto de partida. A flexibilidade equivale a uma mão viva. Olhei para Joe, que consultou rapidamente o cronômetro.

– Trinta segundos!

Trinta segundos. *Fuck you, Kartoffelsalat.*

– Quinze!

Havia conseguido, com grande lentidão, trazê-lo um pouco para o meu lado e, de acordo com a estratégia "Avaliar o momento", tinha de finalizar meu ataque agora. Apesar de a mão dele ser maior, a minha era mais forte, porque todas as minhas realizações físicas na vida eram fruto da força da minha mão. Fiz tanto esforço com o pulso que meus dentes rangiam, mas consegui dobrar o pulso dele para trás. Exatamente naquele instante, o assobio dos árbitros decretou o fim do *round*, e me atribuíram a vitória por unanimidade. Havia vencido graças a um artifício. Era minha vitória mais estratégica até então.

O último *round*. O braço ainda funcionava, sem câimbras nem acidez muscular, e eu me sentia capaz de dobrar seu moral. Horst Worst começou o terceiro *round* com má vontade, embora conseguisse disfarçar muito bem. Esperava me derrubar em dois *rounds* e, em vez disso, se encontrava numa situação de empate. E com um adversário que tinha sua musa entre o público (Você está me vendo, PJ? Será que você me admira?).

Ok, Horst Wessel, essa não vai demorar muito. Vou quebrar essa sua cara cheia de espinhas, com essa barba de viadinho. Está doendo? Frans, o Braço, está chamando. Você está pronto para o aniquilamento total? Você não vai sofrer muito. Aqui vem ele: em nome do Pai... do Filho... e do Espírito Santo...

Horst cedeu, mas não totalmente. Minha vontade era arrasá-lo por completo, o que me fez refletir sobre "Os três gritos": "Grite de acordo com o que a situação exige. A voz é uma manifestação de vida. Gritamos contra o fogo, por exemplo, contra o vento e contra as ondas. A voz é uma demonstração de energia".

Meu primeiro grito saiu um pouco estrangulado, pois fazia muito tempo que eu não gritava. O segundo soou mais carregado, mais forte. Mas foi só no terceiro grito que acreditei de verdade: um grito autêntico, poderoso, a própria encarnação da luta. E Horst se dobrou. "Gritamos depois de ter derrotado o adversário, para anunciar a vitória."

Morre, cachorro.

Fomos a um restaurante italiano, no centro de Rostock. Era quase meia-noite. No Burger King do outro lado da rua, os empregados já estavam limpando tudo. Pedimos uma garrafa de vinho tinto e uma cerveja. Tinha sido sensacional, meu braço ainda era sacudido da energia, que estava se descarregando. PJ me ajudou a comer uma *quattro stagioni* e uma salada de tomate com manjericão. Entre uma garfada e outra, eu fumava e bebia – tudo ao mesmo tempo e em quantidades indecentes. Sentíamo-nos livres e heroicos. Pensávamos em Lomark e gargalhávamos porque estávamos conquistando o mundo. Nós nos tornaríamos *ronin* itinerantes, mercenários sem pátria e sem senhor, homens livres debaixo de um céu cheio de vida. Eu estava em êxtase e queria que aquela noite jamais acabasse, mas, como sempre, é justamente nesse momento que o local fecha. O máximo que conseguimos ainda foi uma garrafa de vinho e outras de cerveja numa bolsa de plástico, mas depois, *Schluss!* Saímos rindo e fazendo algazarra: era uma sensação maravilhosa saber que algo tinha acabado exatamente como havíamos sonhado.

Agora se tratava de encontrar um hotel. Alguém nos mandou para os lados da estação, que estava imersa numa luz verde irreal. Nas imediações, havia o Hotel InterCity, que estava lotado por conta da feira das impressoras offset.

– Se precisar, não me incomodo de voltar dirigindo – disse Joe.

Saímos da cidade vazia, ainda tomados pela alegria. Na aldeia-satélite Kritzmow, havia uma última chance: em algum ponto à margem da estrada, ficava o Kritzmow Park, com supermercado, banco, uma área de jogos infantis e um hotel. Estacionamos o carro e vagueamos, cambaleantes, pelo centro deserto até encontrarmos o Hotel Garni.

– Nunca se perde por tentar – disse Joe.

Tocou a campainha e, após uns dois minutos, tocou de novo. Ouviu-se um chiado no interfone, depois soou uma voz de mulher:

– Sim?

Mas a porta continuou fechada. Aceitavam hóspedes só até as oito da noite. Mas Joe tinha uma carta na manga, disse que entre nós havia um aleijado, que estava *muito* cansado. Não sei de onde tirou a palavra alemã para aleijado: *Behinderte*, mas fiquei fascinado com esse enigma. A voz do interfone refletiu um pouco. Pelo canto do olho, eu vi uma cortina se mexer no primeiro andar e, para ilustrar minha deficiência, andei um metro para lá e outro para cá com a charanga. Naquele instante, ouviu-se um zumbido, e a porta se abriu. A mulher lá em cima era curta e grossa, mas não antipática. Café da manhã até as dez. PJ ficou num quarto de solteiro, enquanto Joe e eu ficamos num de casal. Continuamos bebendo no nosso quarto, mas o êxtase não voltou mais, e o que tínhamos vivenciado se esvaíra. Depois de meia garrafa de cerveja, PJ nos desejou boa-noite e foi para seu quarto. Joe ficou refestelado numa poltrona, e eu, deitado na cama.

– Eu vi o que você fez – disse ele, de olhos fechados. – Você foi puxando o cara devagarinho na sua direção, mas de maneira que ele não percebesse. Foi genial. *Sabia* que você queria me perguntar sobre o tempo que faltava quando me olhou, eu sabia. – Tentou tomar um gole da cerveja, mas a garrafa estava vazia.

– Tem mais?

A minha também tinha acabado. Levantou-se e procurou pela sala inteira a bolsa de plástico com as garrafas compradas no restaurante.
– Cacete, então só pode estar com a PJ.
Saiu da sala e fechou devagar a porta atrás de si.

Quando acordei, o visor do rádio-relógio mostrava 03:52. Em dígitos vermelhos. A luz continuava acesa, e eu estava vestido, o lado da cama de Joe não havia sido desfeito. O choque chegou depois que a ficha caiu: Joe havia saído fazia quase duas horas. Uma intuição paralisante se espalhou pelo meu corpo: Joe e PJ...

Sentei na cama, consumido por imagens de Joe e PJ, que haviam ultrapassado a soleira num mundo em que não precisavam mais de mim. Uma cama de solteiro era suficiente para eles. E o fato de eu ter ficado sozinho na cama de casal só tornava o veneno ainda mais amargo. Culpa minha: quem a convidou fora eu, por vaidade, por querer que ela me admirasse. Era para ela que eu tinha ganhado o torneio – e Joe havia ficado com o primeiro prêmio. A fera quente do ciúme e da inveja me corroía por dentro. Ele *sabia* o que eu sentia por ela – não tinha como não saber –, o que fazia dele, tecnicamente falando, um traidor. Joe, o Traidor. Nossa cumplicidade, minha eterna devoção: insignificantes. Tratava-se de uma catástrofe imensa, era uma crise cujas consequências eram incalculáveis. Seria catapultado novamente à mais profunda das solidões. Jamais voltaria a lutar. Jamais voltaria a ver PJ, tampouco Joe, fugiria deles como o diabo da cruz pelo resto da minha vida. Jamais emitiria sobre eles uma única palavra e seria consumido por uma orgulhosa amargura.

Eram 04:37 e ele ainda não tinha voltado. Joe e PJ: jamais tinha levado essa hipótese a sério. Juro. Por mais óbvia que ela estivesse. Havia acontecido daquela forma bem simples, com Joe saindo, fechando devagar a porta atrás de si, e tudo havia mudado. Será que eu deveria ir atrás dele? Esperar à porta de PJ, entrar na ponta dos pés e flagrá-los? Pelados, dormindo?

    E estrangulá-los.

ATLETA CADEIRANTE EXTERMINA JOVEM CASAL

05:20. Do lado de fora, começavam a circular os primeiros carros.

Chegamos no sábado à tarde. Domingo de manhã, liguei o rádio e escutei, sintonizando a Rádio Deus. Fiz isso deliberadamente, queria odiar. Anunciou-se a cerimônia de casamento entre Elizabeth Betz e Clemens Mulder. Por acaso eu conhecia este último por ser o construtor de telhados do bar do Sol.

– A cerimônia religiosa acontecerá às duas e meia – avisou o homem de Deus, com as cordas vocais untadas de vaselina.

Quer dizer, então, que até mesmo o construtor de telhados havia encontrado uma mulher para fabricar pequenos construtores de telhado. E ninguém sequer levantou um dedo para impedi-los. O homem de Deus passou aos anúncios fúnebres.

– Lembramos a senhora Slomp, que nos deixou aos 82 anos.

Órgão, *lento.*

– A senhora Tap, que nos deixou aos 57 anos.

Órgão, *andante.*

– O senhor Stroot, que nos deixou aos 73 anos.

Órgão, *allegro moderato.*

– Senhor, faz resplandecer sua luz sobre as famílias desses nossos irmãos que choram por seus entes queridos.

Órgão, *allegro con brio.*

Quando o homem de Deus decidiu que havia chegado a

hora de se pedirem as ofertas para as necessidades da comunidade, mudei para a Sky Radio.

Na quarta-feira, apareceu uma foto minha no Jornal Semanal de Lomark. Eu lutando com o tcheco, estávamos ambos inclinados como um navio que vai a pique. "SUCESSO INTERNACIONAL PARA A DUPLA DE LOMARK", lia-se acima do artigo cheio de orgulho provinciano. A informação estava correta, mas era caricatural, coisa que não impediu minha mãe de se sentir orgulhosa. Se não me engano, estava mais orgulhosa da reprodução no semanário que do episódio em si. Meu pai estava ainda mais taciturno que de costume. Desde que eu havia descoberto o engano dos briquetes, vivíamos de costas um para o outro, cada um com um tipo diferente de vergonha na alma. Minha mãe disse que ele havia pendurado o artigo entre a cafeteira e a máquina de fazer sopas. Por semanas, o "artigo" inspirou muitas conversas. Mal sabia ela que, algumas horas após ser feita a foto, Joe havia perdido a virgindade. Que suas mãos, acostumadas a engrenagens de rodas dentadas e eixos transmissores, nunca haviam tocado algo tão suave. Que, desde então, ele estava envolto numa espécie de luz nojenta, enquanto de noite eu esperava que essa fase passasse, como se faz com a febre. Masturbava-me até a exaustão, como o único remédio contra os ataques furibundos de ciúmes.

Meu amigo e o objeto dos meus sonhos de amor haviam quebrado o triângulo, que é a base de qualquer construção sólida. Eu tinha perdido contato com a nova conexão, tornara-me um ponto flutuante na escuridão. Desde que Joe voltara a Lomark e começara a trabalhar para a Asfalto Belém, eu havia cultivado a ilusão da imutabilidade das coisas. E agora ele estava apaixonado.

Mas como é que eu conseguiria afastar Joe e PJ da minha vida? Eram as únicas pessoas com quem eu tinha afinidade. Eu me encontrava num momento fundamental de meu caminho para a idade adulta: a capitulação.

Foi necessária uma força de vontade gigantesca para

me comportar com Joe como se nada tivesse acontecido. Participamos de outros torneios, nos quais eu sempre esperava encontrar Islam Mansur. No fundo, acredito que Joe jamais tenha reparado no abismo de gelo que se abrira entre nós. Duvido também de que desconfiasse que eu estava apaixonado por PJ, de quanto a desejara desde o dia em que viera morar em Lomark. Joe nunca foi particularmente sensível no que diz respeito a amor. Falava-me tudo. Também de como PJ tinha deixado o Namoradinho Escritor quando a violência se tornara constante na relação. E de como ele havia continuado a incomodá-la por um tempo, porque, em seu narcisismo patético, não conseguia sequer imaginar que alguém pudesse deixá-lo.

– Tem vezes que eu me alegro de ele ter fodido tudo daquela forma – disse Joe –, tirando a violência física e tudo o mais, claro. Senão, isso nunca teria acontecido.

E, nesses momentos em que ele falava dela, realmente tinha no rosto uma expressão doce.

– Agora tudo é diferente – continuou –, embora tenha mudado muito pouco. Excetuando-se a PJ. Acordo pela manhã com a sensação de que algo está me esperando, algo bonito e importante. Cada dia é uma promessa. E, quando vou dormir, aquela sensação ainda está ali. É uma espécie de movimento contínuo, um fluxo de energia ininterrupto que não precisa ser alimentado. Exceto, de vez em quando, por um telefonema ou um beijo.

Anuía, sentia o ácido gástrico subir na garganta. Julgava-me capaz de odiá-lo. Estava vagamente chocado com a facilidade com que aceitava esse pensamento. Uma ideia que, por alguma razão, não me desagradava: seria mais fácil odiar o homem que possuía o que eu mais desejava no mundo. Enquanto isso, eu continuava a escutá-lo com um prazer masoquista, encorajando-o a contar cada vez mais. Somente do sexo, ele não falava, talvez por piedade, talvez por discrição.

Ele estivera com ela no Dolfinário de Harderwijk. Na grande piscina, havia um show com golfinhos, inserido em uma cenografia de um conto com bruxas e de fadas. Um conto interpretado de uma forma penosamente ridícula por alguns atores, a escória da categoria. A história girava em torno de uma pérola mágica, devidamente chamada de *Peérla Maégica* pela rainha das fadas. Os golfinhos não tinham nada a ver com o conto, e a única coisa que tinham de fazer, vez ou outra, era saltar da água, todos ao mesmo tempo, ganhando um arenque como recompensa. O show encerrava com uma musiquinha de reconciliação entre as fadas e as bruxas, enquanto os golfinhos saltavam por dentro de um aro. Joe e PJ se haviam esborrachado de tanto rir, e a história da *Peérla Maégica* se tornaria uma de suas lembranças em comum mais caras.

O céu de novembro estava claro e frio, cheio de trilhas de condensação laranja que reluziam de repente como fogos de artifício. Aqui na terra, encontrava-se tudo em sua realidade nua e crua. Nas várzeas, levantavam-se revoadas desordenadas de gralhas, explosões lentas de milhares de exemplares que, ao pressentirem a geada, seguiam na direção sudoeste.

Joe passava todo o tempo livre no estábulo de Rinus, a Esponja, trabalhando em sua escavadeira. Quando o visitei, voltei a ver o teco-teco pela primeira vez depois de tantos anos. Estava desmontado e abandonado contra a parede dos fundos. Ali, em estado deplorável, estava o objeto que, num dia remoto, me enchera de esperança louca: de que havia uma saída, e de que essa saída dependia da capacidade de pensar grande e da força de vontade. E a Joe não importava mais. Sentia um nó na garganta. Fui abrindo espaço entre um Citroën 2CV em desuso, um antigo virador de feno e outras máquinas que remontavam aos primórdios da industrialização agrícola. Rinus, a Esponja conservava tudo. Era tão tacanho que, quando saía de casa, trancava até a lata de lixo. Não era tão querido na aldeia, mas as pessoas ainda se lembravam de sua famosa frase durante a crise do petróleo: "Crise do petróleo nada! Antes eu enchia o tanque por vinte e cinco florins e não tenho a menor intenção de gastar mais que isso agora".

As asas do teco-teco estavam encostadas na parede, de pé, e nelas havia rasgões bem grandes. Estendi a mão até tocar na cauda e tamborilei com os dedos sobre ela. A lona continuava retesada como no dia em que Engel a esticara com a ajuda de bridas. Fazia um ruído agradável. Aquele avião deveria era estar em algum museu de aviação, era um milagre que um grupinho de adolescentes tivesse construído um aparelho capaz de voar de verdade, merecia ser a joia rara da coleção. A parte da frente era a que estava em pior estado, com barras de ferro despontando da lona rasgada. Por ali, era possível ver a parte de dentro. A hélice estava desenroscada e jazia sob a fuselagem. Tudo estava coberto por uma camada de poeira grudenta.

– Caíram telhas sobre ele – gritou Joe da entrada do estábulo.

Olhei ao meu redor, ele estava em cima da escada que dá acesso à cabine da escavadeira e, de sua posição lá do alto, olhava para mim, no meio de toda aquela tralha. No teto do estábulo, eu vi um buraco e, através dele, o céu. Ao redor do avião, havia pedaços de telhados cobertos de musgo. Doía meu coração que ele se desinteressasse a tal ponto da própria criação, mas ele era assim mesmo: fabricava algo, explorava todas as suas possibilidades e depois o ignorava. A ideia da conservação lhe era estranha. Ele deixava o tempo e as telhas fazerem seu trabalho, enquanto começava um novo capítulo em sua pesquisa sobre a mobilidade. Não se dedicava a coisas que não existiam. Nem o ontem nem o amanhã estavam ali, então não mereciam sua atenção. Eu não era assim. Havia dias em que eu odiava o fato de estar de costas para o futuro: como um rio que volta às montanhas.

Joe sempre teve obsessão por movimento. Movimento gerado por motores de combustão. Lembro-me de certo quarto de hotel que cheirava a agasalhos velhos, acho que ficava em algum canto da Áustria ou da Alemanha, e Joe, deitado na cama, dissertando por horas a fio sobre seu assunto preferido. De vez em quando, eu via a brasa na ponta de seu cigarro iluminar-se na escuridão.

– Medo e audácia – disse – É esse o motor da História. Primeiro o medo, ou seja, todos os pensamentos e os sentimentos que nos avisam que nunca conseguiremos fazer determinada coisa. Há inúmeros deles. O problema é que, em geral, são verdadeiros. Mas você só precisa saber o que é necessário, não mais que isso. Saber demais acarreta medo, e medo acarreta imobilidade. São os cê-dê-efes que dizem que não podemos fazer uma coisa quando não fomos treinados para fazê-la, mas o verdadeiro talento não está nem aí para isso. O talento constrói o motor, o cê-dê-efe o provê de óleo, essa é a verdade. O que você acha? Que Fokker sabia o que estava fazendo? O cara nem tinha brevê, só talento e muita sorte. A audácia é tão importante quanto o talento: não *posso*, mas o *faço* mesmo assim. A prática mostrará o resultado. A gente mal sabia o que estava fazendo quando construiu o avião, lembra? Tivemos muita sorte. Alguns são sortudos, outros, não, e ponto final. Não estávamos absolutamente na posição de construir um avião, não possuíamos a capacidade técnica necessária. Mas, de aritmética, eu sei, assim como o Engel. Ele, por sinal, é campeão nos cálculos. E é disso que você precisa para construir um avião. Juntos, calculamos a resistência das asas e da fuselagem. Calcular e verificar o peso, checar constantemente o peso. Trapaceamos um pouco com a bateria, que pesava uns treze quilos, nós a instalamos por último, um pouco para trás, porque, do contrário, não conseguiríamos levantar o nariz do avião.

Ouvi um suspiro profundo na penumbra do quarto.

– Eu estava com mais medo de que a coisa não funcionasse que de cair.

Seu rosto se iluminou à luz da chama com que procurava o cinzeiro.

– Mais uma coisa, Fransje. A energia que não se utiliza se transforma em calor. O calor é a forma mais baixa de energia. Depois vêm a energia cinética, como a do motor, a energia elétrica e, eventualmente, a energia atômica. Uma pessoa que sua transforma o movimento em calor, exatamente como um

aquecedor faz com o combustível. E calor significa perda. É a entropia, Fransje, a lei da perda irreversível. É por isso que o mundo aquecido, com um alto nível de entropia, é simples assim, porque tudo se reduz a perda. Só um cego não veria isso. As pessoas passam a maior parte da vida em busca de calor: um filhote de macaco que tiver a possibilidade de escolher entre duas mães artificiais, uma de aço, mas com leite, e outra de tecido sem leite, acabará escolhendo a última. Calor e afeto, somos eternos filhotes. Com vontade de nos despiolhar mutuamente. Mas o calor excessivo dá sono, entorpece a mente. É a sensação de opressão de muitos casamentos – e, quando você chega ao limite, o cérebro começa a enlouquecer. O que você faz então? Vai e compra um carro, ou constrói um barco como Papa África, porque o movimento é a base de toda vida. É a rapidez molecular de um objeto que determina sua temperatura... e se você acrescentar a isso o fator aceleração..., cara, é como ter um rojão debaixo da bunda! Para muitos homens, o carro continua sendo o único caminho, a única válvula de escape contra o calor sufocante de todas as promessas feitas: o casamento, as prestações do apartamento, as humilhações sofridas no trabalho. Dirigir acima do limite permitido e trepar escondido. É por isso que o adultério é uma prática burguesa, Fransje, típica de quem promete demais, porque cada promessa evoca a transgressão. O que quero dizer é o seguinte: desconfie das pessoas que prometem demais.
 Bocejou.
 – Cara, estou pregado.

Joe havia comprado a escavadeira, uma Caterpillar amarela de linhas sólidas e dinâmicas, para participar do Rali Dakar. Nunca ninguém antes havia participado do Rali Dakar numa escavadeira e, como o regulamento não proibia isso, Joe seria o primeiro a tentar. Eu não entendia que graça aquilo podia ter, mas ele considerava a escavadeira a coroação da criação cinética. Era um trabalho imenso modificar aquela máquina pesada de modo a torná-la apta para o rali.

O principal problema que Joe encontrou foi a lentidão daquele mastodonte. O motor tinha potência suficiente, explicou, mas o número de rotações no eixo cardão era baixo demais, de maneira que jamais alcançaria a velocidade desejada. Encomendou de uma empresa de maquinarias quatro entrosas de maior dimensão, uma para cada roda, e, enquanto isso, começou a remodelar a cabine. A estrutura da cabine era tão rígida que seria impossível aguentar muito tempo lá em cima, principalmente levando-se em conta o terreno que o esperava no deserto de pedras. Por isso Joe instalou umas molas debaixo da cabine e um assento de motorista de caminhão com suspensões pneumáticas, a fim de manter os rins em seu devido lugar quando estivesse correndo a cem quilômetros por hora sobre pedras e buracos. Para atingir tamanha velocidade, que era insana em se tratando de uma escavadeira, aumentou o número de rotações, inserindo uma mola mais pesada na bomba de combustível. Agora o motor alcançava as 2.500 rotações por minuto: no estábulo de Rinus, a Esponja, havia um carro de corrida que pesava quase nove toneladas.

Estávamos em Halle, depois de um torneio extenuante no qual eu ficara em terceiro lugar, quando recebemos a notícia sobre Engel. Joe estava ligando para casa do quarto do hotel, a janela estava aberta e deixava os ruídos da rua e o hálito da primavera entrarem. Depois de um tempo, desligou cuidadosamente e olhou para mim.
– O Engel morreu – anunciou.
Havia uma única coisa da qual eu tinha certeza: queria voltar com todas as minhas forças ao momento anterior àquela notícia, quando a construção do mundo ainda não havia sido desarticulada.
Joe queria voltar para casa na mesma hora. Eu teria preferido ficar no hotel para esvaziar o minibar e mandar enchê-lo novamente, enquanto o mundo não voltasse a seu estado original, mas, pouco depois, estávamos viajando em silêncio

através da noite na direção de casa. A luz fosforescente no painel de controles difundia um fulgor esverdeado, nunca antes me havia faltado de uma forma tão completa a voz para pronunciar palavras ocas de choque.

Não sabíamos nada além de que Engel havia falecido em consequência de um acidente. Pensei em coisas banais: como seus pertences seriam levados para casa? Sua obra se valorizaria? Quanto tempo seus restos mortais levariam para deixar de se parecer com ele? Eu me sentia decepcionado com o fato de a morte de um amigo não suscitar em mim pensamentos melhores. Já eram quatro da madrugada quando chegamos em Lomark, e algumas manchas claras no céu anunciavam o novo dia. Seguimos pelo Pescoço Comprido até a Ponta da Balsa e chegamos à casa dos pais de Engel, onde ainda havia luzes acesas. Joe soltou um palavrão e foi só nesse momento, eu acho, que ambos entendemos o que a morte de Engel deveria significar para o pai.

– Força, vamos entrar.

Joe foi me empurrando sobre a trilha de ladrilhos na lateral da casa. Na sala, sob a lâmpada que iluminava a mesa, havia uma figura curvada. A tentação de girar sobre os calcanhares era grande. No quintal, eram penduradas as nassas para a pesca das enguias, cuja estação estava prestes a começar, o motor do barco estava fixado num barril de diesel. Joe bateu à porta dos fundos. Ouvimos alguém tropeçar antes de se acender a luz da copa e a porta ser aberta por Eleveld. Parecia não haver dormido.

– Rapazes!

Joe ficou diante dele, sem conseguir encará-lo.

– Senhor Eleveld – disse, finalmente –, estávamos na Alemanha... e viemos na mesma hora. É verdade que... que o Engel...

– É terrível, rapazes, terrível.

Aproximou-se de nós, os ombros curvados, e saímos da copa, eu nunca vira uma cena tão pungente. Os patins de Engel estavam pendurados num prego, no chão havia uma

fileira de sapatos que ele costumava usar, perfeitamente alinhados sobre jornais.
Sentamo-nos à mesa da sala de estar. Eleveld estava em casa sozinho, tinha sabido da notícia por telefone à tarde, através de um policial de Paris.
– Perguntou se eu era o pai de Engel e descreveu sua aparência. "Sim, senhor", respondi. "É meu filho mesmo." Então, ele falou que tinha uma má notícia.
Eleveld se virou para o outro lado. Sobre a mesa, havia pilhas de livretos e prospectos da empresa funerária Griffioen. Peguei um deles e, como não sabia o que fazer, me pus a folhear um, *Ideias para arranjos funerários*. Como imagens para o cartão de luto, eram sugeridos salgueiros-chorões, barquinhos no mar, pictogramas cristãos e pombas com guirlandas no bico. No verso, encontrei alguns exemplos de textos que Eleveld havia marcado com uma cruz:

6. Um dia vamos nos encontrar de novo.
10. Faltam-nos as palavras.
19. Agora pode finalmente descansar em paz.
21. Sua lembrança é tão preciosa que só as flores podem falar sobre ela.

Dando uma olhada na tabela contida em "Preços indicativos para os serviços descritos em *Ideias para arranjos funerários*", entendi logo por que Griffioen circulava num Mercedes S600.
– Mas como foi que isso aconteceu? – perguntou Joe, com a voz rouca. – Ou o senhor não sabe?
Confirmou com a cabeça que não.
– Eu não sou bom em idiomas... Mas parece que caiu um cachorro sobre a cabeça dele. Da sacada de um prédio residencial. Um cachorro.
Eleveld parecia não se dar conta do que havia acabado de dizer: que um cachorro tinha caído sobre a cabeça do filho em Paris. Era uma ideia tão surreal que, por uma fração de segundo, criou-se uma perspectiva de esperança: e se não fosse

verdade? Se Engel estivesse vivo e quisesse apenas nos assustar com uma *boutade* artística? Mas era só olhar para o rosto do velho Eleveld para entender que não podia ser isso: Engel certamente riria de nossa reação, mas nunca se atreveria a fazer uma brincadeira dessas com o pai. Em dois dias, seus restos mortais chegariam à Holanda, a empresa seguradora havia contratado uma transportadora funerária que retiraria o corpo da câmara frigorífica de um necrotério ao longo do Sena.

Saímos da casa de Eleveld ao alvorecer. Em Lomark, o relógio marcava cinco da manhã. Ouviam-se chilreios de pássaros em toda parte.

– O Engel descobriu a força da gravidade – resmungou Joe ao me deixar em casa.

Mas ele devia estar com as mesmas dúvidas que eu, porque, antes de me deixar em casa, dissera: "Só acredito vendo".

O que veio acontecer na manhã de terça-feira. Os restos mortais de Engel estavam guardados na câmara ardente da Griffioen, aonde eu fui com Joe e Christof. Uma assistente fechou a porta atrás de si silenciosamente, deixando-nos a sós na sala fria, à prova de som, com o caixão no centro, em volta do qual se encontravam quatro velas.

– É ele mesmo – disse Joe.

Eu me levantei e, apoiando-me no encosto da charanga, consegui vê-lo, coberto por um véu preso na parte inferior do caixão. Um objeto sob o queixo mantinha a mandíbula no lugar, tinha os lábios pálidos e as bochechas encovadas. Os pômulos proeminentes lhe emprestavam um ar de santo. Aí estava Engel, meu primeiro morto. Senti meu braço tremer e tive de me sentar. O zumbido do sistema de refrigeração situado logo abaixo do caixão era um réquiem monótono para nosso amigo falecido. Do lado oposto do catafalco, Christof soluçava sentado numa cadeira. Nunca antes eu o vira chorar. A cena me irritou. Ele emitia ruídos entrecortados ao ritmo da própria respiração. Era como se, ao produzir mais ruído do que nós, quisesse apropriar-se da memória de Engel.

De repente, reparei que ele, Joe e eu formávamos novamente um triângulo, como quando éramos garotos, e, para mim, Engel era apenas o companheiro silencioso que me ajudava com o urinol.

Joe levantou o véu e pousou a mão com problema sobre a face de Engel. Observou atentamente o rosto dele, que, agora era evidente, estava deformado pelo impacto. Que raça de cachorro era, isso nunca soubemos; sabíamos apenas que o animal tinha caído do nono andar de um prédio na periferia parisiense para acabar exatamente sobre a cabeça do penúltimo Eleveld de Lomark. Devia haver uma ligação entre aquela família e os objetos que caíam do céu, fossem eles cachorros ou bombas de mil libras despejadas pelas forças aliadas sobre o alvo errado. Eu teria dado um dedo para conhecer os últimos pensamentos de Engel antes de o destino tê-lo atingido em forma de *canis familiaris*, o aliado mais fiel do homem havia quinze mil anos.

Na mesma tarde, fui com minha mãe à Ter Stal, uma grande loja de roupas, à procura de um terno. Meu braço era grosso demais para a manga do paletó. "Ai, meu Deus, essa é primeira vez que eu vejo uma coisa assim", rosnou mamãe, e minha estrutura deformada da cintura para baixo poria à prova suas habilidades e sua inventividade como costureira. Um par de sapatos que combinasse com o terno estava fora de questão, então vesti os mesmos blocos de madeira de sempre, embora perfeitamente lustrados.

– Aposto que é para o menino do Eleveld – arriscou a vendedora.

Queria responder que isso não era da conta dela, mas minha mãe se uniu logo ao coro de mulheres que adoram celebrar as tragédias alheias.

– Um verdadeiro horror – disse. – Tem gente que não é poupada de nenhuma maneira. O Fransje era amigo dele havia anos.

– E agora o coitado do pai ficou sozinho, não é? Primeiro a esposa dele, agora o filho...

Minha mãe dirigiu um olhar devoto ao céu.

– Os caminhos do Senhor são imperscrutáveis.

– Ele nunca vinha aqui – falou a moça. – Devia comprar a roupa dele na cidade. Pelo menos essa era a impressão que ele passava.

Puxou o paletó com maus modos para fazê-lo passar pelos meus ombros, e eu opus certa resistência, na esperança de que ela acabasse rasgando o tecido. Fomos embora da Ter Stal com um terno preto de fibra sintética, do tipo que não se podia fumar perto porque corria risco de pegar fogo.

Na quarta-feira, minha mãe apareceu com um exemplar do Jornal Semanal de Lomark, em que fora publicado o óbito de Engel. Por razões misteriosas, Eleveld tinha optado por "Agora pode finalmente descansar em paz", o que me parecia mais apropriado para um velho que falece depois de uma longa e dolorosa doença, do que para um artista jovem sobre cuja cabeça caiu um cachorro.

– O coitado está é muito confuso – disse mamãe, com dois alfinetes entre os lábios, enquanto tomava as medidas para ajustar o tamanho das calças.

Eram dias primaveris maravilhosos, a seiva recomeçava a fluir no interior das árvores e, nos arbustos entre o cemitério e a casa, ouvia-se o alegre chilrear dos pardais.

– O Engel será enterrado na sexta de manhã. Ele adorava flores.

Isso também era surpresa, mas na sexta de manhã seu túmulo estava rodeado por uma montanha de flores envoltas em papel celofane crepitante. A missa celebrada pouco antes do enterro por Nieuwenhuis foi como de costume: a habitual e oca retórica da ressurreição e o defunto que continua a viver em nossos corações. Não conseguia entender como ainda existiam pessoas que se sentiam consoladas por aquelas frases, duráveis como um revestimento de linóleo.

Eu estava sentado no corredor da segunda fila, na nave, ao lado de PJ, Joe e Christof. Não conseguia me concentrar na missa. Pelo canto do olho, vi que Joe e PJ estavam de mãos dadas, e sabia que a coisa tampouco havia escapado a Christof. Sua reação não devia ser muito diferente da minha. Não tínhamos outra opção a não ser nos conformar, embora a contragosto, porque uma tal rivalidade dentro de uma amizade pode se expressar apenas no íntimo, onde o animal endiabrado do ciúme morde as grades e envenena a alma com seus sussurros inquietantes. Em mim e em Christof na mesma medida. A masturbação era o único antídoto eficaz, mas, com a volta gradual da energia após o orgasmo, reemergia o ciúme também.

Eu me sentia partido em dois como um rio: numa das margens, estava Joe, que era a pessoa que eu amava como a nenhuma outra; na outra, estava meu adversário, por haver perturbado meu sonho mais precioso. Não entendia como era possível que essas coisas coexistissem e se alternassem umas às outras num piscar de olhos. Como eu tinha me enganado ao considerar Christof meu arquirrival: esse papel cabia a Joe.

E PJ ficava cada vez mais linda. Vestia um *tailleur* de lã fina cinza e sapatos pretos com salto que tiquetaqueavam sobre os ladrilhos da igreja enquanto caminhava logo à minha frente na direção da saída. Abaixo do paletó, justo na cintura, suas nádegas imploravam para ser acariciadas; mais para cima, a mão calosa de Joe estava pousada na região lombar, onde não muito antes estivera pousada a mão sem calos do Namoradinho Escritor e, antes deste, de Jopie Koeksnijder. Tinha os mesmos quadris altos de mamãe.

Um grupo de garotas chorava em volta do túmulo de Engel. Algumas, eu conhecia do tempo da escola, como Harriët Galama e Ineke de Boer, por exemplo, e até mesmo a bruxa da Heleen van Paridon, que, já na época, parecia uma mãe de família neurótica e com mania de limpeza; a maioria, porém, eu nunca tinha visto. Companheiras de curso de Engel. Vestiam uns modelos extravagantes que, na Academia de Belas-Artes, provavelmente passavam como expressões de um gosto altamente pessoal: o fato de acabarem se parecendo todas umas com as outras era irrelevante. Uma moça excepcionalmente alta com sapatos alaranjados de basquete tirava fotos. Abaixo do casaco marrom com motivos de espinha de peixe, vestia uma saia cor-de-rosa de confeiteiro alucinante: a combinação com seu rostinho bonito me doía nos olhos.

Quer dizer, então, que eram essas as mulheres com quem Engel havia convivido desde que se mudara de Lomark – tinha dormido com elas em colchões atirados diretamente no chão, com algum CD de música de cantores maníaco-depressivos, cabelo comprido e desejo de morte tocando no fundo. Após o ato, comiam azeitonas ou chocolate, vivenciando a profunda sensação de um momento único e irreproduzível.

Agora que Engel estava morto, as moças estavam em Lomark, maravilhando-se com suas raízes tão provincianas e com o fato de seu pai se parecer com um ciclista da época da televisão em preto e branco. Eleveld estava na primeira fileira no círculo de pessoas que se havia formado em volta da sepultura, e escutava cabisbaixo Nieuwenhuis, que lia um trecho da carta de Paulo aos Coríntios, já que era quase Páscoa. Revelava-nos o mistério da vida eterna: não morreríamos, apenas mudaríamos de forma. Essa era sua manobra de flanco a fim de abrandar a dor e a incompreensão diante da morte. Diametricamente oposto a esse modo de sentir, está Musashi, ereto em sua armadura, para quem o Caminho do samurai é a resoluta aceitação da morte. Segundo Nieuwenhuis, soariam as trompetas, e nós todos ressuscitaríamos puros. Musashi prefere não falar de assuntos que desconhece. Saber morrer, isso ele sabe: "… quando se oferece o sacrifício da vida, deve-se fazer uso pleno das próprias armas. É incorreto não fazê-lo e morrer sem ter sacado nenhuma de suas armas".

Na última teoria, exposta em "O Vazio", ele acrescenta: "Chama-se de espírito do vazio a ausência de qualquer coisa. Não faz parte do conhecimento humano" e nos oferece uma saída da ignorância: "Se você conhece o que existe, pode conhecer o que não existe. Isso é o vazio. E essa era justamente a razão das palavras de Nieuwenhuis, Paulo e companhia se escoarem sobre mim como água: não raciocinavam se respaldando no existente, e sim numa espécie de esperança de salvação absurda.

Ouvi gralhas-de-nuca-cinzenta no céu e, instintivamente, levantei meu olhar para o céu à procura de Quarta-Feira. O vazio de sua ausência queimou meu peito como uma labareda.

– Mas Deus seja louvado – disse Nieuwenhuis com voz descendente –, por nos haver permitido vencer a morte por meio de Jesus Cristo.

Nesse ínterim, Engel continuava morto e crescia dentro de mim a consciência infinita de que nunca mais voltaria a vê-lo.

No Roda de Carreta estavam servindo sanduíches de queijo ou presunto. Há algo reconfortante na fome que sentimos depois de enterrarmos um ente querido: a fome é um inconfundível sinal de vida. O ato de comer sanduíches nos separa daqueles que deixamos para trás: nós comemos, nós vivemos; eles são comidos, eles estão mortos. Graças aos sanduíches do Roda de Carreta, voltamos aliviados da porta que leva ao reino dos mortos: nossa hora ainda não chegou.

Eu esperava que ficássemos juntos naquela tarde, mas cada um seguiu um caminho diferente. Joe voltou com PJ na direção da Casa Branca, Christof foi embora com uma expressão amarga no rosto – ainda não se acostumara àquela rivalidade excepcional no seio da amizade. Eu voltei para casa também e fiquei ali, naquele terno idiota, ciente de que o mundo se havia transformado de maneira irrevogável. E aquilo era apenas o início, havia muito mais por vir. Com a morte de Engel, havia desparecido de nossa construção social um indispensável elemento estabilizador: eu tinha o pressentimento de que uma ulterior desagregação estava muito próxima de acontecer.

Às seis horas, abri uma lata de salsicha em conserva, derramei o conteúdo num prato e o enfiei no micro-ondas. Antes de cravar os dentes nas salsichas, eu as deslizava sobre uma trilha de mostarda, porque o gosto de salsichas sem mostarda me faz pensar nas galinhas patologicamente deformadas dos campos de concentração da indústria agroalimentar. Essa consciência tão incômoda se apodera de mim também ao comer um escalope ou uma salsicha na brasa e, nesses momentos, começa a se formar em minha mente um único pensamento: o *sofrimento do porco*. Enquanto jantava, escutava distraidamente um programa cultural da Rádio 1, em que os entrevistadores estavam mais interessados na vida pessoal do artista e quase não faziam perguntas aprofundadas a respeito de seu trabalho. Eu escutava aquela rádio porque, de vez em quando, havia uma chispa de originalidade e qualidade, um bálsamo para minha baixa expectativa em relação a tudo. Tinha a sensação de que, certo dia, todas as moças que eu vira nessa tarde ao redor do túmulo de Engel participariam desse tipo de programa, com a seriedade de uma criança que, pela primeira vez, olha para o próprio cocô dentro do penico. Sobre assuntos como lutas de queda de braço e escavadeiras, nunca se falava: eram mundos que permaneciam ocultos para os leigos.

Já tinha comido metade das salsichas quando anunciaram uma conversa com Arthur Metz, o autor do recém-publicado *Sobre uma mulher*. Demorou um pouco até eu entender que se tratava do Namoradinho Escritor. Mentalmente, nunca o tinha chamado por seu nome verdadeiro; isso significaria reconhecê-lo como um homem de carne e osso, alguém que amava PJ, enquanto o pseudônimo me permitia manter distância desse fato tão odioso. Tocou outra música, depois voltou a voz da apresentadora. Eu me pus à escuta, muito curioso.

– Temos hoje aqui conosco o poeta e escritor Arthur Metz, cujo romance *Sobre uma mulher* foi lançado na semana passada. Arthur Metz está aqui para falar sobre sua nova obra. Arthur, seja bem-vindo.

Chiados no microfone.

– Aproxime-se um pouco mais do microfone, Arthur, para ser ouvido melhor. Talvez seja interessante contar que o narrador do livro também é escritor, alguém que, na minha opinião, está bastante próximo de você. A primeira pergunta que me veio à mente quando li seu livro foi de onde você tirou sua personagem feminina, Tessel. Tessel é a heroína trágica da história, e cheguei a pensar que talvez simbolize a mulher moderna, com toda a sua problemática, com a pressão de que se mantenha eternamente jovem e a luta constante contra a balança, para citar apenas um exemplo, com que muitas mulheres, eu acho, se identificarão. Seria correto dizer que você escreveu um romance de costumes contemporâneo?

A resposta demorou um pouco para vir, mas o autor limpou a garganta sonoramente antes de responder. A primeira palavra inteligível que disse foi: "Olha... ".

– Eu poderia ter dado outro título ao livro – disse por fim. – *A puta do século*, por exemplo, mas o editor... bom, não curtiu essa ideia.

– Mas por que *A puta do século*? – perguntou a entrevistadora. – Soa muito como um acerto de contas pessoal. Seria isso mesmo? Um acerto de contas?

– Não existem grandes romances que não sejam um acerto de contas pessoal.

– Então você chegou a viver as coisas que descreve no romance? É isso o que você está tentando dizer?

– Eu... bom, não escrevo nada que não pertença às categorias do possível no âmbito da minha existência.

Metz escolhia as palavras uma a uma, como uma tartaruga que, de noite, põe os ovos numa cova na praia.

– É uma afirmação muito genérica. Daria para ser mais específico? A que se refere quando fala das categorias do possível no âmbito da sua existência? Você está dizendo que descreveu no livro uma experiência que poderia vivenciar?

– ... Bom... Sim.

– Então você está dizendo que é uma história inventada?

– Ocorre a todos os escritores ter uma relação com uma mulher que quer se impor a todo custo como sua musa. Tessel vive na terrível crença de que está vazia por dentro e que, por outro lado, ninguém preenche sua vida com... bom, o amor. Assim, ela decide se tornar a coisa mais importante na vida de outrem, para esquecer a si mesma... de preferência, esse outrem é... bom, um escritor.

– Mas por que elas querem isso?

– Tessel combate sua sensação de vazio e... bom, de futilidade com ataques bulímicos, por um lado, e a sedução, pelo outro. Ela procura um escritor para eternizá-la, como musa, para... bom, para voltar a encontrar sua dignidade. Contra o Vazio. Um parasita perigoso, mas de beleza indiscutível... na verdade.

– É verdade, eu também, ao ler, tive a sensação de que ela era uma criatura tanto monstruosa quanto desesperada, na mesma medida. Em certo trecho, você a define como "musa por profissão", uma musa sem artista que a eternize. Você já encontrou alguém assim, que talvez o tenha inspirado a escrever o livro? O que quero dizer é: *Sobre uma mulher* tem uma intensidade muito autobiográfica.

Após uma pausa relativamente longa, ouviu-se o atrito da pederneira no isqueiro, depois o nítido expirar prazenteiro do fumante, e o inspirar que levava o fumo às mais recônditas ramificações dos brônquios.

– Já, já, voltamos, após um pouco de música. Segue a imortal "*Suzanne*", de Leonard Cohen – disse a entrevistadora.

A música escolhida era bonita demais para aquele dia de merda. Grandes lágrimas escorreram como um bálsamo pelas minhas faces. Voltamos cedo demais à conversa com o escritor.

– Você escreveu o livro em pouquíssimo tempo, Arthur, como nos disse no intervalo musical. Houve uma razão especial para isso?

Metz resmungou algo sobre necessidade e raiva. O fato é que não parecia estar a fim de falar sobre o livro.

– Você aborda um ponto muito delicado e controverso – diz a entrevistadora, mudando de tática. – Você afirma que a violência à mulher é o resultado de qualquer relacionamento íntimo. As cenas em que o escritor abusa fisicamente da jovem Tessel são as mais repulsivas do livro, mas o que mais choca é que você dá a impressão de justificar aquela violência.

– A violência... bom, é mais multiforme do que pensamos. Talvez seja melhor olhar para os resultados, ou seja, analisar as consequências das ações humanas antes de decidir o que é e o que não é violência... Assim... bom... a distinção entre vítima e algoz se torna mais ambígua.

Repetiu a palavra "vítima" mais lentamente que as outras, quase para si, como se fosse uma nova palavra para ele.

– Mas, de qualquer forma, não há como justificar a violência contra as mulheres, não é mesmo?

– Eu... bom, não justifico nada – respondeu ele com uma voz incrivelmente cansada. Eu só registro um processo, o desenvolver dos fatos. Na condição de... bom, Amigo da Verdade.

Nesse ponto, a conversa parecia ter chegado ao fim. A entrevistadora, irritada, ainda tentou, despertá-lo cutucando-o com algumas outras descargas de energia moral, mas Arthur já estava até o pescoço envolto nas areias movediças do desdém e da melancolia.

Estava muito curioso para ler o livro, agora sabia que a personagem de Tessel havia sido criada à imagem e à semelhança de PJ: era um jogo excitante decodificar as mensagens do escritor através das ondas de rádio. Estava com a forte suspeita de que *Tessel/Texel* era uma versão codificada de Eilander, o sobrenome de PJ[*]. Além disso, Metz tinha claramente o modo de raciocínio próprio de um depressivo que justifica as próprias ações, e isso me interessava.

Sobre o prato, haviam sobrado três salsichas, já frias, enquanto sobre a mostarda tinha começado a se formar aquela crosta mais escura em que, no espaço de vinte e quatro horas, começariam a se abrir muitas rachas pequenas.

---

[*] "Texel" (pronunciado "Tessel") é a maior das Ilhas Frísias. Em língua neerlandesa, "Eilander" significa insulano.

Na manhã seguinte, fui até a livraria Praamstra, de tendência cristã e particularmente bem- suprida para quem procurava títulos como *Conversas com Deus* ou *O evangelho de Jesus na vida de seu filho*, e encomendei *Sobre uma mulher*. Autor: Arthur Metz, Prazo de entrega: "Geralmente dois dias úteis, podendo estender-se a uma semana. Eu o aviso assim que chegar na loja".

Eu deveria estar em perfeita forma se quisesse me fazer notar no torneio internacional de queda de braço que aconteceria em 6 de maio, em Poznań, na Polônia. Joe estava certo de que Islam Mansur compareceria também, que não deixaria escapar um prêmio de quinze mil florins. Intensifiquei o regime de treinamento como me parecia melhor e, apesar de ver Joe nos dias úteis – durante os finais de semana, ele com frequência ficava em Amsterdã ou no Rinus, a Esponja, trabalhando na escavadeira –, nada lhe contei do que eu tinha ouvido no rádio. O que falta não pode ser contado – consta no livro de Eclesiastes.

Na quinta-feira, fui buscar meu exemplar de *Sobre uma mulher* na livraria Praamstra. 316 páginas, são 29,50 florins, muito obrigado e volte sempre. PJ notaria o livro também em Amsterdã, a questão era o que acharia dele – a prévia da rádio não prometia nada de bom para ela. Eu me sentia como se tivesse me apropriado do prontuário médico de um paciente e, uma vez que pus os pés em casa, comecei a ler imediatamente. A história era o que menos me interessava. Eu estava mesmo era procurando a personagem de Tessel. E a encontrei no capítulo "Uma garota bulímica", que primeiro descrevia o ambiente sociocultural em que se manifestam os transtornos alimentares:

Em 1984, perguntou-se às leitoras da revista *Glamour* o que as faria mais felizes. Esperávamos respostas como riqueza, fruição e férias num lugar exótico, mas éramos ingênuos: 42% responderam que a chave da felicidade era conseguir perder peso. Tessel nasceu naquela década, de pais sul-africanos. Era uma garota sensível, inteligente e gorda, destinada a crescer numa sociedade em que o sobrepeso era condenado como uma espécie de fraqueza de caráter e visível falta de autocontrole.

O culto da magreza foi a consequência do processo de emancipação da mulher: a indústria alimentícia, os produtores de roupa e de cosméticos reagiram ao crescente poder de autodeterminação das mulheres, impondo um modelo estético em que a magreza era sinônimo de fascínio e de sucesso. Não há, na história da humanidade, uma época em que a definição das medidas ideais do corpo feminino tenha sido igualmente rigorosa. Nenhum sistema político-ditatorial jamais conseguiu impor uma *Körperkultur* tão dominante. Foi a indústria moderna que tornou possível o ideal físico do Terceiro Reich. Um corpo são, esbelto e com um índice de massa corporal correto é, segundo a propaganda comercial, o único veículo para ter uma imagem positiva de si, fazer amizade com outras pessoas sãs e atraentes e se realizar na esfera profissional.

Quando Tessel tomou consciência da própria sexualidade, os espelhos de casa e cada superfície refletora na esfera pública entraram em sua vida. Não que ela não fosse atraente, com seus cachos loiros e o rosto largo e bonito que lembrava o das garotas esquimós, mas seu aparato motor estava envolvido por uma camada de gordura visivelmente mais espessa que a de suas companheiras de turma (especialmente as brancas). As rótulas de seus joelhos tendiam a afundar debaixo do peso de suas coxas e, quando ela baixava o olhar, formava-se um colarinho carnoso debaixo do queixo.

A descoberta da sexualidade coincidiu com a repulsa ao próprio corpo.

Os grandes acontecimentos afetam nossa vida só relativamente, com frequência uma frase pronunciada *en passant* ou um evento fortuito nos influenciam muito mais que a chegada do homem à Lua ou a descoberta da estrutura do DNA. Quem pronunciou a frase decisiva no caso de Tessel foi a mãe dela, numa tarde tórrida em que elas tinham saído para comprar um par de sapatos na Cidade do Cabo: "Olha, a sua cara", dissera a mãe, e Tessel entendeu logo a que se referia. À frente delas, caminhava um menino gordo, de mãos dadas com a mãe. Estava vestindo uma bermuda da qual despontavam as panturrilhas redondas. Na cabeça, usava um boné dos *Springboks*. Foi uma gafe terrível do ponto de vista pedagógico, e o sangue de Tessel congelou nas veias.

Aquele garoto gordo, encontrado por acaso numa rua comercial de Cidade do Cabo, transformou-se em sua única expectativa de futuro. Ela beijaria rapazes gordos, se sentaria ao lado de rapazes gordos, primeiro na escola, depois na universidade, se casaria com um rapaz gordo e daria à luz muitos meninos gordos. Tessel pensou em suicídio.

Ergui o olhar da página e senti o rosto quente e enrubescido, era como se eu estivesse lendo às escondidas o diário de alguém, mais especificamente de PJ. Seriam essas as coisas que ela havia contado a Metz na época do namoro deles, antes de se separarem com ódio e violência? Era um material sensacional e, graças a Deus, Metz escrevia bem melhor do que falava. Assim prosseguia o autor:

Quando Tessel chegou a ponto de considerar o aspecto prático do suicídio, os pais decidiram emigrar para a Holanda. O futuro da África do Sul se anunciava diante deles como uma orgia de violência e a luta de todos contra todos. Tessel entendeu que podia aproveitar esse hiato em sua existência para deixar seu passado como gorda para trás. Sua nova vida podia ser significativamente mais leve. Começou saltando as refeições a bordo do avião. Ela acolheu as torturas da fome com que chegou ao aeroporto de Schiphol como a primeira vitória sobre sua antiga personagem.

Nos primeiros meses, a família esteve em trânsito. Dando mostras de uma força de vontade impressionante, Tessel deu continuidade aos seus propósitos de privação alimentar. Comia apenas o estritamente necessário, e isso unicamente para não alarmar seus pais. Emagreceu mais de quinze quilos no espaço de dois meses, e depois outros sete antes de se mudarem para a casa nova.

No novo ambiente, ninguém suspeitava de que ela tivesse sido uma menina gorda, e ela nunca mostrou a ninguém qualquer fotografia sua da África do Sul. Estupefata, Tessel reparou que todos a achavam bonita, não simplesmente bonita, mas bela. Tinha amigas, e os rapazes se apaixonavam por ela. A metamorfose tinha dado certo, ela praticamente havia perdido a metade do peso corporal, mas, ainda assim, continuava se achando gorda. Nas lojas de roupas, ela continuaria procurando primeiro os tamanhos grandes.

Tessel parou de se obrigar a passar fome, tinha enfrentado uma oposição forte demais por parte da família. Agora comia, de acordo com um severo regime, pequenas porções de comida de baixo conteúdo calórico e pobres em gordura, várias vezes ao dia. Mas aquela disciplina sufocante causava uma rebelião interna que se manifestava em forma de fome bulímica, breves momentos em que ela permitia a si mesma não ter limites e se deixava levar, enterrando sua dor sob montanhas de biscoitos, bolos de marzipã, batatas chips e chocolate. Então, arrependida de haver transgredido as próprias regras, corria para o banheiro para esvaziar na privada o conteúdo do estômago.

Até um leigo poderia ter diagnosticado uma bulimia nervosa.

É coisa conhecida que um paciente de bulimia tem uma imagem do próprio corpo que não corresponde àquela real. Onde os outros veem um físico de proporções normais, o paciente bulímico vê diante do espelho apenas um monstro com as proporções distorcidas. Vomitar é o único mecanismo para manter o controle sobre esse monstro, enquanto os sentimentos de vergonha intensificam o isolamento. Para as mulheres que sofrem de bulimia, o mundo é um jogo de espelhos deformadores, em que continuamente tentam assumir a postura correta.

Quem vomita raramente pensa que se trata de um ato doloroso, e que exige um grande esforço, mas, para a garota-vômito, é a coisa mais corriqueira do mundo. Ela se torna perita no ato de vomitar, de modo que o mundo externo não suspeita de nada: não vemos olhos infiltrados de sangue nem sentimos um hálito azedo. Enfia na garganta uma escova de dente ou uma colher de sopa, ou, se ela não tem nada à mão, dois dedos. A tampa da privada está sempre levantada, a visão lhe inspira nojo, mas ela respira fundo e segue em frente.

Os efeitos do ácido gástrico nos dentes (erodem rapidamente o esmalte, causando cáries) eram, no caso de Tessel, um problema menor: o pai era dentista.

Essa última frase apagou qualquer vestígio de dúvida em mim, o retrato que surgia da descrição era o de PJ Eilander. Seu segredo estava debaixo dos meus olhos.

Agora Tessel mantinha a linha através da forma mais invisível de automutilação: vomitando. Dentro dela, cresciam o vazio existencial e a convicção de uma intrínseca falta de valor. Esses eram seus últimos sentimentos autênticos. No mundo externo, ela reagia às emoções alheias por meio de comportamentos copiados de outros: sabia que era preciso consolar quem estava triste, e que qualquer manifestação de alegria deveria ser acolhida com uma alegria idêntica. Ela própria só conhecia emoções derivadas, ecos dos tempos em que era gorda e infeliz. Em seu íntimo, reinava uma fria desolação, de cujas ruínas a chamavam meninos obesos, afogados na própria gordura.

A peculiaridade no caso de Tessel era que sua vida estava dividida em duas partes: uma parte em que era gorda e infeliz, distante, como se estivesse em outro continente, e outra em que era desejada e onde, excetuando-se o círculo familiar, nenhuma lembrança mais havia de quem e de como havia sido no passado. Tinha cancelado em si mesma quaisquer lembranças dessa antiga personagem, daquela vida dolorosa, feita de sentimentos profundos e genuínos. Na fachada, não se notava nada disso: apenas uma moça inteligente, excepcionalmente espirituosa e de trato agradável.

Seu desenvolvimento sexual era dos mais normais: de vez em quando, beijava algum garoto e, aos 16 anos, foi desvirginada por um jovem turco na cidade de praia de Alanya, onde passava as férias com os pais e uma amiga. O primeiro namorado de verdade veio aos 17, um rapaz da aldeia, que não tinha a menor chance com ela. Ela o dominava inteiramente, pois havia entendido o ilimitado poder da beleza e da falta de escrúpulos. Quando começou a faculdade, esqueceu-se do rapaz com a mesma facilidade com que perdia uma presilha de cabelos. Ele havia cumprido sua missão: com ele, Tessel havia explorado e refinado todos os potenciais do sexo como arma. Estava pronta para a grande missão.

Essa era a Tessel na época em que a conheci. Houve uma intensa descarga elétrica quando se apresentou a mim, durante a 'tarde literária' organizada anualmente pela Faculdade de Letras. Quatro dias depois, fizemos amor pela primeira vez; na minha cama, tinha entrado um monstro perfeito, maravilhoso e sem escrúpulos.

Pensei novamente no comportamento de PJ na Cidade dos Ratos, quando tinha caçado aquele ratinho para isolá-lo dos outros. Tanto Joe como eu, sem saber um do outro, nos havíamos sentido constrangidos e enojados: era um gesto de crueldade inaudita para uma menina, um lado seu que preferíamos esconder.

Nunca tinha me sentido tão feliz. Tessel combinava a suavidade comovente com uma entrega sexual pornográfica. Sem sombra de dúvida, a mulher mais engraçada que já conheci. Ela era um sonho porque dava tudo o que eu mais desejava: trabalhava por encomenda. Ela era capaz desta coisa incrível: para os pais, era a filha ideal; para os professores, uma estudante brilhante; e para seus amigos, uma putinha descarada que dançava sobre mesas de bar e enrolava os homens em volta do dedinho. E para mim... para mim, era meu único e verdadeiro amor. Ela me oferecia o que eu mais queria no mundo, e eu estava pronto para acreditar nisso. Ela acalentava uma esperança: a de que o amor fosse uma predestinação e a de que as duas partes compatíveis se reencontrariam em meio a milhões de pessoas.

Era a imagem impecável do que cada contexto social exigia dela. Sua capacidade de mímese era perfeita, à exceção de um detalhe: havia um território da existência que não lhe era acessível, porque ela própria não o conhecia e não o entendia: a intimidade. Aquela ela não conseguia imitar, assim como o camaleão não consegue reproduzir a cor branca.

O sexo era sua estratégia substituta para a intimidade. Como eu poderia saber que, desde o primeiro encontro, ela ia para a cama com outros também? No dia em que descobri um torpedo do qual se deduzia que ela mantinha pelo menos um amante, eu lhe dei dois socos na cara.

Para Tessel, o fato de ser desejada por tantos homens significava desmentir a maldição da mãe: que seu valor no mercado sexual estava baixo e que só atrairia garotos gordos. Quando, por uma coincidência insana, descobri que a coisa não havia acabado, voltei a bater nela e, dessa vez, também a estuprei. Ela gozou chorando de dor e disse que nunca em sua vida fora tão bom. Havia outros nove homens. Cada cacete que a penetrava era a confirmação de que ela era desejada, de que era bonita. Mas era uma libertação de curta duração, porque lhe faltava a convicção interna da própria beleza. Assim, começava a procurar o enésimo homem que a desejasse e, quando o achava, batia as asas, extasiada, para depois voltar, desiludida, à imagem obesa e flácida que tinha de si mesma. E, como indispensável contrapeso, sempre havia um namorado como porto seguro e com o qual mantinha uma ilusão de normalidade.

Em algum dia desses tempos tão turbulentos, eu disse a ela: "Você não poderia ter me feito sofrer mais do que isso".

Ela parou para pensar por um instante. Depois, imperturbável, retrucou: "Claro que teria podido".

Não quis saber mais nada.

Tessel era a Puta do Século.

Não consegui continuar, tremia demais. Estava escutando um homem que se perguntava, desesperado, como conseguira amar uma mulher que era apenas um reflexo do que ele esperava de uma mulher. Ele dissecava o cadáver dela com mãos firmes. Era um espetáculo tão maravilhoso quanto assustador.

Depois de Metz, foi a vez de Joe. Eu era o único que possuía todas as peças do quebra-cabeça: tinha conhecido PJ antes de Metz encontrá-la, sabia com quem ela estava agora e, ainda que me assolasse a dúvida em alguns momentos, decidi que Joe deveria ler tudo isso, porque estava correndo em direção a um abismo.

A primeira vez que me visitou, empurrei solenemente o romance sobre a mesa em sua direção. Ele o pegou, observou a capa (o detalhe de um quadro representando o corpo feminino), leu a sinopse na contracapa e o depositou de novo sobre a mesa. Franziu as sobrancelhas.

– Não sei como você se presta a ler esse tipo de merda – disse então.

Foram as únicas palavras que se limitou a dizer sobre o assunto. De fato, Metz tinha exatamente previsto sua reação. "Recusamo-nos a vê-las pelo que são e, assim, pioramos os danos que nos provocam em longo prazo."

– Por falar nisso – disse Joe na soleira da porta –, eu gostaria de levar a PJ com a gente para Poznań, alguma objeção?

Partimos na madrugada do dia 5 de maio. Em Lomark, muitas casas já haviam exposto a bandeira. Havia um ano que Joe me havia proposto treinar para ser lutador de queda de braço: Poznań fora, desde o começo, uma promessa do outro lado do arco-íris, tratava-se do torneio mais importante de todos. Apesar da bizarra aceleração temporal que cada coisa tinha sofrido depois da história de Rostock, eu havia treinado muito e tinha voltado a usar Hennie Oosterloo como *sparring partner*. Havia ensaiado com ele várias técnicas de abertura e, de vez em quando, deixava que ele quase encostasse o dorso da minha mão na mesa para aprender a sair das posições perdedoras. De resto, Oosterloo era inútil. Era eu quem mandava e desmandava ali.

Com Joe e PJ, eu me comportava normalmente. Problemas, zero, não havia ciúmes nem revelação literária, *business as usual*. Tudo tinha de seguir a própria dinâmica.

Meu papel seria de um observador imparcial. Joe havia ignorado a advertência, agora estava livre para seguir seu destino. Certo dia, voltaria a mim, pediria para ver o livro e ficaria com vontade de dar com a cabeça na parede da própria cegueira.

Eram umas boas dez horas de estrada até Poznań. Joe não saía de trás do volante, PJ lhe massageava de vez em quando o pescoço, ofereciam o espetáculo do amor pleno e harmonioso. Às vezes, tudo o que havia acontecido parecia apenas um sonho ruim, então ríamos, e Joe e PJ cantavam, e era como se Engel não estivesse apodrecendo na sepultura, e aquele maldito e ominoso livro nunca tivesse sido escrito.

Alcançamos Poznań de noite, com o motor já fervendo. Joe estacionou o Oldsmobile na frente da entrada do Hotel Olympia, um colosso sem alma dos dias do socialismo com uma infinidade de andares e leitos para todo um exército.

– Olha – disse Joe ao entrarmos na recepção.

Apontou para o relógio digital na parede atrás do balcão, que mostrava tanto a data quanto a hora: 5.5.19:45. Passaram-se alguns instantes até eu me dar conta de que estávamos no dia da libertação, uma coincidência estimulante que durou o espaço de um minuto, porque depois o relógio mudou para 19:46, e aquele momento já havia passado. Joe pediu dois quartos, um para ele e PJ, e outro para mim – assim era o estado das coisas.

Joe bateu à minha porta e entrou.

– Tudo certo, o banheiro etc.?

Afundou numa poltrona perto da cama e olhou para a rua lá embaixo.

– Cara, estou acabado. Amanhã é o grande dia, François.

Após um momento: "Acho que vou para a cama, ainda estou vendo as faixas da estrada diante de mim".

Poxa, Joe, *olha* para ela como você olhou para mim aquela vez sobre o dique e *me viu* – caramba, Joe, você não sabe com o que está brincando…

– A gente se vê amanhã de manhã, Fransje. Se precisar de

ajuda com alguma coisa, aperta primeiro o zero, e depois 517, o número do meu quarto.

A janela dava para asfalto e concreto. Um raio de sol tardio pintava tudo de laranja. Aqui também a humanidade estava ocupada exclusivamente consigo mesma. Fechei as pesadas cortinas sintéticas para voltar a abri-las logo depois. Quartos com as cortinas fechadas quando, do lado de fora, ainda há luz me deixam deprimido, acho que é porque isso me faz pensar na morte. Desde a morte de Engel, praticamente não consegui mais aguentar o cheiro de velas, que impregnava o ar da sala do velório. Tentei ler *O livro dos cinco anéis*, mas sem conseguir me concentrar de maneira alguma. Então, esperei que anoitecesse, enquanto, abaixo de mim, os poloneses viviam suas vidas e, dentro de mim, se espalhava a multiplicidade das coisas. Não havia nada mais que eu pudesse fazer.

O torneio aconteceria numa academia na zona sul da cidade. Duas mesas de competição, cinquenta e sete inscritos, dos quais mais da metade na categoria de pesos-penas. Uma boa participação. Pouco antes de o toque do gongo anunciar as primeiras duas lutas, pisou no local o homem pelo qual eu tanto havia esperado: Big King Mansur. Mesmo se tratando de um evento tão sensacional quanto, por exemplo, a entrada de Mohammed Ali, e contra todas as minhas expectativas de que haveria duas fileiras idênticas de virgens jogando pétalas de rosa diante de seus pés, ele não passava de um negro que estava entrando numa academia de quinta categoria. Também não era um sujeito grandão; estava mais para o tipo atarracado com ombros excepcionalmente largos. Tinha a cabeça raspada, de maneira que a luz que se infiltrava pelas altas janelas se refletia sobre seu crânio brilhante. Estava acompanhado de uma mulher delgada, de óculos de sol, que, pequena e elegante como era, só podia ser uma *française*. Ela era o tipo de mulher com que se casam os jogadores de tênis e futebol e que se veem nas tribunas com as mãos diante da boca quando a coisa fica emocionante.

Joe me cutucou com o cotovelo, assenti para comunicar-lhe que já o tinha visto. Mansur e a mulher encontraram um canto tranquilo, na verdade o único naquela sala lotada. Em seguida, ele mandou a mulher trazer duas cadeiras. Com gestos lentos, controlados, Mansur tirou o casaco e a camiseta e fuçou na mochila até encontrar a camiseta míni. Quando enfiou os braços pelas aberturas das mangas, eu vi aparecerem seus poderosos *latissimi dorsi*, o grupo muscular também conhecido no mundo do esporte de força como "asas". Joe explicou a PJ quem era Big King Mansur, acrescentando que estávamos diante do inabordável campeão mundial, o Animal número 1.

– Então é contra esse aí que o Fransje vai lutar? – perguntou ela.

– Talvez – respondeu Joe. – Se a gente tiver sorte.

O público era composto por homens com os corpos de sempre – empertigados, gordos e brancos, tal como em Rostock. Calculamos que o quarto combate seria entre mim e Islam Mansur – se eu ganhasse todos os meus combates... Os dois primeiros não exigiram muito esforço, o terceiro, eu quase perdi para o homem que tinha visto em ação em Liège no passado, um negro de Portsmouth. Então pensei em Islam Mansur, na vontade que eu tinha de lutar contra ele – e que hoje poderia ser o dia – e consegui vencer o inglês, por muito pouco.

Foram necessárias duas cervejas para controlar um pouco os espasmos. PJ me massageava os ombros, Joe dava voltas, atormentado. Seria eu capaz de oferecer resistência a Mansur? Poderia esperar que o desempenho dele, de alguma maneira, fosse ruim, que não conseguisse se concentrar? As mãos de PJ me causavam ondas de prazer, enquanto eu sorvia a cerveja como uma bomba hidráulica. Então chegou o momento. De rabo de olho, eu vi Mansur se destacar de seu canto escuro e se encaminhar até a mesa, sem pressa: era uma máquina humana perfeita. Joe me conduziu à mesa de competição e me ajudou a montar no banquinho. Pousou por um instante as mãos sobre meus ombros – senti a falta dos dedos na sua destra – e me olhou no fundo dos olhos.

– Eu confio em você – disse, soltando-me.

Eu me encontrava sozinho diante de uma força da natureza. Mansur se sentou.

O Santo do Braço, enfim.

Segurou firmemente a asa (seu braço esquerdo, tão espesso quanto o direito, poderia lutar contra um adversário por braço) e firmou o cotovelo dentro do *box*. Só então olhou para mim: olhos arregalados, com a parte branca bem pronunciada. As palmas de suas mãos eram claras, coloquei o braço sobre a mesa também, e nossas mãos se agarraram. Uma pegada granítica. Era como se eu tivesse posto a mão sobre um edifício quente.

Do que eu tinha visto de Mansur nos combates anteriores, sabia que gostava de variar duas estratégias de entrada: o "Golpe da pedra de fogo" e o "Golpe das folhas vermelhas" ("No 'Golpe das folhas vermelhas', derruba-se o sabre comprido do inimigo. O espírito deveria assumir controle do sabre dele"): eu me preparei. A mão dele era seca e suave; a minha, pequena e suada. Mansur me olhava nos olhos, eu sabia que fazia parte de sua estratégia para hipnotizar o adversário, seduzindo-o com o olhar. Em certa entrevista, ele dissera que sua grande força provinha "de dentro". "Se mantiver a mente concentrada, conseguirá abstrair-se de quaisquer presenças à sua volta. Ao centro de sua atenção, fica só o adversário." Apesar de isso soar bastante genérico, eu efetivamente o sentia reunir todas as suas energias enquanto era sugado por seu olhar. Tornei-me o foco esbraseante de sua atenção, absorvido pelo vácuo de seus olhos.

– *Go!*

Contraí automaticamente todos os meus músculos e senti a força de tração daquela mão enorme. Consegui me desvencilhar daqueles olhos por um instante e olhar para o seu braço com músculos trêmulos que pareciam querer estourar por debaixo da pele. Depois, voltei a ocupar meu lugar no seu campo visual. Era assim que finalmente nos tornávamos o centro do universo. Mansur e eu, e eu senti um profundo sentimento de gratidão e justiça. Sabia que não era importante o resultado, que o que contava era apenas a inevitabilidade fatal daquele momento, o impacto de dois corpos celestes que haviam buscado um ao outro no espaço incomensurável, forças à procura de beleza e aniquilamento. O momento da colisão se dava de maneira lenta e silenciosa.

Fiz frente ao seu ataque e, com o tempo, minha defesa foi se tornando cada vez mais forte. Os músculos da nuca de Mansur estavam retesados como cordas de violino; de seu ombro, levantara-se uma colina baixa que eu nunca tinha visto em outro lutador. Seria PJ quem estava gritando? Acompanhei com o olhar o percurso de uma veia no antebraço de Mansur. Durante toda a minha vida, tinha ansiado e procurado por algo isento de falhas, livre de contaminações, e, no estado onírico em que me encontrava, veio à minha mente um conto sobre a perfeição – sobre artesãos chineses, mestres na arte do laque, que embarcavam num navio e se punham ao trabalho só quando haviam chegado em alto-mar: em terra, minúsculas partículas de poeira contaminariam e estragariam o fino laqueado.

O triângulo que Mansur e eu formávamos pertencia a essa categoria: perfeita, sobre-humana – estávamos fora do tempo e do espaço, distantes, eu ouvia a assuada do salão como se ela viesse dos fundos de um vale. Muito mais nítido foi o ruído de um galho seco que quebrava na altura de minhas orelhas – senti que estávamos perdendo o equilíbrio, catapultados mundo adentro, rumo ao final.

Só então eu me dei conta de uma dor pungente e alucinante no antebraço, como se tivesse havido um incêndio em minha carne, e vi Mansur soltar minha mão e olhar para mim, incrédulo. A dor se concentrou como uma bola de fogo na metade do meu antebraço, e eu entendi que o osso estava quebrado. Meus músculos haviam suportado a força desumana de Mansur, contrariamente ao rádio e à ulna, que

não tinham resistido. Um dos dois tinha quebrado como um galho: gritei toda a minha raiva e dor. Joe estava ao meu lado.
– Fransje, o que foi?
Balancei a cabeça, aquilo era o fim de tudo, o osso tinha sido meu calcanhar de Aquiles. Teria de começar tudo de novo, do zero. Mansur se aproximou de nós.
– Acho que ele quebrou o braço – disse Joe em inglês. Mansur assentiu, confirmando.
– Uma pena – lamentou ele. – Foi um bom combate. Depois olhou para mim, refletiu e, então, se corrigiu:
– Foi um combate espiritual. Você é um homem forte.
Levou a destra rapidamente ao coração, exatamente da mesma maneira como Papa África fazia, e desapareceu com a mulher na multidão de curiosos que se havia formado à nossa volta.
– Joe, temos que levá-lo ao hospital agora – disse PJ. – Ele está pálido como um morto.
De repente, eu amoleci todo, tamanha era a dor, e senti que poderia vomitar a qualquer instante. O braço estava pousado no colo, quieto. A minha única arma: quebrada. Havia dois táxis na frente da entrada, e os motoristas fumavam encostados no capô.
– *Hospital!* – gritou Joe. – *Krankenhaus!*
O resto resumiu-se ao que é previsto em casos assim: injeção de analgésicos, redução da fratura da ulna, tala, braço imobilizado com atadura e toda aquela merda. Detalhe: tivemos de desembolsar o equivalente a 965 florins na hora, no que PJ nos ajudou, emprestando seu cartão de crédito. Entregaram-nos a chapa de raio X para levar para casa. Agora, sim, é que eu estava totalmente impossibilitado: quando muito, conseguiria rabiscar algumas letras em caixa-alta usando os dedos que sobressaíam da engessadura. No táxi a caminho do hotel, Joe se virou na minha direção.
– Dois minutos e trinta e nove segundos, depois você se quebrou.
Dois minutos e trinta e nove segundos! Quase não acredi-

tava, porque na minha percepção aquilo havia durado uma eternidade.

– Você não cedeu nem um centímetro, os outros foram derrotados no primeiro minuto. Bom, é pra isso que serve o cálcio. Imagine só se o osso não tivesse quebrado... Você teria grandes chances, de verdade. De qualquer forma, Fransje, alguns meses, e estaremos de volta.

PJ soltou um suspiro de desaprovação.

– Caras, vocês estão loucos!

No hospital, abasteceram-nos de analgésicos, Joe me deu o primeiro às cinco, e eu o engoli com um bom gole de cerveja.

– Esta noite você vai dormir com a gente no quarto. Para o caso de precisar mijar ou algo assim.

Nessa complicação, eu ainda não tinha pensado, Joe assumiria o papel que tinha sido de Engel... Decidi tomar um porre.

Pensando bem, estava menos deprimido do que havia imaginado, consolava-me o fato de que tivesse acontecido com o Santo do Braço, era minha Fratura de Honra.

PJ era solidária comigo e bebia no mesmo ritmo que eu. Quem nos atendeu foi uma moça cujo rosto expressava um sofrimento ilimitado. Diante da porta do hotel, curvado sobre o capô do Oldsmobile, Joe consertava o radiador que estava vazando com fita adesiva. A moça trouxe mais cerveja, PJ enfiou um canudinho na minha garrafa e o dispôs numa posição de fácil acesso para mim. Eu continuava a beber como uma esponja para diminuir os espasmos, porque, embora o braço estivesse imobilizado, doía de maneira infernal a cada pequeno movimento. PJ tirou as chapas de raio X do envelope e as olhou uma por uma na contraluz. Vistos dessa maneira, mais se pareciam com ossos de frango. Era um milagre que eu tivesse aguentado aqueles dois minutos e trinta e nove segundos.

– É uma fratura nítida, não, dessas todas estilhaçadas. Dói?

Sim, querida Florence Nightingale, dói muito. Você cuidará de mim?

– Nós vamos ter que cuidar de você um pouco nos próximos meses, porque, assim, você não pode fazer nada. Eu tenho as últimas provas em agosto e posso tranquilamente estudar na casa dos meus pais.

PJ enfiou novamente as radiografias no envelope, depois disse: "Vamos procurar algumas informações turísticas, estou de saco cheio desse lugar".

Ela me empurrou para fora da sala do restaurante e, atravessando o hall, dirigiu-se à recepção, um nicho mal iluminado ao final do corredor. No nicho, havia um homem que estava lendo.

– *Bitte* – perguntou PJ –, o senhor teria um mapa da cidade? Estamos procurando um *gutes Restaurant*, ou talvez um bar.

O homem, irritado, ergueu o olhar.

– Aqui nada de bar! – respondeu ele, de maneira brusca – Nada de bar em Poznań!

Falava com um sotaque eslavo, acentuando nitidamente cada uma das sílabas, enquanto seus olhos lampejavam de uma raiva misteriosa.

– Aqui só tem desempregados e bandidos! Ir em cidade é como enfiar mão em máquina!

Mostrou como os desempregados e os bandidos nos fariam desmaiar com um golpe na cabeça para depois esvaziar nossos bolsos. PJ olhou para ele com a cara de quem estava achando graça. Mudou de assunto.

– Eu poderia perguntar qual livro o senhor está lendo? – indagou, a doçura em pessoa.

– Claro, ler, sim.

Deu o livro a PJ, e vimos que era um livro em quadrinhos, com Vampirella usando trajes BDSM na capa, enquanto, no plano de fundo, alguns oficiais da SS torturavam uma virgem loira.

– *Sehr gut!*, muito bom! – disse o recepcionista.

PJ se pôs a folhear o livro, mostrando-me uma página em que oficiais da SS, com paus gigantescos que sobressaíam das calças do uniforme, estupravam um grupo de mulheres, que, pelos brincos e pelas densas cabeleiras negras, só poderiam ser ciganas.

– Esse tipo de coisa já não se vê mais no lugar de onde viemos – disse PJ.

O riso do recepcionista deixou à vista uma dentição arruinada. Abriu uma das gavetas do seu escritório e nos mostrou outro livro, que ele entregou a PJ: tratava-se da edição polonesa de *Mein Kampf*. O louco do recepcionista estava lendo nada mais nada menos que *Mein Kampf*... Os olhos de PJ cintilaram.

– O que mais será que ele tem escondido no seu gabinete dos horrores?

Ela lhe devolveu os exemplares de *Vampirella* e *Mein Kampf*, depois apoiou os cotovelos sobre o balcão e tentou enxergar o que mais ainda podia haver, escondido, na gaveta. O recepcionista, sentindo-se desafiado, trouxe à vista um álbum imundo de fotos em que ele fazia pose no meio de um bosque com o pé em cima do peito de um urso morto. Nas mãos, trazia um fuzil de caça enorme.

– *Schießen, gut!* – exclamou com entusiasmo. – Disparar muito bom!

Mas o forte da sua coleção ainda estava por vir: uma pistola. Ou um revólver. Eu nunca sei a diferença.

Mostrou aquele negócio angular sobre a palma da mão e só o entregou a PJ após muita súplica da parte dela. Estava orgulhoso de que ela demonstrasse tanto interesse por seu acervo.

– A coisa está melhorando cada vez mais, Fransje, fique ligado!

Ela se virou na direção do hall e apontou a pistola, fechando um olho. A gargalhada cacarejante que subiu por detrás do balcão da recepção me deixou todo arrepiado.

– Desempregados e bandidos! Pum-pum-pum!

A última coisa que o homem nos entregou foram os passaportes que havíamos deixado na noite anterior para concluir o check-in. PJ os pegou, trocando-os pela pistola. Folheou o primeiro, viu que era o meu e o enfiou na parte lateral da charanga. Depois, ela pôs o dela no bolso traseiro das calças. Só faltava agora o de Joe. PJ olhou rapidamente para a entrada e depois outra vez para o passaporte. Foi então que o abriu, eu funguei em sinal de protesto, porque sabia exatamente qual era a sua intenção: ler o verdadeiro nome de Joe! O que queria dizer que nem mesmo ela o conhecia! Era um segredo, e ninguém tinha esse direito. Ela olhou para mim, admirada do frenesi com que eu balançava minha cabeça.

– Vai dizer que não tem curiosidade?

Claro que eu estava curioso, não era essa a questão... Sua vaca, põe isso aí de volta! Mas o olhar dela já estava deslizando para a página com os dados pessoais. Franziu as sobrancelhas e sorriu. Então, virou o passaporte aberto para mim, vi a fotografia de Joe por um instante antes de fechar os olhos. Eu não tinha esse direito. Eu ouvia, no escuro, alarmes soando por toda parte, ela não tinha esse direito, era como uma profanação, *ninguém* podia apropriar-se às escondidas do seu nome, era seu único segredo. Abri outra vez os olhos quando pensei que ela havia entendido que eu não estava interessado, mas ele estava ainda ali, a vinte centímetros de meu nariz. O que ela queria era um cúmplice, estava me aliciando para dentro de seu universo corrompido, aquele universo do qual Metz já me havia prevenido, desgraçada! Como não cair na tentação? Foquei bem o olhar no passaporte diante de mim. A foto no passaporte de Joe, um pouco valentão, um pouco blasé. Ah, Joe, me desculpa, perdão.

Naam/Surname/Nom
RATZINGER

Voornamen/ Given Names/ Prénoms
ACHIEL STEPHAAN

O passaporte desapareceu do meu campo visual, e PJ o devolveu ao recepcionista.

– Por favor, devolva ao dono – disse ela. – Ele já está vindo.

O homem assentiu, admirado, sem entender o que se havia passado. PJ me levou de volta para o salão, postando-me diante da minha cerveja. Logo em seguida, Joe entrou, esfregando as mãos num trapo sujo.

Achiel Stephaan Ratzinger.

O recepcionista o chamou para lhe devolver o passaporte. Na soleira da porta, Joe sorriu para PJ: "Vocês já estão com seus passaportes? Ela está dizendo que...".

– Temos sim, amor.

– Ótimo, e está tudo perfeito com o carro.

PJ acendeu um cigarro para ele. Ele, então, o pegou, deixando impressões digitais de óleo no papel. Achiel Stephaan. Por que diabo seus pais lhe deram aquele retardadíssimo nome flamengo? Teria sido em homenagem a algum avô de Flandres? A um guru de Wetsmalle? O quer que fosse, estávamos agora diante de um homem sem mais segredos. E seu segredo era uma piada. Achiel Stephaan: entregue aos filisteus pela amada, traído pelo amigo.

Naquela noite, no quarto deles, eu vomitei as tripas, sujando todo o lugar. Joe me ajudou a ir ao banheiro, eu gritava, acho que pedindo perdão.

– Ontem você se excedeu – disse Joe na estrada, no caminho de volta. – Você vomitou em cima de mim, seu idiota.

O fato de eu ter mijado sobre os dedos ficou entre nós. No banco traseiro, PJ mantinha um silêncio cordial.

Saber o verdadeiro nome de Joe equivale a tirar uma radiografia dele. Achiel Ratzinger é o destino do qual ele havia tentado escapar – e este, mesmo assim, conseguiu alcançá-lo. Eu me lembro de que, na Bíblia, algumas figuras trocam de nome quando sua vida muda radicalmente, rabisco um recado para minha mãe pedindo que me traga seu exemplar.

– Nunca é tarde demais para ninguém – diz ela, suspirando.

Não demorou muito para que eu achasse o que procurava. Em Gênesis, Deus impõe um nome novo até a Abram e Sarai: "A partir de agora, já não te chamarás mais Abram, mas sim Abraão, pois Eu te tornarei patriarca de uma multidão de povos". Também a esposa de Abraão recebe outro nome: Sara.

No Novo Testamento, Pedro recebe um nome novo, primeiro no Evangelho segundo são Marcos: "E no Simão Ele impôs o nome de Pedro e a Jacó, filho de Zebedeu, e a João, irmão de Jacó, Ele passou a chamar de Boanerges, isto é, filhos do trovão". Isso se encontra também no Evangelho de João, em que Jesus diz: "Tu serás chamado de Cefas, que, traduzido, se converte em Pedro".

Nos Atos dos Apóstolos, Saulo, perseguidor encarniçado de cristãos, muda de nome após a aparição de uma luz divina no seu caminho rumo a Damasco. Uma voz, que declara ser

Deus, grita: "Saulo, Saulo, por que me persegues?". Saulo, então, se converte e, a partir daquele dia, recebe o nome de Paulo.

Tenho a impressão de que o patriarca e seus discípulos recebem nomes de acordo com seu novo – e mais alto – status: homens de Deus com um nome como sinal de distinção.

Por fim, há mais uma coisa que me intriga no Apocalipse, na passagem que diz que todos nós receberemos um novo nome se dermos ouvidos ao Espírito. "Eu lhe darei uma placa de pedra branca e, sobre ela, um nome inscrito estará, que ninguém conhecerá além de quem o recebe."

Nosso nome secreto que ninguém mais conhece – mas PJ e eu levantamos a placa de pedra e ficamos decepcionados com o que vimos: aquela humilhante etiqueta que tinha sido colada nas costas de Joe, tanto que, em sua presença, dava uma vontade louca de rir. No seu nome, estava codificado seu calcanhar de Aquiles: *nomen est omen*. Os Homens de Deus recebiam nomes que os engrandeciam, mas, com Achiel Stephaan, o que PJ e eu fizemos foi diminuir Joe e faltar com respeito à sua dignidade. Atrás do nome que ele próprio havia escolhido para si, ele agora está nu.

Nas semanas que se seguem, PJ faz de tudo por mim, me leva para passear ("Você não quer meus óculos de sol? Notei que você está apertando os olhos.") e de noite me dá de comer minhas salsichas em conserva com evidente repugnância. Depois do trabalho, Joe vem também, e então ficamos sentados ali juntos, os três, por algum tempo, com Joe e PJ parecendo um casal com um filho infeliz. Joe me ajuda quando preciso mijar. Só à minha mãe permito limpar minha bunda, pois até hoje nunca aguentei que ninguém mais mexesse no meu *anus horribilis*. O fato de que Joe, de vez em quando, tenha de pegar meu pinto entre o polegar e o indicador e enfiá-lo nas cuecas para mim é o limite. Ele não o seca como eu próprio faço, de maneira que minha mãe tem de ferver as cuecas para tirar as manchas de xixi. Quando Joe me ajuda, desvio o olhar para o outro lado, como se eu não estivesse ali. Acho que teria me matado se alguma vez tivesse tido uma ereção.

O nome verdadeiro de Joe fez com que PJ e eu nos aproximássemos. Os sentimentos de culpa só vêm à tona quando eu me encontro novamente sozinho e, da minha cama, olho a luz do dia se esvair. Às vezes, Engel aparece diante de mim, vejo a expressão com que ele avalia a situação e, por alguma razão, parece-me improvável que tudo isso tivesse acontecido se ele ainda estivesse vivo. Agora Joe se encontra sozinho diante de um novo triângulo formado por uma mulher sem escrúpulos ("Não é que ela seja malvada ou pervertida, apenas lhe falta a consciência, nada mais" – de *Sobre uma mulher*) e dois amigos que às vezes o odeiam em silêncio.

Quando não estou a fim de me martirizar de culpa, digo a mim mesmo que, em realidade, não passa de uma troca de intimidade: ele conhece meu pinto, eu conheço seu nome. O que importava que soubéssemos seu nome? No final das contas, ele tem a PJ. Nada mais justo que eu tenha me apropriado novamente de uma parte. Não passo de uma formiguinha ao seu lado. Mas, quando me lembro da gargalhada lúgubre do recepcionista do Hotel Olympia, esse meu raciocínio não vale mais. Joe Speedboat é muito mais que um capricho de adolescente: é o seu destino. Graças ao nome novo, os homens de Deus se tornaram outras pessoas, e é inconcebível que voltem a ser quem eram quando se chamavam Abram, Simão ou Saulo. Com Joe, sim, foi que isso aconteceu, e agora não vemos mais nele o querido aprendiz de mago, mas sim Achiel Stephaan Ratzinger, uma espécie de Christof, que, muito tempo atrás, também tentara livrar-se da própria condição infeliz escolhendo como pseudônimo o nome de Johnny Maandag.

Vejo que, dentro de si, PJ o chama de Achiel. Tem-se infiltrado uma espécie de desleixo em seu comportamento em geral e na maneira de expressar seu amor: cada beijo, cada olhar é manchado pela ironia. *Bronze que soa, címbalo que retine.* PJ o está desmontando com uma lentidão exasperante.

Eu acredito que cada ser humano deveria ter um núcleo sagrado, uma região em que se possa confiar incondicionalmente: aquele centro sagrado que, no meu caso, se corrompeu, e que, em PJ, nunca encontrei. Nada além daquele oportunismo predatório, que não deixa de ter sua beleza, naturalmente, e que, quando cuida de mim, me transmite a sensação de que sou muito importante para ela. Isso me uniu a ela ainda mais, saber que ela é incapaz de amar, mas que faz seu melhor, por razões que desconhecemos. Metz escreve: "Talvez ela tenha um coração, mas o guarde em mil lugares diferentes". Eu acredito que PJ adoraria ser como as outras pessoas e que tenha inveja da devoção e da abnegação com que Joe a ama, e que por isso o despreza.

Ela continua a mostrar evidente fascínio por meus diários, pelo meu *História de Lomark e seus habitantes*. Vai chegar o dia em que me pedirá para lê-los. Eu darei meu consentimento, porque, se há alguém que, não só pode, como deve lê-lo, essa pessoa é ela. É bem-vinda ao meu mundo, como também eu no dela. Mas o dia fundamental para mim é o dia de hoje, em que ela faz um desenho no gesso. O desenho representa Islam Mansur como King-Kong, que me segura sobre a palma da mão (sou eu mesmo, bem pequeno, mas reconhecível pelo braço engessado), e me olha com os olhos esbugalhados. THE GREATEST LOVE STORY EVER TOLD, escreve embaixo. Ela desenha bem, Mansur não poderia estar mais bem representado como gorila. Ela está muito próxima quando o pinta de azul, ouço sua respiração profunda; sossegado, sinto o calor de seu corpo como um pequeno aquecedor. Por vezes, pequenos grãos de gesso bloqueiam a passagem da tinta na ponta do marcador. Sob determinado ângulo da luz, suas sobrancelhas parecem quase ruivas.

"Dá para ficar parado?", diz, quando me dá algum espasmo.

Eu me inclino um pouco para frente a fim de esconder um começo de ereção nas dobras das calças. Quem não ficaria nervoso com ela? Mesmo sabendo quem é, você não pode ficar indiferente diante daquela imoralidade sedutora, que também pode ser rebaixada ao status de uma malícia divertida. É justamente este o ponto: você pode reconhecer sua natureza manipuladora se quiser, mas, se fechar os olhos, é um ato voluntário. É isso que faz de PJ um destino que você escolhe. E eu... bem, eu não quero ser poupado.

O King-Kong já está quase acabado, PJ ergue o olhar. Eu o desvio, dirigindo-o para a superfície da mesa com tudo o que havia em cima. De repente, a atmosfera se torna, como posso dizer, *carregada*, tanto que me dá dificuldade de engolir.

– Qual é o problema, Fransje? – pergunta, melíflua.

Eu me sinto flagrado, às vezes meus pensamentos são tão tangíveis quanto pãezinhos que acabam de sair do forno. Depois só me lembro de sua mão, *sua mão*, pousada entre minhas pernas. Contanto que ela não sinta que estou de pau duro, penso em pânico, antes de me dar conta de que foi por isso mesmo que tudo começou. É a mão de Deus aquela com que me dá ligeiros beliscões que me provocam tonturas, é a primeira vez que meu pinto está em mãos alheias, a ser beliscado docemente, e não balançado brutalmente ou esfregado com vigor. Não, não é isso, não assim. PJ lança um olhar fugaz à janela e desfivela meu cinto. Fico imóvel, aterrorizado por qualquer coisa que possa perturbar aquele clima. Abaixa o zíper e desliza a mão para dentro das minhas cuecas. Uma mão hábil, uma mão quente que envolve o meu pau, quase asfixiando-me de felicidade. PJ o põe para fora e começa a me masturbar devagar.

– Que duro que você está! – diz, mais para si mesma que para mim.

Sua mão acelera um pouco, sem que seus dedos exerçam mais pressão, felicidade maior que aquela me é inconcebível. Ouço o roçar do tecido das minhas calças contra o pulso dela, sua respiração também se acelera. Entre as sobrancelhas, há uma pequena ruga pensativa. Desacelera, esfrega o polegar sobre a glande, e minha vista se turva, como uma paisagem de névoa noturna, gozo sobre sua mão e minhas calças. Contenho o grito, dobro o tronco para frente. Depois, as contrações diminuem, e ela retira a mão. Ela sorri com um ar sereno e se levanta para ir pegar um pano de prato da cozinha a fim de limpar o esperma da mão. Limpa minhas calças também.

Pouco depois, dirige-se à porta com a bolsa na mão e, na soleira, me pergunta: "Será que cuidei de você como se deve hoje, Fransje?", e me brinda com uma risadinha. Estou refestelado na charanga, acabado, e sei que não há limite para o que eu faria por ela. Sua infidelidade estava prevista, cresceu e se multiplicou com a mesma naturalidade que piolhos no couro cabeludo de crianças, e também é verdade tudo o que eu pensava sobre mim mesmo; era só uma questão de tempo antes de vir à tona. Essa consciência é, em parte, libertadora: as suspeitas são sempre piores que os fatos.

Hoje decidi dar um fim ao meu sofrimento, trocando minha única amizade pelo prazer proporcionado por PJ, ao que tudo indica, um bom negócio. Estaria tudo perfeito se eu não me sentisse tão mal a esse respeito.

É com um sentimento de pesar que, alguns dias depois, observo a enfermeira cortar pela metade o desenho de PJ. Meu braço perdeu muita massa, e eu só posso voltar a sobrecarregá-lo depois de mais ou menos quatro semanas. Final de junho, é o dia mais longo do ano, mas este ano trouxe chuva e um cinza borrascoso. Na opinião de minha mãe, isso significa que será um verão chuvoso, e que é melhor nos prepararmos psicologicamente para esta ideia: céu entre pouco e fortemente encoberto, acompanhado de chuva e garoa, com temperaturas máximas entre os dezenove e os vinte e dois graus e muitos borrachudos.

Na primeira vez que volto a abrir uma lata de salsichas, fico com medo de quebrar outra vez o braço, mas depois tudo volta ao normal. O esforço para retomar o ritmo de treinamento não é pouco. Custa-me imaginar que Joe e eu voltaremos a fazer tudo como antes, mas para ele não há a menor dúvida. A dúvida existe apenas na minha cabeça, para onde confluem os acontecimentos dos últimos meses, condensando-se todos no momento em que gozo na mão de PJ. Essa é a vida que vem depois. Minha inocência consistia apenas de um sentimento de culpa ainda não materializado.

Às vezes Joe diz coisas como: "Eu não sei, não, cara, de vez em quando me dá um medo. Desde a morte de Engel, o tempo inteiro tenho a sensação de que alguma coisa ruim vai acontecer". Cheira uma axila. "Dá até para sentir o cheiro. Do medo."

Ele dá duro na escavadeira, procura o trabalho físico extremo para se esquecer do mal que o aflige e que ele não consegue expressar em palavras. Também ele se tornará um ser humano: nu, amedrontado e sozinho como todos.

A participação na corrida Paris-Dakar lhe custa uma fortuna, encontrou alguns patrocinadores, dos quais a Asfalto Belém é o principal; os outros são pequenos e médios comerciantes que querem se divertir um pouco. Recebe camisetas com os nomes e logotipos estampados. Ganhamos um senhor dinheiro com as lutas e ele, acrescentando também seu salário, acabaria conseguindo juntar a quantia. No dia primeiro de janeiro, deverá estar em Marselha para a partida do rali. Dezesseis dias depois, a caravana inteira chegará em Sharm el-Sheikh, no Egito, já que o nome Paris-Dakar não implica automaticamente que as cidades sejam os pontos inicial e final. Elas podem mudar a cada edição.

No dia em que Joe aparece com um mapa gigante da África e me mostra a rota, de repente entendo que ele tem segundas intenções: Sharm el-Sheikh está às margens do Mar Vermelho, não muito longe da aldeia Nuweiba, onde Papa África tinha sua loja quando conheceu Regina. Mas Joe não diz nada a respeito nem eu insisto. Enrola o mapa, mas logo parece mudar de opinião.

– Que tal se eu pendurá-lo aqui? – pergunta. – Assim você poderá acompanhar quando eu estiver lá.

É um mapa lindo, grande, como aqueles pendurados nas escolas, numa escala de 1:7.500.000, um mapa Wenschow, em relevo. Joe desenhou sua rota nele com uma caneta permanente.

Do lado de fora, com seu vermelho profundo, as papoulas se destacavam da paisagem de um céu cinzento como as conchas do mar; às vezes um raio de sol ainda aparece, colorindo as nuvens. Sobre o telhado de casa, bailam os pombos-torcazes e as pegas, eu os ouço nitidamente. Estão bicando no musgo que recobre as chapas onduladas de asbesto.

Eu consigo me locomover como antes, mas Lomark me parece diferente, as ruas, o dique, tudo se tornou estranho para mim. A esperança que a chegada de Joe havia suscitado um dia arrefeceu. Voltamos a ser o que éramos e sempre seremos. Joe é um messias sem terra prometida: não trouxe progresso, apenas movimento.

– Fazemos nosso melhor – disse Joe, há muito tempo. – Construímos um avião para desvendar o Segredo, mas depois você descobre que não há Segredo nenhum, só um avião. O que é bonito.

Ele trouxe um toque de mágica ao nosso mundo, mas um temporal foi suficiente para cancelar todas as cores.

A estrada E981 está se aproximando cada vez mais, já se veem as máquinas trabalhando ao longe e, quando escurece, dali chega até nós um mar de luz artificial. A Estrada Nacional é um pesadelo de estreitamentos e lentidão, as pessoas reclamam, mas é tarde demais. Egon Maandag esfrega as mãos de satisfação, pois, para ele, a E981 é uma mina de ouro, mas acho que, no fim, tudo isso se voltará contra ele, porque a falta de uma saída para Lomark será fatal para sua empresa do ponto de vista logístico.

O verão se transforma em outono, já me sinto de novo bastante em forma e luto de vez em quando contra Hennie Oosterloo para manter um pouco o ritmo. Não acho que Joe e eu ainda vamos frequentar algum torneio neste ano, pois ele está com a cabeça em outras coisas. Mais tarde voltaremos a falar do assunto, depois do Paris-Dakar.

Certo dia, encontro Índia sobre o dique, ela já saiu de casa e estuda "algo que tem a ver com pessoas" na região oeste do país. Do céu amarelo, cai uma chuvinha sutil. Índia parece feliz em me ver, agora tem cabelos negros que a deixam muito pálida.

– Oh, Fransje – diz. – Quanto tempo!

Ela está com uma cara de quem está prestes a chorar, eu escrevo no caderno de notas que está tudo bem, e que ela está parecendo uma indiana de verdade com aquele cabelo. O papel se enruga sob as gotas de chuva. Índia passa fugazmente a mão pelos cabelos.

– Não é cabelo, e sim um estado de espírito.

Prosseguimos na direção de Lomark e, quando nos despedimos, ela olha para mim com ar muito sério.

– Pode ficar de olho no Joe? Nos últimos tempos, ele me parece meio... perdido. Entende o que quero dizer?

Entendo muito bem o que ela quer dizer e a acompanho com os olhos enquanto ela se afasta com seu casaco militar, o mesmo que Joe usou e que, se não me falha a memória, havia sido do seu pai. Está escurecido pela chuva e pende pesadamente dos ombros dela. Ela se vira para mim e, num gesto veloz, levanta a mão, a moça que sempre exala cheiro de pêssegos.

No dia 20 de dezembro, Joe parte para Marselha, onde a corrida teria início no dia primeiro de janeiro. Não conseguiu reunir dinheiro suficiente para transportar a escavadeira até lá de trem, de modo que teve de ir dirigindo o trajeto todo.

– Assim já posso ir testando tudo pelo caminho – diz.

Esboçou uma rota minuciosa por caminhos paralelos, porque, nos principais, é maior a chance de que o parem para fazer perguntas incômodas. Quando o rali começar, já não haverá mais impedimentos. Admiro seu desdém estoico pelo tempo, pela fadiga e pela força da gravidade. Na manhã seguinte, estamos os três ali para nos despedirmos dele; sua mãe, PJ e eu. Faz frio, está chovendo, o mundo está repleto de sombras azuis. Regina me protege um pouco com seu guarda-chuva, de maneira que só me molho do lado esquerdo. Ela parece uma ameixa seca, como falamos por estes lados quando uma mulher envelhece mal. Ela está arruinada, destruída pelo amor.

A escavadeira está estacionada em frente ao Rabobank,

com o motor roncando. "Então, eu já vou", diz Joe, e PJ chora um pouco. Abraçam-se, e Joe lhe diz algo ao ouvido que eu não entendo. Ela acena com a cabeça, triste e corajosa ao mesmo tempo, e eles se beijam. Depois Joe abraça a mãe com força e lhe diz para ela não se preocupar, que ele vai voltar são e salvo, já que "nada de ruim pode acontecer com quem tem um monstro desses". Aperta minha mão e abre um sorriso.

– Não se esqueça de tomar seu cálcio, Fransje! Eu te vejo no ano que vem.

Abraça PJ mais uma vez, que não quer deixá-lo ir.

– Até breve, amor, te ligo.

Sobe na cabine, é uma visão impressionante vê-lo lá em cima. Liga o motor, o limpador de para-brisa vai e vem sobre o vidro, e o monstro entra em ação. Joe põe a mão para fora da janela aberta, sai do estacionamento, buzina e dobra a esquina. É a última imagem que temos dele, até o dia primeiro de janeiro.

A partir daquele dia, passa no RTL5 um boletim, das onze às onze e meia da noite, com todas as notícias sobre o rali. Assisto na sala da casa dos meus pais. Vemos os participantes reunidos num parque, ao lado de uma tribuna, há uma fanfarra e, destacando-se naquele mar de carros, desponta o amarelo-cádium da escavadeira, cheia de adesivos da Asfalto Belém, da empresa de aluguel de carros Van Paridon, do açougue Bot e de outros patrocinadores menores. Quer dizer que ele conseguiu mesmo chegar a Marselha pelas estradas secundárias, o que, por si só, já é um milagre. Agora só lhe faltam 8.552 quilômetros até Sharm el-Sheikh. Sentado à mesa da sala, meu pai resmunga: "Joe não está bom da cabeça, já estava assim na época daquelas bombas".

Na primeira jornada, a caravana da Paris-Dakar alcança Narbonne; no dia seguinte, Castellón, na Espanha, perto de Valência. No porto de Valência, o circo inteiro se transfere para a África do Norte. Em Tunis, Joe entra na zona mais ensolarada; mais tarde, no deserto. De vez em quando, durante as filmagens aéreas, vemos uma ou outra imagem dele, com as rodas traseiras que levantam uma enorme nuvem de poeira. Os participantes se dirigem numa linha reta rumo ao sul e, no quarto dia, Joe, por um triz, não cumpre o limite de horário. Não chegar a esse ponto dentro do tempo equivale a voltar para casa. Eu consigo até ouvi-lo mentalmente: "Por um triz". Pelo que tudo indica, parece que dessa vez se enganou, a escavadeira não é um transporte tão bom para se atravessar o deserto quanto imaginava. A paisagem é maravilhosa, mas o terreno, árduo, e os primeiros corredores ficam encalhados nas dunas de areia ou nos profundos sulcos deixados pelos rios secos. Os demais alcançam Gadamés, uma aldeia logo após a fronteira líbica, naquela zona do mundo em que o amarelo começa a se alastrar no mapa por conta dos 6.314.314 quilômetros quadrados de deserto. Agora Joe está no Saara, com uma escavadeira...

No sétimo dia, aparece pela primeira vez na televisão, após uma etapa absurda de 584 quilômetros ao longo da fronteira entre Líbia e Argélia. Já é noite quando reaparece do deserto e chega ao bivaque.

– Deve ser ele – diz mamãe, que acompanha a transmissão pelo canto do olho.

O rosto de Joe está sujo e bronzeado, as lâmpadas da equipe de filmagem o iluminam contra um céu azul-celeste e um fundo de tendas, antenas parabólicas e homens com roupa de motociclista que entram e saem da imagem. Joe olha por sobre os ombros do entrevistador e cumprimenta alguém fora de cena. Sobre sua camiseta, é possível ler "ASFALTO BELÉM, LOMARK" e, mais abaixo e em letras menores: "PARA TODOS OS SEUS CAMINHOS ASFALTADOS". O entrevistador pergunta por que a escolha da escavadeira.

– De uma escavadeira a um caminhão, é só um passo – diz Joe. – À exceção do camelo, pareceu-me o meio de transporte mais adequado para atravessar o deserto.

– E confere?

Joe ri, cansado.

– Não.

– Está custando muito esforço?
– Tudo em mim dói, e é uma pena que não se veja tanto do deserto. Estou aqui pelo deserto, mas preciso me concentrar o dia inteiro no caminho. Principalmente os *ergs*, as dunas e tudo o mais: ali a areia é fina como talco. É uma paisagem em movimento constante, e você tem que abrir caminho através dela.
– Você está participando com o nome de Joe Speedboat. O que significa esse nome?
– É meu nome mesmo.
Ouve-se um risinho falso.
– Sério?
– Sério.
– Ok, muito bem, Joe. O que você espera da etapa de amanhã?
– Ainda não tive tempo de olhar o *roadbook*, tenho que comer e abastecer e estou com a embreagem falhando.
– Bom, eu já posso antecipar para você que será uma prova massacrante, quinhentos quilômetros até Sabha, com muitas rochas e as dunas do *Erg* de Murzuk. O que você acha?
– Vai dar tudo certo.
– Pois então, boa sorte, Joe, a gente se vê em Sabha.
Joe se afasta das luzes, são exibidas imagens do dia anterior, entre as quais algumas de um construtor holandês lutando para subir e descer com a motocicleta de uma duna de areia. Chegará duas horas antes de Joe.
Há uma clara diferença entre as categorias de amadores e profissionais: estes chegam sempre adiantados ao bivaque, onde os espera a equipe de apoio. Tomam banho, trocam de roupa e, logo depois, aparecem na sua melhor forma diante das câmeras. Aqueles não têm nenhuma equipe de apoio e, com frequência, nem mesmo um mecânico. E, por chegarem sempre tarde ao bivaque, é sobretudo nos rostos deles que se leem as marcas do deserto. Estão cansados, sujos e excitados e, geralmente, dormem poucas horas por noite. São acordados às cinco da madrugada pelos primeiros aviões

de carga Antonov de partida para o próximo acampamento, onde, num piscar de olhos, surgirá uma pequena cidade no deserto, com cozinhas, banheiros e uma tenda reservada à imprensa, antenas parabólicas gigantescas e até mesmo uma sala de operação perfeitamente equipada. No intervalo de uma hora, está tudo coberto de areia e poeira; da tenda da imprensa, ouvem-se palavrões em vários idiomas.

Com Joe, está tudo certo, o rali continua na direção do nordeste, e ele consegue concluir umas das etapas mais difíceis sem qualquer incidente digno de nota. Chega em Sabha logo depois do pôr do sol. A equipe de filmagem começa a achar certa graça no participante holandês com a escavadeira: pela manhã, filmaram sua partida do acampamento e o esperam na chegada. A caçamba da escavadeira está erguida; no alto, na cabine, Joe levanta o polegar. Em cada lado do veículo, estão fixadas duas estruturas que parecem escadas, com as quais é possível desencalhar-se da areia no caso de ficar atolado; na parte traseira, estão pendurados dois pneus sobressalentes.

Os corredores estão cansados, machucados e claudicantes. São vários os acidentes, um competidor morreu.

Na tarde de sábado, de repente aparece PJ em casa. Está em Lomark para festejar o aniversário da mãe, no dia seguinte. Está vestindo um casaco com gola de pele prateada e sacode a água dos cabelos. Preparo um chá, grato por revê-la.

– Você está acompanhando a corrida do Joe? – pergunta.

Em ambos os lóbulos, brilham como brincos duas gotas d'água.

TODAS AS NOITES, escrevo. ELE É O MÁXIMO.

Olhamos juntos o mapa da África, ontem Joe saíra de Sabha e entrara no deserto líbico, o mapa não indica nenhuma povoação até o oásis de Siwa, logo depois da fronteira egípcia, onde, se tudo der certo, chegará amanhã. É um grande mar vazio, Joe está sozinho entre a areia e as estrelas.

– Ele me ligou duas vezes – diz PJ. – Uma vez da França e outra da... Tunísia, sei lá. Tenho a impressão de que ele estaria mais próximo se estivesse na lua.

Bebemos chá. PJ se esforça o máximo para enrolar cigarros para mim. Saem todos um pouco amassados e com o filtro solto, mas eu os fumarei com todo o amor.
– Você está escrevendo sobre ele, o Joe?
Sim, eu voltei a escrever para afugentar meu grande vazio, mas não sei se gosto do tom. Minha prosa é tão linear quanto à fronteira entre a Líbia e o Egito, e talvez igualmente desprovida de ilusões.
– Posso ler? Por que você está rindo?
EU ACHAVA QUE VOCÊ NUNCA MAIS PEDIRIA.
– Então você deixa? Sério?
MAS SÓ SOB UMA CONDIÇÃO: QUE SEJA DO COMEÇO AO FIM.
– Claro, com o maior prazer, quero muito ouvir você falar. Entende o que eu digo? Para mim, esses livros são a sua voz.
Pouco depois, ela está deitada sobre o carpete, de bruços com uma pilha de diários diante de si. O aquecedor está ligado, eu fumo e a observo ler, pegou a lâmpada do escritório e vira as páginas em intervalos regulares. Quando ela ri, bato a mão na mesa, quero saber o que ela está lendo.
– Você escreve coisas engraçadas – diz. – Principalmente sobre Christof, você tem uma ideia péssima dele, mas ele é um amor!
Penso em Joe, que, nesse momento, corre roncando em direção ao leste, num mundo feito de areia e pedras, sozinho com seus pensamentos e os olhos crivados nas trilhas deixadas por outros antes dele. PJ solta gritinhos enquanto lê. Eu queria ter escrito mais para mantê-la aqui; se dependesse de mim, essa felicidade perfeita duraria para sempre. Tento calcular quanto tempo ela vai levar para ler tudo, dez horas no mínimo, se não mais. À esquerda, está a pilha com os cadernos ainda por ler; à direita, a dos já lidos, sobre a época em que a bomba do Joe explodiu no banheiro, sobre a luminosidade quente dos primeiros anos, quando ela ainda não existia. Ela, PJ, aparece no décimo ou décimo primeiro caderno, se não me falha a memória. Hoje ela não chegará

lá, pergunta as horas e leva um susto quando vê o relógio da cozinha.

– Tudo bem para você se eu voltar amanhã, Fransje? É absolutamente... fantástico e eu queria ler todos eles de uma só vez.

À noite, constato que Joe continua na corrida, teve um dia relativamente fácil e parece muito feliz. A televisão o promoveu à condição de protagonista de um segmento diário, chamado "Speedboat na Areia". Não dura mais que um minuto e meio, mostrando seus feitos do dia, e termina com uma breve entrevista, em que Joe sempre tem algo de espirituoso a dizer. Hoje está vestindo uma camiseta da empresa produtora de vernizes e tintas Santing, com um logotipo anunciando os descontos de inverno.

– Na verdade, é sobretudo uma luta contra o tédio – declara, resumindo o rali para nós, espectadores. – Você fica o dia inteiro sem ver ninguém, acaba falando sozinho e, à noite, passa no traseiro pomadas para aliviar as escaras, uma vidinha bastante tediosa, na minha opinião.

As pomadas, quem lhe deu fui eu, ainda havia alguns tubos que tinham passado da data de validade havia pouco tempo.

– Mas você não se sente sozinho, Joe, ou se sente? – insiste o jornalista.

– Enquanto não se perder dos outros, você nunca está só.

Mamãe assente, sentada no sofá ao meu lado.

– Como o Joe se expressa bem!

Na manhã seguinte, tomo um banho na casa de meus pais, arrumo a casa e espero pela chegada de PJ. Minha mãe quer saber se vou receber visita. Por volta das quatro, já escurece, e acabaram meus cigarros. Já estou na quarta cerveja quando a porta se abre, e entra PJ. Não diz por que está tão atrasada. Faço sinal para que pegue uma cerveja. Ela abre a geladeira, pega uma garrafa e desatarraxa a tampa com habilidade.

FELIZ ANIVERSÁRIO PARA A TUA MÃE, escrevo.

– Aff, a casa está cheia de familiares africânderes, em casa

só se fala de África do Sul. Cansa, sabe? Por sinal, você viu "Speedboat na Areia"?
ELE ESTÁ EM SEU ELEMENTO.
Ele me faz rir, tudo o que diz é bem atípico para aquele mundinho.
Ela mergulha a mão na bolsa e retira um livro, *Histórias de Heródoto*. Folheia, à procura de uma página.
– Foi meu pai quem me mostrou – diz ela. – Aqui, sobre o Deserto Ocidental, onde Joe está agora. Aqui, a partir da página vinte e quatro.
Leio algo sobre Cambises, um rei de sei lá qual época, que envia um grande exército no deserto para escravizar uma tribo chamada tribo dos Amônios:

"... quanto às tropas enviadas contra os Amônios, puseram-se em marcha da cidade de Tebas, acompanhadas de guias, e chegaram, pelo que consta, à pequena cidade de Oásis, habitada pelos Sâmios, sobre os quais se diz que são da tribo Escrionia, e distante sete jornadas de marcha na areia de Tebas. Essa região se chama, na língua helênica, de Ilha dos Beatos. Pelo que se diz, foi nessa região que chegaram os soldados, mas sobre o destino deles depois desse momento ninguém sabe informar. O certo é que eles nunca alcançaram os Amônios nem voltaram ao Egito. No entanto, há uma história, contada pelos próprios Amônios e por outros que a ouviram dos Amônios, que, quando os soldados partiram de Oásis, marchando através do deserto, tendo chegado a um ponto mais ou menos no meio entre Oásis e a fronteira dos Amônios, um vento meridional extremamente violento levou e trouxe ondas de areia que os cobriram enquanto estavam caminhando e comendo a refeição de meio dia. Assim foi que desapareceram para sempre."

– Um exército inteiro, desaparecido – diz PJ. – Imagine só se, um dia, os arqueólogos o encontrassem, bem conservado

debaixo da areia... Meu pai comentou que estamos falando de cinquenta mil homens.
VOCÊ ESTÁ PREOCUPADA?
– Um pouco. E se fica perdido? O deserto é tão incrivelmente vasto e vazio. O que quero dizer é que se um exército inteiro pode desaparecer...

Olha para os diários no chão, que estão exatamente na mesma posição onde ela os deixou na véspera. "É melhor eu continuar a ler", diz, "ainda faltam muitos".

Pouco depois, ela está deitada no chão, com uma almofada debaixo da barriga, imersa nas minhas *Histórias*, enquanto eu folheio as de Heródoto, pensando no exército desaparecido, surpreendido por aquele repentino vento meridional, sepultado vivo debaixo de montanhas de areia... Joe deve estar por essas bandas, talvez ele já tenha cruzado a fronteira com o Egito, rumo ao oásis de Siwa. Já faz três semanas que está fora de casa, já chegou à metade do rali com todo o seu equipamento funcionando e, nos dias melhores, consegue competir com os caminhões. Aos meus olhos, está operando um milagre, mas, mesmo assim, não consigo me livrar do pensamento de que ele é perseguido pela sua sombra, que se chama Achiel Stephaan.

– Ei, eu não sabia que você tinha se apaixonado por mim – diz PJ lá do chão.

Sua voz soa surpresa, um pouco irônica. Fico com menos vergonha do que esperava, talvez porque ela me tenha visto gozar, e pode-se dizer que, de alguma forma, agora somos íntimos. Ela está olhando para mim de uma maneira que me faz entender que está prestes a fazer algo, que eu, a essa altura, já sei reconhecer aquele olhar muito bem. Ela se levanta e pega a cerveja da mesa.

– Mas você exagera – diz. – É que vocês aqui em Lomark não estão acostumados. Durban não era nada de mais. Agora, se eu sou especial ou não...

ESPECIAL O SUFICIENTE PARA FIGURAR NUM ROMANCE.

– Você quer dizer em seus diários?
METZ.
Ela leva um susto: não sei por que estou fazendo isso, talvez esteja com raiva por ela ter chegado atrasada, talvez só queira me sentir vulnerável.
– Você leu?
Certa frieza se infiltrou na sua voz, está desconfiada.
Faço que sim.
– O que você achou?
O CARA ESCREVE BEM.
– Não é a isso que me refiro – diz em tom seco. – O que ele escreve a meu respeito: você acredita que é verdade?
ACREDITAR É UM ATO DE AMOR.
– Como assim?
EU ACREDITO EM VOCÊ.
PJ não consegue abafar uma risada.
– Você está me saindo um sofista, Frans Hermans.
O MEU DIÁRIO, O LIVRO DELE – QUEM É VOCÊ DE VERDADE?
Olha para mim, pensativa.
– Esta que está aqui diante de você, Fransje, esta sou eu. É tudo o que posso dizer. Não há nada de tão misterioso, isso é coisa do Arthur.
NO FINAL DAS CONTAS, TODOS NOS CHAMAMOS ACHIEL?
– É, acho que você pode expressar dessa maneira. Achiel, isso mesmo.
É a primeira vez que se pronuncia o nome em voz alta, soltamos uma gargalhada. Ela vem se postar do meu lado.
– Eu te contei alguma vez que a inteligência é o que mais me atrai num homem?
Assim, o clima muda completamente, trazendo de volta aquela sensualidade de que eu me lembro desde o dia em que ela me masturbou. Despenca sobre os joelhos aos meus pés e passa as mãos nas minhas coxas.
– A inteligência é irresistível.

Sinto minha cabeça arder, foi exatamente por isso que eu estive esperando, ou melhor, rezando. PJ abre meu zíper, mas eu, alarmado, aponto para as cortinas abertas, meus pais poderiam nos ver. Ela se levanta, fecha as cortinas e tranca a porta. Voltando, traz consigo um pano de pratos, tirado de passagem do gancho.

– Onde é que a gente tinha mesmo parado? Ah, sim.

Estou mais duro que uma garrafa, ela pergunta: "Você está limpo?", e eu faço que sim. Depois o põe na boca. Acaricio seus cabelos, o interior da sua boca é quente e úmido, a cabeça subindo e descendo. Eu procuro seu rosto com os olhos, e vejo meu pau entrar e sair da sua boca, ela sorri, é demais. Um jato de esperma esguicha sobre sua cara. Perdão, perdão. Só quando estou esvaziado é que ela me solta e limpa o esperma com o pano de prato. Depois suas mãos deslizam por debaixo do meu suéter, muito mais quentes do que os trinta e sete graus oficiais. Minha pele reage com calafrios descontrolados. Tira meu suéter pela cabeça e faz passar com dificuldade meu braço atrofiado pela manga, de maneira que agora me encontro seminu diante dela. A luz acima da mesa ilumina brutalmente meu tórax branco, abaulado irregularmente, eu me ergo parcialmente na charanga e a desligo. O paraíso à luz da lâmpada do escritório.

– Vem.

PJ me ajuda a me levantar, e vamos para a cama. Eu despenco, ela desata os cordões dos meus sapatões. Então me descalça e puxa minhas calças pelos pés. Estou indefeso diante dela. Por debaixo do suéter, ela veste um sutiã branco. Na barriga, há estrias brancas, minha mão a procura. Com as mãos por detrás das costas, abre o sutiã, as alças deslizam pelos braços e eu vejo seus seios. Eu a amo.

Apalpa meu pau, suas calças e calcinhas escorregam para o chão. Vejo a sombra entre suas pernas, um recanto onde eu ainda não havia estado. Depois, vem se sentar a cavalo sobre mim, mas antes pergunta: "Você já... ? Balanço a cabeça. Então ela se deixa cair pela metade sobre meu pau, suspira profundamente, sacudida por um arrepio, e se empala sobre mim. Tem os olhos fechados, enquanto os meus estão arregalados. Inclina-se para frente e apoia as mãos sobre meu peito, enquanto sua pelve se levanta e se abaixa, independentemente do resto. É tudo de que eu preciso, não há nada mais que eu possa pedir.

Está com o pescoço encurvado, e uma cascata de cachos lhe esconde o rosto, por trás dos quais há sua respiração forte e, vez ou outra, um tom lamentoso, como se sofresse dores inenarráveis. Sua bacia cavalgando vigorosamente, nossos pelos púbicos se esfregando uns nos outros, minha mão escorrega sobre suas nádegas, suas costas, seu ventre, seus seios, "Isso, isso mesmo, pode apertar", diz, com voz ofegante. Está com os bicos duros, divido minha atenção e não sinto mais o pau, que se fundiu dentro dela. Quando ela grita que vai gozar, eu a pego pelo cangote, abro os dedos sobre seu couro cabeludo e sinto os espasmos poderosos que atravessam seu corpo. No final, ela se deixa cair sobre mim pesadamente, sua respiração é como uma tempestade nos meus ouvidos. Permanece por muito tempo deitada sobre meu peito, eu me mantenho imóvel e, pouco a pouco, recupero a sensibilidade do meu pau, ainda espetado nela. PJ se ergue, expulsando-o levemente de dentro de si.

– Meu Deus, que delícia!

Desce de mim.

– E você continua duro!

Começa a me masturbar, meu pau brilha da umidade vinda de dentro dela.

– Eu quero que você goze, Fransje.

Se debruça sobre mim, fazendo colear a língua sobre minha glande.

– Vem!

Sua mão sobe e desce sem parar até que eu, gemendo de prazer, gozo na sua boca.

Desperto às três da manhã, sinto o aquecedor sibilar, puxo

o cobertor sobre nós. PJ entrecerra os olhos, sorri e cai outra vez no sono. Eu só quero ficar olhando para ela, mas o sono me leva embora outra vez. Só acordo quando sinto o corpo dela se desprender do meu e levantar da cama. Ainda está escuro lá fora, ela veste as roupas.

– Eu tenho que ir – diz, sussurrando, como se houvesse alguém mais no quarto.

Acaricia ligeiramente minha testa e depois desaparece. Uma lufada de ar frio entra pela porta. Pego no sono de novo.

Algumas horas depois, Joe parte do acampamento de Siwa para dar uma volta ao redor do oásis. Dirige-se às dunas de areia com sua escavadeira roncante, a caçamba alta acima da cabine: um animal com um grande corno desaparecendo no deserto.

– É fantástico – declara Joe esta noite na televisão – ver surgir de repente, da escuridão, aquela cúpula luminosa sobre o oásis. Então, basta pisar fundo no acelerador e ziguezaguear pelas tamareiras no caminho para casa. A gente tem de se concentrar por tantas horas seguidas que, no fim do dia, só para dar um exemplo, você pode perguntar a qualquer corredor se ele também viu aquele pneu de carro atirado no meio do caminho, ou aquele par de sapatos femininos abandonados na pista. Todos nós prestamos atenção a cada mínima variação que se passa dentro do nosso campo visual.

Na terça de manhã, a caravana começa a travessia daquele trecho do deserto chamado de Grande Mar de Areia, com suas dunas de até cem metros de altura. Joe está de mau humor, naquela noite alguém ligou um gerador atrás da sua tenda, e o barulho não o deixou dormir. Mais ou menos na metade do dia, eles entram no Deserto Branco, uma paisagem alucinante de pedra calcária de um branco enceguecedor. Avançam na direção de Dakhla, descendo o planalto até o oásis. Amanhã voltam à civilização. Quase cem participantes desistiram, perdidos no deserto, aos quais se somarão outros mais; no final, de cada dez, apenas três alcançarão Sharm el-Sheikh.

No décimo quarto dia, Joe alcança o Nilo. Atravessa para a outra margem na altura de Luxor e, na manhã seguinte, entra no Deserto Oriental. A caravana ruma para o norte e, em Abu Rish, ao longo da estrada que une Beni Suef ao Golfo de Suez, ergue-se o penúltimo bivaque. Na décima sexta jornada, que também é a última, os participantes percorrem a distância mais longa de todo o rali: quase quatrocentos quilômetros de asfalto até Abu Zenima, no litoral do Golfo de Suez, e de lá outros quatrocentos quilômetros de *off-road* através do ardente maciço do Sinai. Atravessarão o Sinai até Wadi Watir, depois, na altura de Nuweiba, no Golfo de Akaba, pegarão de novo a estrada que, após uns dez quilômetros, os conduzirá até Sharm el-Sheikh, no sul.

Não fico surpreso quando ouço que se perdeu qualquer contato com Joe alguns quilômetros antes de Nuweiba. Ele foi visto pela última vez nas montanhas perto da costa e só muitas horas depois, quando não aparece na chegada, é dado como desaparecido. Naquela noite, em "Speedboat na Areia", entra em cena pela primeira vez o jornalista, que relata, no mais sensacionalista dos tons, o desaparecimento de Joe Speedboat e de sua escavadeira de corrida.

Eu morro de rir. Com Joe, o espetáculo sempre está garantido até o último minuto.

Só no final de janeiro é que Joe reaparece em Lomark. Sem escavadeira. Fica rindo um pouco da comoção que gerou. Está magérrimo, e seus cabelos estão mais claros por conta do sol. O rosto e os antebraços têm um marrom arruivado.

Primeiro passou alguns dias em Amsterdã com PJ, mas agora voltou para tranquilizar a mãe.

– E por aqui, Fransje? Tudo na mesma?

Essa é sua pergunta habitual quando ele fica fora de Lomark por um tempo. Sinto um nó na garganta, minha mente rumina pensamentos sombrios. Escrevo: ASSISTINDO MUITO RTL5.

– Sim, foi engraçado. Não consigo imaginar que tenha rendido ao Santing a venda de uma lata de tinta a mais, mas que o logotipo saiu do ar, disso não podem reclamar.

O QUE VOCÊ FEZ COM A ESCAVADEIRA?

Risadinha esperta.

– Deixei para trás.

COM QUEM? COM O PAPA ÁFRICA?

– Digamos que ele agora vai poder abrir uma microempresa de movimentação de terras. Algo do tipo.

Joe entrelaça as mãos por trás da nuca e se reclina confortavelmente na poltrona. De repente, entendo tudo, uma sacada das mais incríveis: ele sempre vai se dar bem. A traição de alguns deuses menores não o abala nem um pouco. Pode ser que venha a sofrer por nós, que corte todas as árvores de um bosque ou mude o curso de um rio para afastar a dor, mas sempre sairá incólume de tudo. Consciente disso, queria escavar um buraco e desaparecer nele para todo o sempre.

Esta noite, Joe visitará Christof; na segunda, voltará a trabalhar. Remexe os bolsos, encontra o isqueiro sobre a mesa e sorri.

– Já vou – diz.

E ENTÃO

Isso acontece depois, muitos anos depois. Houve muitas coisas desde então, e finalmente consigo entender a profunda verdade dos homens do tipo "as-coisas-não-são-mais-como-antigamente", sentados em seu banco à beira do rio: com efeito, as coisas não são mais como antigamente. Nem mesmo a perturbação causada por essa descoberta é mais a mesma. Aprende-se a conviver com essas verdades como se fossem ossos descoloridos pelo sol.

Quando Joe voltou da Paris-Dakar, Christof lhe perguntou, com todos os protocolos, se ele podia convidar PJ para o evento de gala anual preparado por seu grêmio estudantil. "Isso é algo que você tem que perguntar a ela, e não a mim".

Assim foi que PJ compareceu à festa de gala do corpo estudantil de Utrecht numa saia cinzenta justíssima, não havia quem não se perguntasse onde Christof havia arranjado tamanha beldade.

Naquela noite, Christof foi desvirginado. Agora éramos três reunidos em seu regaço.

No verão que se seguiu, na parte de fora de um bar em Utrecht, Christof contou a Joe que ele também estava namorando PJ, e que ela havia definitivamente optado por ele, Christof. E que, resumindo, PJ não queria mais vê-lo. Ela não gosta das terminações nervosas esfarrapadas e dolorosas típicas do final de uma relação.

Joe não esmurrou nem estrangulou Christof, apenas pegou o carro e, na altura de Oosterbeek, fez explodir o motor. De lá, voltou para casa a pé. Depois, naquela noite, arrumou a mochila e deixou um bilhete sobre a mesa dizendo que daria notícias, e isso é tudo que sabemos dele. Parece que foi visto numa escavadeira perto do trecho de obras da E981, com uma barba preta, de maneira que, em verdade, poderia ter sido qualquer outro.

Será que alguém se surpreende de que, no final, Christof acabasse com PJ? Eu, não: ele também havia tido sua chance e a aproveitou assim que ela se apresentou. Christof levava uma vantagem em relação aos demais amantes dela: a ordem e a segurança, o único pedido que a burguesia faz, há séculos, às autoridades. Isso seria menos importante se PJ não tivesse engravidado dele. A família de Christof moveu montanhas para impedi-la de abortar e, não muito tempo depois, uma escavadeira (não uma Caterpillar, mas um Liebherr, Joe teria ficado horrorizado) começava a desbravar o espaço entre Lomark e Westerveld, onde surgiria a casa dos futuros noivos.

Christof concluiu os estudos com pressa, para depois entrar no rol dos funcionários da Asfalto Belém. PJ nunca se formou.

Finalmente, eu sei com quem Christof se parece, uma questão que para mim foi uma obsessão por anos. Encontrei a resposta no livro *Os cúmplices de Hitler*: ele é Heinrich Himmler, cuspido e escarrado, juro a você. Havia um século que o livro estava na biblioteca dos meus pais. Durante uma inspeção médica no campo de concentração de Lüneburg, pediram a Himmler que abrisse a boca e mordesse no mesmo instante uma cápsula de cianeto. A foto foi feita poucos segundos depois. Acima, à esquerda, é possível ver a ponta lustrosa de uma bota, Himmler ainda tem seus óculos pequenos e redondos e está deitado no chão de concreto com uma coberta enrolada na cintura. Ele é igualzinho a Christof.

Reencontrei esse livro na noite do dia do enterro de minha mãe. Faleceu de linfoma fulminante. Já a tínhamos enterrado e nós, os da família, estávamos sentados juntos na sala de estar quando meu olho bateu no livro *Os cúmplices de Hitler* numa prateleira. Folheando-o, encontrei a página com a fotografia. Dirk olhava sobre meu ombro, por trás de mim.

– É a cara daquele seu amigo – disse ele.

Se há uma coisa na qual sempre penso com imenso prazer é no casamento de Christof e PJ. Casaram na igreja, e o vestido dela estava a ponto de estourar por causa do bebê que ela daria à luz dentro de pouco tempo. Nieuwenhuis estava insuportavelmente cheio de amor, eu estava sentado no corredor. Ao deixarmos a igreja, PJ me lançou um olhar fugaz. Depois, os noivos partiram num Bentley alugado. A recepção aconteceu à tarde na casa do velho Maandag, numa mansão que ele havia mandado construir fora da aldeia, após o Scania ter destruído a casa com o frontão escalonado na Rua da Ponte. Era um dia de verão quente, ainda se viam papoulas e centáureas-azuis florescendo por toda parte. Christof vivia seu dia de rei, o pai dele fez um discurso, falando de príncipes que chegavam sobre cavalos brancos, e concluiu com estas palavras: "Quem comprará um cavalo branco para ela?". Nesse mesmo instante, Christof surgiu de detrás de casa com uma égua no cabresto, seu presente de casamento a PJ, que, temos de convir, era o máximo do máximo.

PJ chorava, como havia chorado no dia da despedida de Joe com sua escavadeira, na frente do Rabobank. Beijou Christof e deu umas palmadas desajeitadas sobre o pescoço da égua – ela nunca fora muito amante de cavalos. Os convidados se haviam reunido ao redor, cheios de admiração – muitos "oohs" e "ahhhss" e assim por diante –, e Christof sorria de orelha a orelha. Nesse momento, ouviu-se um ronco de motor acima das nossas cabeças, um ronco maravilhoso, no qual ninguém prestou atenção, pois o céu estava sempre cheio de aviões de pequeno porte em dias de bom tempo. A diferença agora era que aquele ronco estava ficando cada vez mais imperioso, era como se quisesse impor a todo custo sua presença no casamento. Alguém virou o pescoço para olhar, cada vez mais cabeças viraram na direção daquele ruído que agora de repente estava muito próximo. Alguém gritou: "Esse negócio vai cair!", e os convidados se dispersaram por todas as partes, como se alguém tivesse soltado uma bomba fedorenta no meio deles.

Um avião azul-celeste.

Descia a pique sobre os campos, avançando na direção da mansão. Trazia na cauda uma faixa publicitária com um texto. A mãe de Christof foi a primeira a revirar uma mesa em busca de algum abrigo, eu fui atravessado por calafrios ao ouvir vidros se quebrando. O avião realmente fez um voo rasante sobre nossas cabeças. Muitos se apressaram para dentro de casa, o campo atrás da propriedade estava cheio de gente correndo, mas eu olhei para cima quando a sombra escureceu o terraço e fiz a mais cristalina das associações de imagem, com uma cruz gigantesca e ameaçadora que estava prestes a nos esmagar. O piloto arremeteu para cima, cheguei a ver os óculos de esqui e o sorriso malvado que expôs sua dentadura. Foi mais ou menos naquele instante, eu acho, que comecei a dar gargalhadas como um louco.

No centro do terraço, uma mulher fitava o avião, como que petrificada: Kathleen Eilander. Tinha a boca entreaberta e apontava com fraqueza o céu.

– Lá… – disse – O que…

Não sei se, naquele momento, muitas pessoas conseguiram ler o texto na faixa, mas, pouco depois, aquelas palavras já estavam na boca de todo mundo. Como já comentei, com Joe, o espetáculo é garantido até o último segundo. O texto era:

PUTA DO SÉCULO

Em letras garrafais. Quase morri de tanto rir. Quer dizer então que ele havia mesmo lido o livro e extraído da leitura algum proveito naquele belo dia.

Que pena que, no pânico, ninguém houvesse pensado em

amarrar o cavalo, que agora galopava pelos campos rumo a sabe-se lá onde. O avião fez uma grande guinada e passou de novo para nos dar um último adeus. Nesse momento, um Christof furioso, ou melhor, completamente fora de controle, saiu de casa correndo com o fuzil de caça do pai. Sua mãe gritava enquanto ele carregava a arma e a apontava, disparando contra o avião que já desaparecia. Errou a mira, ou talvez já estivesse distante, perto da aldeia. Kathleen Eilander endireitou uma das cadeiras, onde se sentou e acompanhou com o olhar o avião. "O cavalo!", gritou alguém, Christof começou a xingar e saiu correndo atrás do animal com um monte de gente.

Os outros ficaram ali, olhando, em silêncio, os rastros da destruição. PJ ficou parada, como uma vela de seda e renda inchada pelo vento, em meio às ruínas da festa de seu casamento. Parecia que ela não sabia escolher entre a fúria e um ataque de risos. Quanto a mim, eu não conseguia parar de rir e, para ser sincero, ainda não parei. PJ olhou para mim, depois para o festão colorido de convidados correndo pelos campos atrás de um cavalo branco, e balançou levemente a cabeça. Encheu duas taças de champanhe de uma das poucas mesas que ainda estavam de pé, as entrechocou, fez escorrer uma pela minha goela e bebeu a outra de dois tragos.

– Puta do século – diz, pensativa, enxugando os lábios – Puta do século. Tst...

Duas semanas depois, PJ deu à luz um filho e, naquele outono, o casal se mudou para a casa onde vive até hoje. Eu vi o menino pela primeira vez enquanto pedalava ao lado de Christof na Rua da Polônia, com uma bandeirola laranja espetada na parte de trás. Christof acenou para mim, enquanto o menino gorducho continuava a pedalar, arfante. Não se parecia com Heinrich Himmler.

Tecnicamente, é até possível que o menino seja meu filho, porque PJ e eu nunca deixamos de dormir juntos – e os meus colhões estão funcionando muito bem. Diz PJ. Ela aparece quando Christof está no exterior. Meu pai fecha as cortinas da sala, nesses dias ela é toda minha. PJ começa a desenvolver rugas em volta das orelhas, mas meu amor por ela jamais diminuiu. Continua sendo minha única leitura.

Quando escrevo sobre Joe, sobre o que aconteceu e sobre como perdemos nossas almas, ela se sente pouco à vontade. "Ele era um sonhador", diz, como se isso pudesse explicasse ou justificar algo.

De vez em quando, ela me pede para erguê-la com meu braço bom; nessas horas lhe passo a mão no traseiro enquanto ela se equilibra segurando meus ombros, e eu a levanto lentamente do chão. Então, ela se senta um tempinho sobre minha mão como se estivesse sobre o selim de uma bicicleta. Quando a levanto dessa forma, por alguns instantes volto a me sentir forte como um urso, e ela se sente leve como uma pena. Isso lhe proporciona imenso prazer. Depois disso, começamos uma trepadeira sem-fim.

Continuo dando voltas pela aldeia e, às vezes, passo para ver Hennie Oosterloo em sua casinha de madeira por trás do Pequeno Galo Valente. Ele posiciona o cotovelo no centro da mesa porque, até o fim de seus dias como pobre-coitado, me associará à ideia de luta de queda de braço, mas eu balanço a cabeça e, às vezes, meus olhos ficam rasos de lágrimas. Não esqueci do *seppuku*, o corte limpo, retilíneo, mas vejo que não tem nada a ver comigo. Não perdi minha honra, eu a dei para outro, em pleno poder de minhas faculdades mentais.

A E981 já foi inaugurada, um glaciar de asfalto aplanou diante de si uma nova época, e nós desaparecemos atrás de uma barreira acústica de vários metros de altura, feita de terra e plástico. De fato, não ouvimos absolutamente nada, assim como ninguém nos ouve. Os automobilistas que passam por ali em alta velocidade talvez vislumbrem a ponta da torre da nossa igreja que desponta por sobre a barreira e, sobre a torre, o galo que mostrou valentia; de resto, o mundo nos ocultou à vista. Mas, por detrás daquela barreira, ainda não estamos mortos nem mudamos de aspecto. Ainda estamos aqui.

FONTE
ITC New Baskerville
DIAGRAMAÇÃO
Rádio Londres
PAPEL
Pólen Soft
IMPRESSÃO
Intergraf Indústria Gráfica Eireli – São Paulo